T0246598

Cuando el mundo sea más grande

Cuando el mundo sea más grande

Carmen Arteaga

Papel certificado por el Forest Stewardship Council®

Penguin
Random House
Grupo Editorial

Primera edición: abril de 2024

© 2024, Carmen Arteaga
© 2024, Penguin Random House Grupo Editorial, S. A. U.
Travessera de Gràcia, 47-49. 08021 Barcelona

Printed in Spain – Impreso en España

ISBN: 978-84-666-7835-3
Depósito legal: B-1.843-2024

Compuesto en Llibresimes

Impreso en Rodesa
Villatuerta (Navarra)

BS 7 8 3 5 3

Para Mge, por ser ese tipo de amiga
que cogería la pala y te acompañaría a enterrar el cadáver

Siempre se necesita un lugar al que volver.

Miguel Gane,
La piel en los labios

1

Te llamas Astrid Vargas y la vida te sonríe. No, espera, eso es quedarse corta y la falsa modestia no va contigo. La vida no te sonríe: la vida te adora y ha desplegado una alfombra roja bajo tus pies para que puedas caminar sobre ella con tus tacones Jimmy Choo de edición limitada. Rozas los cuarenta años, pero aparentas treinta y pocos gracias a las manos expertas del cirujano plástico más reputado del país. Eres la presentadora de un exitoso programa de televisión que cada miércoles en *prime time* se dedica a airear los trapos sucios de los famosos. Estás en el mejor momento de tu carrera profesional, el número de espectadores de tu *show* crece cada semana y últimamente los datos de audiencia te ponen bastante más cachonda que tu marido Alberto. Él es expiloto de Fórmula 1. Atractivo, con buen porte y lo bastante listo como para saber que no puede —ni debe— hacerte sombra. A ojos de la prensa rosa sois la pareja ideal.

Una parte de tu trabajo consiste en cuidar tu imagen pública y dejarte ver en determinados eventos, pero el que te tocaba este fin de semana en Valencia —la inauguración de un hotel-spa y campo de golf— estaba siendo tan soporífero que has decidido adelantar unas cuantas horas el viaje de vuelta a casa.

A la una y cuarto de la tarde del domingo entras por la puerta de tu chalet de tres plantas, dejas la maleta en la entrada y lo primero que haces es descalzarte, ya que, aunque tus zapatos son muy caros, te hacen polvo los pies, como a todas. Caminas hasta el salón y los oyes antes de subir el primer escalón que conduce al dormitorio. El sonido de las respiraciones aceleradas no deja lugar a dudas.

Alberto y tú tenéis problemas desde hace tiempo y rápidamente llegas a la conclusión de que él los está resolviendo a su manera: con otro par de tetas. Subes las escaleras hasta vuestro dormitorio y ves a tu marido nada más cruzar la puerta; concretamente ves su culo desnudo y en pompa. Está apoyado sobre las rodillas al borde de la cama, postrado frente a ella, comiéndole el coño como hace mucho tiempo que no te lo come a ti. Con ganas.

No gritas, no montas un drama a la altura del espectáculo que tienes delante, ni siquiera dices una palabra. Es ella la que, entre jadeo y jadeo, se percata de tu presencia. Estableceis contacto visual y sus ojos azules se abren con horror. Sabes que son azules a pesar de la distancia porque la conoces. Trabajas con ella. No sois amigas, ni mucho menos; tú eres la estrella del espectáculo y ella una colaboradora de TU programa, una mindundi, una guarra diez años más joven que aspira a ser tú.

Del susto que le provoca tu llegada, le pega tal patada voladora a Alberto que lo tira de la cama. A ti te entra la risa floja porque, a pesar de que eres la cornuda, él nunca te ha parecido más ridículo. Mientras se levanta del suelo, ella coge su vestido arrugado, se lo pone del revés y sale pitando con los zapatos en la mano. No la insultas, pero la escaneas de arriba abajo con una ceja arqueada y te fijas en esos zapatos; son buenos, pero los tuyos son mejores.

Al llegar a la puerta, lo busca con la mirada, pero Alberto ni gira la cabeza. Ella ha dejado de existir, a pesar de que hace un momento tenía la cara enterrada entre sus muslos. Ahora solo tiene ojos para ti, aunque sigue oliendo a la otra, a la mezcla de los dos. Ella sale de la habitación y baja las escaleras mientras le oye, todavía desnudo y medio empalmado, pedir perdón una y otra vez.

Por cierto, creo que todavía no me he presentado como es debido, pero con el resumen que acabo de hacerte comprenderás que he tenido una mañana movidita. Me llamo Lúa Medina y soy la verdadera estrella de este bochornoso espectáculo. Soy la guarra mindundi que ha salido con los zapatos en la mano. Y sin las bragas, ya que estamos, porque no he tenido tiempo de buscarlas. Y sí, también soy la mala de esta historia.

2

—Lúa, sales en diez minutos —me avisa Fran, uno de los asistentes de producción.

Curvo las comisuras de los labios hasta esbozar una sonrisa tranquila, la más fingida de mi vida. Pero eso es bueno, significa que soy capaz de aparentar normalidad. En cuanto cierra la puerta de mi camerino, me tomo un Trankimazin —la serenidad no es gratis— y resoplo como un boxeador antes de salir al ring. Acto seguido, me observo en el espejo de la minúscula habitación, el pelo rubio hielo cayendo en ondas suaves a ras de los hombros, la piel lisa como la de un bebé, sepultada bajo capas de maquillaje para disimular ojeras, brillos y arrugas de expresión, y un minivestido de color verde esmeralda que deja poco lugar a la imaginación. O mucho, depende. Deberías ver el tipo de mensajes que recibo por redes sociales; los pervertidos son de lo más explícito con sus fantasías.

Tras dos años trabajando como entrevistadora y colaboradora en *La Caja Rosa*, el programa del corazón más famoso del país, todavía siento ese cosquilleo en el estómago que me producen los focos y el público del plató. Es una sensación agradable, o lo era hasta hoy. Lo único que siento ahora mismo son ganas de vomitar, y eso que tengo el estómago casi vacío. Apenas he ingerido algo sólido los últimos tres días, cosa que beneficia a mi imagen —la cámara engorda cinco kilos, no es un mito—, pero no ayuda en absoluto a mi ansiedad ni a mi salud. Solo me falta desmayarme por un bajón de azúcar, aunque quizá no sea mala idea, así no tendría que enfrentarme a Astrid Vargas en sus dominios. Para que te hagas una idea: ella es la Beyoncé de la televisión y yo represento a cualquier otra de las Destiny's Child.

Joder, ¿a quién se le ocurre acostarse con el marido de la presentadora más famosa del país? Podría contarte la milonga de que me enamoré locamente de Alberto, pero ni siquiera tengo esa excusa. Nos conocimos hace dos meses en la fiesta de Navidad de la cadena, evento al que él había acudido acompañando a su mujer, claro está. Tonteamos con dos copas de más y le comenté que me encantaría aprender a conducir un coche de carreras. Me respondió con una sonrisa canalla que a él le encantaría llevarme a correr. Fuimos muy poco sutiles y un par de días más tarde corrimos, sí, hasta la habitación de un pequeño hotel en Aranjuez.

El sexo se nos daba fenomenal, no tenía que darle explicaciones sobre lo que hacía o dejaba de hacer con mi vida y él era el primer interesado en que lo nuestro no trascendiera, así que me pareció una relación conveniente. Debo reconocer que todo esto no me quitaría el sueño si ahora mismo no tuviera que sentarme a metro y medio de su mujer para entrevistar en directo a Julio Escobar, actor de capa caída que ha engañado a su segunda esposa, quien fue su amante mientras estuvo casado con su primera mujer. Un infiel de manual, aunque no soy yo la más indicada para juzgar las relaciones extramaritales.

Salgo del camerino y camino por el largo y ancho pasillo que conduce hasta el plató del programa. Es un paseo de la fama en cuyas paredes cuelgan los retratos de los presentadores más importantes de la cadena. La mirada aguda y penetrante de Astrid Vargas me persigue desde su foto y me recuerda lo intrascendente que soy en la cadena alimentaria de la televisión. Pero lejos de acobardarme, levanto la barbilla y entro en el plató.

Estamos en la pausa publicitaria y mis compañeros se mueven con rapidez detrás de las cámaras. Mientras un técnico me coloca el micrófono de petaca, veo a Astrid en el centro del plató, sentada en su trono y con una pierna cruzada sobre la otra. Su silla es más alta que la de cualquier colaborador porque así lo exige ella; Alberto me lo contó en uno de nuestros encuentros. No solo nos dedicábamos a fornicar como conejos, también hablábamos de vez en cuando. A él le encantaba despotricar sobre su mujer —porque en el fondo es un inseguro que se siente castrado— y yo quería satisfacer mi vena periodística. Si lo pienso en frío, siempre me he sentido más fascinada por ella que por él.

Me acerco a mi sitio y me siento en mi silla de persona vulgar y corriente frente a Astrid. La observo de reojo y juro que en cualquier momento el corazón va a atravesarme el sujetador y va a salir pitando por su cuenta. En cambio, ella mira al frente con expresión hierática mientras la maquilladora le retoca el color de los labios. Su media melena castaña y lisa y sus ojos marrones no tienen nada de especial, pero Astrid Vargas es la excepción a la regla no escrita de que para triunfar en televisión tienes que ser una belleza. Ella no lo necesita. Su voz irradia seguridad y por la forma en que se mueve te dan ganas de hacerle una reverencia cuando pasa delante de ti. Es la reina de la tele. En condiciones normales, se me da de fábula aparentar que no me impone, pero hoy me va a costar mantener el tipo.

La maquilladora se va y solo quedan tres minutos para que acabe la pausa de publicidad. Astrid coge su móvil y cuando creo que me lo va a lanzar a la cabeza o a abalanzarse sobre mí cual guepardo, empieza a trastear con él tranquilamente. A ver, en realidad no espero una agresión física, pero sí algún tipo de reacción por su parte, teniendo en cuenta que la última vez que nos vimos yo estaba con los ojos vueltos del revés por el *cunnilingus* que su marido me estaba regalando entre sus sábanas de algodón egipcio. Si fuera ella, habría prendido fuego a esas sábanas, a las bragas que dejé allí abandonadas e incluso a Alberto. Quizá se lo haya cargado. No he sabido nada de él desde que salí corriendo de su casa.

Gonzalo, el regidor, nos avisa de que entramos en directo en sesenta segundos y el resto de mis compañeros toma asiento. Somos cuatro colaboradores colocados en fila frente al sillón del entrevistado, quien se sienta cerca de Astrid. Te haré una presentación rápida: Salomé es una cincuentona rubia con cara angelical y representa el papel de la periodista inocente, la que hace las preguntas suaves para que los invitados se sientan cómodos y confiados. Tony es un cuarentón adicto al gimnasio y a los rayos uva que disfruta sacando los colores a los invitados con cuestiones sexuales y picantes; un casposillo en toda regla, pero las señoras por encima de los sesenta lo adoran, o eso afirman las encuestas. Adolfo es el graciosete, siempre lleva corbatas estrafalarias y su objetivo es rebajar la tensión en el ambiente cuando yo formulo las preguntas comprometidas e incómodas. De cara al público, soy la más peleona, la que busca las cosquillas a los invitados. Lo que los espectadores desconocen es que los cuatro formamos un equipo y nuestra misión consiste en romper emocionalmente al entrevistado. Es orden directa de la dirección del programa. Cuando hay lágrimas, el *share* se dispara automáticamente.

Si te preguntas cómo consigo dormir por las noches, te aclaro que lo hago bastante tranquila. En este programa casi nada de lo que se ve es real y todos cumplimos nuestro papel en la función del entretenimiento. Los famosos saben a lo que vienen: a vender su vida, a engordar sus problemas, a mentir también si con eso se llevan mil euros más. Aquí todos mercadeamos con las emociones y participamos en el mismo juego.

Gonzalo inicia la cuenta atrás de diez segundos para la vuelta de publicidad y la entrevista da comienzo a las 22.30. Julio Escobar sale a escena y se sienta en su silla acompañado por un aplauso tibio del público. Es un tipo enorme de ojos oscuros, pelo negro abundante y tez morena. Me recuerda a esos galanes toscos de culebrón antiguo, de los que trabajaban en una hacienda y siempre sacaban tiempo para empotrar a la hija del patrón en el establo. Claro que su atractivo no le vale de mucho esta vez. Sabe que va a tener que ganarse a la audiencia, así que se muestra serio y cabizbajo. Como actor es bastante limitado y su pose no es muy convincente. Viene a relatar una infidelidad, no por gusto, sino porque su trabajo ya no le sirve para mantener su tren de vida y debe pagar la pensión de su hijo mayor, fruto de su primer matrimonio, y muy probablemente la del menor en cuanto su actual mujer le pida el divorcio. Además de tener que costearse la juerga que le espera en la zona vip de la discoteca más famosa de Madrid en cuanto salga de aquí.

Las primeras preguntas son manejables y Julio responde bien, pero en el momento en que empiezan a ser comprometidas se cierra como una ostra, mostrándose mucho menos locuaz de lo que estuvo en su encuentro previo fuera de cámaras con uno de los redactores del programa. Pasados quince minutos —y quince minutos en televisión suponen una eternidad— todos sabemos que la entrevista está siendo un muermo. Julio también, pero va a cobrar igualmente y yo no contribuyo demasiado a animar el ambiente. Estoy más callada de lo habitual; no es difícil porque nunca estoy callada. Tiendo a ser combativa con los que intentan pasar por aquí de puntillas y cobrar sin abrir la boca, pero el ansiolítico me ha dejado anestesiada y solo deseo que esta noche pase lo más rápido posible.

Tras media hora de programa entra un bloque largo de publicidad. Julio se levanta y se va a hablar con su mánager para comentar la jugada. Astrid me mira por primera vez.

—¿Se puede saber qué haces? —me pregunta en tono bajo

pero irritado—. O más bien qué no haces. Estás callada como una muerta.

—Lo sé. Hoy estoy un poco… —atacada de los nervios, pero no tengo derecho a desahogarme con ella por razones obvias, así que mejor voy a decir— despistada.

—Pues céntrate y rápido. Está siendo un desastre.

—Él tampoco colabora demasiado —alego.

Astrid resopla con contención antes de volver a hablar.

—Su hijo mayor no le dirige la palabra desde que todo esto salió a la luz. Éntrale por ahí, es su punto débil y lo desestabilizarás.

—Eso no lo he leído en la entrevista previa. —Frunzo el ceño—. ¿Cómo lo sabes?

—Lo sé porque, a diferencia de ti, yo sé hacer mi trabajo, así que te agradecería que no me cuestiones.

—No intento cuestionarte, pero ese chico debe de ser menor de edad y no creo que…

—Ya tiene los dieciocho —me interrumpe. Por su expresión deduzco que le encantaría saltarme los dientes de un guantazo; sin embargo, no se me escapa el hecho de que acaba de echarme un cable. Me veo incapaz de sostenerle la mirada.

Volvemos de publicidad y hago lo único que está en mi mano ahora mismo, que es dedicarme a mi trabajo. Espero el tiempo justo, un par de intervenciones de mis compañeros, y le pregunto a Julio por la supuesta mala relación con su hijo. Él me mira confuso, genuinamente confuso, y la niega. Insisto porque tal vez es mejor actor de lo que creía y vuelve a negarla.

—Te repito que la relación con mi hijo es estupenda. No sé de dónde has sacado esa información, pero es completamente falsa —responde, visiblemente más molesto.

Dice la verdad. He entrevistado a muchos mentirosos estos años y él no lo es, al menos en este instante. De hecho, la única mentirosa aquí presente está sentada a su lado y me observa impasible.

—Mis fuentes deben de estar equivocadas.

Odio pronunciar esa frase tan manida. Es la forma en la que nos justificamos todos si nos quedamos con el culo al aire en pleno directo. A mí no me pasa nunca.

—Pues tus fuentes y tú deberíais informaros mejor, sobre todo si vas a hablar de un menor de edad —replica Julio más indignado todavía, lo cual le viene de perlas porque invierte nuestros papeles. Ahora él es la víctima y yo la periodista mentirosa o poco profesional, cualquiera de las dos opciones le vale.

En cualquier otra ocasión saldría del atolladero desviando el tema, pues aunque no dé esa impresión ahora mismo, soy muy buena en mi trabajo, pero me quedo bloqueada. La puta Astrid me la ha jugado bien.

—Perdónala, Julio —interviene ella con una sonrisa—. Lúa está un poco despistada últimamente. Fíjate si lo estará que hace unos días se dejó esto en mi casa. —Se gira sobre su silla y saca por detrás una pequeña bolsa de plástico transparente para mostrar su contenido a cámara. Dentro hay unas bragas de color rojo. Mis bragas—. Claro que es comprensible, porque se fue con un poco de prisa después de que la pillara tirándose a mi marido.

Unos cuantos sonidos ahogados entre el público, todos los cuellos del plató girándose hacia mí y el silencio. Nunca en mi vida he sido tan consciente del silencio. Mi pulso se vuelve frenético y las sienes me palpitan. Me quedo quieta y sin pestañear, conteniendo el aliento, esperando que un meteorito caiga en el plató, pero el fin del mundo no llega cuando se lo necesita. Las cámaras siguen enfocándonos a las dos. Me equivoqué, la jugada era esta.

—Toma, cógelas. —Me lanza la bolsa como si fuera un bumerán y la atrapo con la mano antes de que me dé en la cara—. No me las voy a quedar yo. A él tampoco, por cierto. Te lo regalo —remata con soberbia—. Y ahora me avisan por el pinganillo de que vamos a hacer una pausa, pero no se vayan que volvemos enseguida… Bueno, tú no. —Me señala—. Estás despedida.

Y así es como recupero mis bragas y pierdo la dignidad en la televisión nacional.

3

He tenido sexo, mucho y muy variado, a lo largo de los últimos años. No obstante, siempre he sabido proteger mi imagen. No he enviado fotos subidas de tono, aunque me lo han pedido; no me he dejado grabar manteniendo relaciones, aunque me lo han rogado; y nunca he conseguido un trabajo a cambio de un favor sexual, aunque me lo han ofrecido. Más de una vez. El caso es que no soy tan espabilada como pensaba. Y por eso ahora estoy sentada en una silla del despacho de Charly, el subdirector del programa, mientras él da vueltas por la estancia como un mono enjaulado.

—En serio, Lúa, ¿a quién cojones se le ocurre acostarse con el marido de la presentadora más famosa de este país? —me grita.

—Eso mismo me preguntaba yo hace un rato, pero ahora me estoy planteando más cómo asesinar y deshacerme del cadáver de la presentadora más famosa de este país.

—¿Te parece esto una puta broma? —vuelve a gritar, aunque eso no es novedad.

Charly siempre anda de un lado para otro organizando y ladrando a todo el mundo. Jamás abandona la sala de realización si el programa está en emisión, pero esta noche ha sido la excepción. Y supone una suerte para mi historial delictivo, porque sacándome del plató ha impedido que matara a Astrid Vargas delante de un montón de testigos.

—Es ella la que ha montado un espectáculo, no yo. —Me cruzo de brazos muy digna—. ¿Y sabes qué? No tengo por qué dar explicaciones a nadie sobre mi vida privada.

—A mí me la suda, pero ha dejado de ser privada en el momento en el que media España se ha enterado de con quién te acuestas.

—Cuatro millones como mucho.

—No te hagas la lista, ya estará en internet y mañana habrá visto tus bragas hasta mi tía la de Tomelloso.

No le falta razón. Cuando me levanté esta mañana, era una periodista que trabajaba en televisión. Pertenecía a la rama más deshonrosa de la profesión, sí, pero había una línea que me separaba de los famosos de turno, una línea que Astrid Vargas ha fulminado en solo un minuto de televisión. Y ahora voy a ser «la tía de las bragas». Porque cuando eres un personaje público no vales lo que eres, sino lo que los demás creen que vales.

—Muy bien, ha sido un espectáculo lamentable —admito—, pero por mucho que ella sea la presentadora más famosa de este país, no puede despedirme, ¿verdad? No tiene ese poder.

Charly se frota la mano contra su calva como si intentara

sacarle brillo. Lo hace cuando esta estresado, que es la mayor parte del tiempo.

—Sí que lo tiene… Astrid ya no es solo la presentadora más famosa de este país, desde ayer es la nueva productora del programa.

—¿Qué? —Abro los ojos con sorpresa, pero enseguida los cierro y aprieto los dientes.

Pues claro que lo es, ese es el paso natural en su carrera. Astrid Vargas tiene una fortuna considerable tras varios años trabajando en televisión y se ha cansado de ser un maniquí. Es lógico que invierta en sí misma, y convertirse en productora le dará control sobre lo que se hace o no en el programa.

—En serio, Lúa, ¿no tenías otro imbécil al que tirarte? El mundo está lleno, joder.

A pesar de sus broncas, Charly y yo siempre hemos tenido buena relación. Es algo así como el padre malhumorado, pero de buen fondo, que nunca tuve. En realidad sí tengo un padre, pero vive en Córdoba con su mujer y sus dos hijos y no ha estado nunca muy disponible en términos emocionales.

—¿Podemos arreglarlo? —le pregunto, cuando lo que quiero saber de verdad es si él puede hacer algo por arreglarlo.

Charly ya no grita, solo chasquea la lengua y suspira cansado.

—Haré todo lo que pueda. Vete a casa y ni se te ocurra hablar con ningún periodista —me advierte innecesariamente—. Ya te llamaré.

«Esto no está pasando». «Esto no está pasando». Me lo he repetido tantas veces en mi cabeza que las palabras ya desprenden cierta melodía y aspiran a convertirse en el estribillo de una canción. Tres días. Llevo tres días encerrada en casa, con las persianas bajadas y alimentándome de mejillones en escabeche. Suelo comer fuera de casa y no se me ocurrió hacer acopio de provisiones para un cataclismo social.

Estoy tratando de evitar cualquier contacto con el exterior. Sin embargo, por mucho que intente aislarme del mundo, el mundo está demasiado pendiente de mí. El teléfono no ha parado de sonar, redactores de todos los programas de cotilleos intentan conseguir una entrevista o, como mínimo, sonsacarme un par de declaraciones con las que poder rellenar un bloque de programación.

Y mientras unos me buscan incansablemente, otros me repelen como si fuera una enfermedad contagiosa. Hace un par de horas, la marca de cosméticos naturales con la que colaboraba a través de Instagram decidió prescindir de mis servicios. «Una falta de alineación por mi parte con los valores de su marca», alegaron. Una forma elegante de decirme que me vaya con mis bragas a otra parte, ya que mi reputación anda ahora mismo por los suelos.

La televisión y las redes sociales son estos días un pozo sin fondo de odio y burla hacia el triángulo sexual del año. Al convertirme en la protagonista de un linchamiento mediático he podido comprobar la impermeabilidad que proporciona una pantalla respecto al sufrimiento ajeno. Es una barrera que permite insultar impunemente sin tener siquiera que asomar la cabeza. No han tardado mucho en pedirme que subaste mi ropa interior y en obsequiarme con un mote: Lady Braga. Soy trending topic en Twitter, donde se afirma que me he convertido en víctima de la propia basura a la que me dedico; visto lo visto, no les falta razón. Estoy siendo analizada y despedazada públicamente, incluso por compañeros de profesión que consideraba amigos y que se han tomado como una ofensa personal mi negativa a dar declaraciones.

También he generado un encendido debate feminista que cuestiona si debo pagar yo los platos rotos de la infidelidad cometida por un hombre, aunque nadie se pone de acuerdo y, de momento, solo está sirviendo para que un montón de mujeres insulte a otro montón de mujeres. Ah, y soy un meme. Mi cara de alelada cuando Astrid me lanza las bragas ya circula por todos los móviles del país.

Sabes que estás en la mierda cuando te conviertes en un meme.

La reina televisiva también carga con el pesado título de cornuda oficial. Irónicamente, Alberto es quien sale mejor parado de los tres. Por lo visto, su mujer es un témpano en la cama, lo que automáticamente lleva a la conclusión de que no tuvo más remedio que rendirse a mis encantos de la talla noventa y cinco. Y estoy utilizando eufemismos.

Mi padre me ha enviado un mensaje con un «espero que estés bien» al que no he respondido porque ni siquiera me ha hecho ninguna pregunta. Tampoco le he cogido el teléfono a mi abuela. Eso sí me hace sentir un poco culpable, pero no tengo fuerzas para escuchar un sermón. De hecho, si no estuviera esperando la llamada de Charly, tiraría el teléfono al váter. Sería un precio pequeño a pagar por seguir conservando la salud mental.

Atrincherarme en casa tampoco ayuda mucho a mi estabilidad emocional. Normalmente, solo entro en ella para dormir. Cuando no trabajo, suelo estar en clase de aeroyoga, en algún restaurante con amigos o bailando y tomando copas en el reservado de alguna discoteca. Me encanta mi vida. Joder, tengo que corregirme. Me encantaba mi vida. Y me costó mucho esfuerzo ganármela.

A las cinco de la tarde, tras una sesión de meditación guiada que he escuchado en un pódcast, me obligo a salir para comprar algo de comer. Los mejillones no van a durar eternamente y solo me quedan dos yogures naturales y un queso al que he empezado a coger cariño de tanto tiempo como lleva viviendo en mi frigorífico. Me pongo unos leggings y una sudadera oversize, que para mí es como ir vestida con ropa de camuflaje, y bajo por las escaleras, evitando así el ascensor y a cualquier vecino cotilla.

Al salir a la calle, por suerte, solo me reciben un cielo despejado y el aire fresco de finales de febrero. Respiro hondo y en un alarde de optimismo me digo que todo tiene solución. Supongo que la sesión de meditación ha servido de algo. Cuando entro en el supermercado, la cajera me ve y aparta la mirada con desinterés, pero de pronto su cerebro le ordena volver a prestarme atención y abrir los ojos como si hubiera visto un puto dragón cogiendo una cesta de la compra. Pasar desapercibida no va a ser posible.

Me lo confirman pocos minutos después las dos señoras

que pasan cuchicheando detrás de mí en la frutería. Si el oído no me falla, acaban de llamarme «esa pilingui de la tele». Le clavo las uñas al tomate que tengo en la mano con tanta fuerza que lo dejo listo para restregarlo en una tostada. Cuento mentalmente hasta diez y apelo a mi sentido común, el cual me advierte que pringarme la mano es mejor que ser grabada con algún móvil furtivo lanzando Kumatos a dos ancianas, por mucho que me lo pida el cuerpo.

Finalmente, compro los tomates y también lechuga, naranjas y kiwis. El frutero añade de regalo un par de kiwis, un gesto que considero amable hasta que me guiña un ojo y me informa de que su turno termina en quince minutos. No me molesto en responderle que tiene más posibilidades de practicar sexo con los kiwis que conmigo.

Al salir del supermercado, voy derecha a casa y hago el camino de vuelta en la mitad de tiempo que de costumbre. Estoy colocando la compra en la cocina cuando recibo la única llamada que estoy desesperada por recibir.

—¡Charly! —exclamo con tanta ansiedad en la voz que no necesito decir más.

El suspiro largo y derrotado que recibo desde el otro lado de la línea también habla por él.

—Lo siento, Lúa.

—No, joder, no, eso no me vale de nada —niego.

—Lo he intentado todo. Incluso he hablado con compañeros de otros programas, pero Astrid ha usado sus contactos, y tiene muchos, para asegurarse personalmente de que nadie te contrate como periodista.

Mi cocina es pequeña y no dispongo de espacio para mesa

ni sillas, así que me siento en el suelo buscando algo de esa estabilidad que no paro de perder. Lo sabía. En el fondo lo sabía, pero a veces hace falta escuchar lo que ya sabes de boca de otra persona para hacerlo real.

—¿De verdad no hay nada que pueda hacer? Lo que sea —suplico, y odio suplicar.

—Conociéndote, no creo que te gusten tus opciones.

—¿Cuáles son?

—Puedes alejarte de los focos unos meses, al menos hasta que la cosa se enfríe y dejes de ser un meme, o puedes aprovecharte de la situación y sacar dinero rápido paseándote por los platós.

—Así que mis opciones son desaparecer o venderme como la amante de turno despechada para terminar siendo carnaza de reality show. Y de paso, despedirme de mi carrera.

—No digo que sea justo, Lúa, digo que esas son tus opciones. Lo siento.

Dicen que lo que no te mata te hace más fuerte. No siempre. A veces, lo que no te mata te deja hecha una mierda y punto. Por eso a las once de la noche me encuentro tirada en el sofá, bebiendo Coca-Cola en una jarra de cerveza y comiendo Pringles Paprika de seis en seis. Después de pasar por la frutería di una vuelta por la sección de aperitivos, por lo que pudiera pasar. Ojalá fuera de esas personas a las que los disgustos les cierran el estómago. A mí me da por comerme una pizza familiar y el brazo del pizzero que me la entrega si se descuida.

Soy consciente de que atiborrarme de patatas no es la solución, pero lo prefiero a quedarme sentada en el suelo de la cocina en estado catatónico. De momento, intento mantenerme entretenida y me concentro en ver una película de terror. Saber que hay gente con problemas más graves que los míos, aunque sea en la ficción, supone un alivio momentáneo.

El timbre suena, sacándome de golpe de mi burbuja de muerte. Me quedo inmóvil mirando hacia la puerta. Alquilé este piso porque era perfecto para mí: un solo dormitorio con vestidor incluido, un baño con bañera de hidromasaje, una cocina pequeña en la que nunca iba a cocinar y un salón enorme con una puerta directa a la calle, sin metros perdidos en un recibidor. Cuando alquilé este piso no imaginé que un día el sonido del timbre me pondría los pelos de punta.

—Sé que estás ahí dentro, zorrón. Puedo oír la tele desde aquí. O me abres o tiro la puerta abajo.

Raquel pesa cincuenta kilos escasos y, si lo intentara, solo conseguiría fracturarse su huesudo brazo. Dejo las patatas en la mesa, me levanto con pereza y arrastro los pies por el parquet. No me apetece ver a nadie, pero abro la puerta.

—¡Por Dios! —Mi amiga tuerce el morro en cuanto me ve—. Vaya pinta.

—Lo siento si mi recibimiento no está a tu altura, pero no me apetecía maquillarme para estar en casa.

—No necesitas maquillaje, sino una reconstrucción. —Se planta en medio del salón con su metro setenta y seis de altura (sin contar los tacones) y su *outfit* de fiesta cuidadosamente elegido—. Venga, dúchate, que hueles a pimiento. —Arruga la nariz con tanto asco que hasta deja de ser guapa por un segundo—. Nos vamos a tomar una copa. O siete. Lo necesitas.

—No me apetece —refunfuño y vuelvo al cálido refugio de mi sofá.

—Aunque esté muy cabreada contigo, que conste, porque no me contaras que te estabas tirando al marido de Astrid Vargas, no voy a dejar que te quedes aquí escondida muerta del asco —me advierte.

—Por lo visto es lo único que puedo hacer.

—Pues hazlo el lunes, hoy es sábado y vamos a salir.

—Raquel, no sé qué voy a hacer con mi vida, soy el hazmerreír nacional y me han despedido. No estoy de humor para fiestas.

Me pone los ojos en blanco y se sienta en el sofá junto a mí con un fastidio mal disimulado. Esto le va a llevar más tiempo del que tenía previsto.

—Vamos a ver, yo podría enchufarte en mi agencia, si adelgazas cinco kilos antes, claro, aunque ya eres muy mayor para desfilar y no te quedan muchos años buenos —asegura mientras juega con las puntas de su melena oscura y lisa como una tabla.

—¿Has venido a animarme o intentas que me tire por la ventana?

—El martes hay un casting para un anuncio de crema anticelulítica. Yo no voy a ir, obviamente, pero puedo darte la dirección.

—Lárgate. —Señalo la puerta—. Tengo que tirarme por la ventana.

—Vale, a lo mejor no puedo arreglar lo de tu trabajo, pero sí ayudarte a que te olvides de todo un rato. La vida te parecerá otra cosa con un poco de tusi. —Sonríe y palmea su bolso, que es donde deduzco que lleva un par de bolsitas de esa especie de cocaína de color rosa.

Ahora soy yo la que pone los ojos en blanco. Ella sabe que no consumo y me molesta que aproveche un momento de debilidad para ofrecerme droga.

—Raquel, tengo un día de pena, pero no voy a meterme nada para fingir lo contrario.

—¿Estás así por lo del embarazo?

La pregunta me pilla tan desprevenida que mi cerebro es incapaz de generar las conexiones neuronales requeridas para deducir lo evidente.

—¿Qué embarazo?

—Astrid está embarazada. Han dado la noticia los dos juntos en el *photocall* de un estreno al que han ido esta noche. Pensaba que ya lo habrías visto, ha salido en todas partes.

Cojo el móvil de la mesa y en menos de treinta segundos encuentro un vídeo de Astrid y Alberto, vestidos de fiesta, impolutos, hablando con un periodista. Ella anuncia su embarazo con una sonrisa tímida y el periodista los felicita por la noticia, aunque enseguida aprovecha la ocasión para calzar la pregunta sobre los rumores de divorcio. Alberto interviene y admite que cometió un error, pero asegura estar muy enamorado de su mujer y añade que la vida se ha encargado de recordárselo mientras posa la mano suavemente en el vientre de ella. Astrid lo mira con ternura y los ojos humedecidos. Se dan un beso para la escena final.

No sé a qué estreno han acudido esta noche, pero seguro que sus actuaciones son mejores que las de la película.

—¡Y una mierda! —escupo cabreada—. Alberto me contó que ya no la quiere, que no se tocan desde hace meses y que acostarse con ella es lo más parecido que hay a la necrofilia.

—¡Jo-der! —Se sorprende Raquel—. Si ese vídeo casi me ha hecho replantearme la monogamia. Parecen la pareja perfecta.

—Y lo son. Son igual de mentirosos.

—O el mentiroso es solo él, Lúa. Un tío que finge estar atrapado en su matrimonio para poder metérsela a otra es la historia más vieja del mundo.

—No, conmigo no tenía que fingir, los términos de nuestra relación estaban muy claros desde el principio. Tampoco me creo que Astrid lo haya perdonado así sin más. Se ha cargado mi trabajo y mi carrera sin pestañear, así que imagínate lo que le podría hacer a él... Ese vídeo es puro marketing, un lavado de imagen de su matrimonio y de sus marcas personales.

—Puede, pero con el anuncio del embarazo y su reconciliación la prensa los dejará tranquilos. La felicidad no le interesa a nadie —resume con toda la razón—. En cambio, a ti...

—A mí me van a fusilar —acabo su frase llevándome los dedos al puente de la nariz.

Mi amiga se levanta del sofá y pone los brazos en jarras.

—Tienes que devolvérsela.

Por un segundo estoy tentada, y sé que bastaría con responder una sola llamada de la veintena que tengo en el móvil. Sería muy fácil y... «No, qué va, no lo sería», me rebato a mí misma. Supondría meterme en una guerra de la que ya parto con desventaja y en la que perdería muchas cosas solo por participar, empezando por mi intimidad. Ya he tenido una muestra de lo que se siente cuando te la arrebatan.

—No voy a devolvérsela —respondo con cansancio, detestando la nota de rendición que noto en mi voz.

—Entonces ¿qué vas a hacer?

Raquel me observa con los ojos muy abiertos, esperando algún tipo de reacción por mi parte. Veo el vaso de Coca-Cola sobre la mesa y no me lo pienso dos veces: meto mi móvil dentro con un movimiento seco.

—Salir conmigo a emborracharte te habría costado bastante más barato, puta loca, que es un iPhone.

—No es un iPhone, es la caja de Pandora y contiene todos los males de la humanidad.

—Lo que tú digas… —Niega con la mano, que es su sutil manera de decirme que empieza a aburrirse—. En vista de que no voy a poder sacarte de casa, ¿qué te parece si nos pongo unas copas y nos dedicamos a insultar a esos dos cabrones mentirosos?

Se quita los zapatos y, de repente, su humor cambia a un estado mucho más animado. Me gustaría pensar que no se alegra de los últimos acontecimientos que han convertido mi vida en un desastre, pero con Raquel nunca se sabe. Nos hicimos amigas en cuanto vine a vivir a Madrid. Yo buscaba una oportunidad como periodista, porque para eso había estudiado la carrera, y ella buscaba la suya como modelo, porque para eso pasaba hambre sistemáticamente. Mientras, las dos nos ganábamos la vida como camareras en el mismo pub. Han pasado siete años desde entonces y aunque es mi mejor amiga, todavía tengo la sensación de que no la conozco del todo. Pero qué más da, la triste realidad es que ella es la única que se ha molestado en venir a verme y que ya no me agrada tanto la idea de estar sola.

—Voy a sacar la ginebra buena.

4

Cuando los sueños se cumplen, no siempre lo hacen de la forma en que lo imaginamos, por eso nos vemos obligados a moldearlos para que sigan siendo nuestros. Yo soñaba con ser periodista desde que era pequeña, y con viajar por el mundo para denunciar, micrófono en mano, las injusticias que ocurrían en él.

Como podrás suponer, tuve que limar mucho las aristas y los vértices de mi sueño para seguir creyendo en él. Y aunque se haya transformado en una pesadilla, nunca he sido de las que huyen de los problemas. Vale, quizá es una afirmación demasiado contundente. Una vez sí hui. Lo hice porque no encontré otra salida al dolor, pero eso pertenece al pasado y hace mucho que vivo en el presente.

Mi desconexión digital duró lo que tardó un vaso de arroz en resucitar a mi móvil el domingo por la mañana después de que Raquel se fuera a su casa con la reina madre de todas las resacas. Como ella suponía, la noticia de la feliz pareja ha contribuido a su santificación mediática y a que mi escarnio alcance su punto álgido. Durante toda la semana he tenido que leer y escuchar lo frustrada que debo de sentirme por lo mal que me ha salido la jugada de intentar robarle el marido a otra, encima embarazada, y que ya iba siendo hora de que alguien me bajara los humos porque me lo tengo muy creído. De regalo me he llevado también unas cuantas insinuaciones sobre supuestos problemas alimentarios y con las drogas. Eso sí, lo bastante sutiles como para evitar demandas judiciales. Y si hablamos de mi historial sexual, necesitaría tres vidas más para acostarme con todos los hombres que me están adjudicando.

Me arrepiento de mi relación con Alberto, aunque se debe más a las consecuencias del hecho que al hecho en sí. Al fin y al cabo, la responsabilidad afectiva era suya, no mía. De cualquier manera, considero que lo estoy pagando con creces y no estoy dispuesta a avergonzarme de todas las mentiras que se están diciendo sobre mí. Así que, tras ser insultada y difamada otra semana más, he dicho basta, me he subido a mis zapatos favoritos y he salido de casa. Pienso continuar con mi vida y para ello necesito un poco de normalidad, lo que significa quedar con mis amigas el domingo en nuestro restaurante habitual de *brunch*.

Mientras Raquel, Paula y Ainhoa levantan sus copas de mimosa en nuestra mesa y se hacen tropecientas selfis acompañadas de tostadas francesas y huevos benedictinos, yo sostengo con fuerza mi capuchino entre las manos, intentando ignorar la sensación de desnudez que experimento cada vez que alguien cruza su mirada con la mía en el local, ya sea o no por casualidad.

Mis amigas no parecen percatarse de mi incomodidad, aunque no las culpo; en cuanto nos hemos sentado les he prometido que estoy bien y me he negado a comentar el dichoso temita. Algún día seré capaz de reírme de esta situación, pero «algún día» está lejos. A cinco mil putos millones de años luz, calculando así a ojo.

Empezamos con el plato principal y eso se traduce en que yo como y ellas marean la comida en el plato mientras hablan sin parar. Paula es estilista y diseñadora de joyas, o eso afirma ella porque jamás he visto ni una de sus creaciones, y Ainhoa es influencer de vida saludable. Cada semana comparte recetas sanas —con cantidades industriales de quinoa y aguacate, porque de nutrición sabe lo justo— con sus más de noventa mil seguidores. A ellas dos las llamo cariñosamente las Muñecas Diabólicas. A decir verdad, no saben que ese es su mote y reconozco que no suena demasiado cariñoso.

Con Paula y con Ainhoa no tengo una relación tan estrecha como con Raquel, puesto que las tres son amigas íntimas desde el instituto y podría decirse que yo soy la acoplada del grupo. Pero eso nunca me ha molestado. Nos vemos a menudo, tenemos conversaciones muy poco serias, nos reímos a carcajadas y siempre estamos disponibles para salir de fiesta hasta el amanecer. Transitamos por la capa más superficial de la amistad y así nos va bien.

El problema es que hoy yo no me río de los comentarios habituales y no tengo claro qué me está revolviendo más el estómago, si la hamburguesa que me estoy comiendo demasiado rápido o la conversación en la que solo participo como oyente. Tras las opiniones a favor y en contra del bótox preventivo a los treinta, han pasado a analizar los vestidos que se pasearon ayer por la alfombra roja de la gala de los Goya, y de ahí han terminado despellejando a la chica que ganó el premio a la mejor actriz revelación. Paula cuenta que consiguió el papel en la película a base de hacer mamadas y lo asegura con tanta convicción que creo que podría firmarlo ante notario.

En el mundo del cine y la televisión existe la creencia popular de que intercambiar sexo por algún tipo de beneficio es una forma fácil de ascender en tu carrera profesional. No niego que hacerle una felación a un productor ejecutivo sesentón, sudoroso y cocainómano no sea una forma de ascender, pero no me parece fácil.

—¿Y cómo sabes que eso es verdad? —inquiero— ¿La viste tú hacer esas mamadas o te lo ha contado ella?

—Me lo dijo un amigo que conoce a un tío que trabajó de técnico de sonido o algo así en la película. Ella no lo va contando por ahí, como tú comprenderás —responde Paula pestañeando como si yo fuera corta de entenderas.

—Pues claro que no lo va a contar —coincide Ainhoa riéndose—. Tiene la boca demasiado ocupada para hablar.

Y por eso son las Muñecas Diabólicas.

—Mi abuela siempre dice que la envidia es flaca porque muerde y no come —recuerdo, y viéndolas a ellas, el dicho adquiere todo el sentido.

—Pero bueno, ¿a ti qué te pasa? —Raquel me da un codazo—. Si tú eres siempre la primera en contarnos estos cotilleos.

Es verdad, las acusaciones zafias, despreocupadas y de

dudosa veracidad también forman parte de nuestra normalidad. Sería muy hipócrita juzgar a mis amigas por hacer lo que hacemos habitualmente, pero después de sufrir la humillación pública en mi propia piel, despotricar sobre otros ya no me parece divertido.

Bienvenida a mi vida, conciencia. Me vas a joder de lo lindo.

—Déjalo, da igual… —Doy un sorbo al café y de paso me trago mis pensamientos. Mi conciencia no tiene sitio en esta mesa.

Ellas retoman su conversación como si nada y pasados veinte minutos deciden que les apetece pasarse por una fiesta *after brunch* que se está celebrando en la terraza de un hotel en el centro. Raquel nos enseña las fotos del sarao en Instagram y a mí me empieza a faltar el oxígeno solo de pensar en compartir espacio con tanta gente. Me excuso para no ir con un repentino dolor de cabeza. En realidad no me duele nada, solo estoy física y mentalmente agotada. Es como si las últimas dos semanas se me hubieran caído encima. Las tres se despiden de mí con besos y abrazos y prometen llamarme luego para ver cómo me encuentro. Más tarde, en casa, veo las fotos que han subido de la fiesta en sus stories, pero mi teléfono no vuelve a sonar en todo el día.

La alarma me despierta a las nueve de la mañana y me levanto sin remolonear. Si lo hago, puede que no salga de la cama en horas. Me doy una ducha rápida, me preparo un café y me siento con el portátil en una de las sillas de la mesa del salón.

El sofá me pone ojitos, pero resisto la tentación de tumbarme. Ya he pasado dos semanas acurrucada en él, lamiéndome las heridas y con los dedos anaranjados de tanto comer Doritos. Y como sigo en una especie de balancín emocional que lleva mi estado de ánimo arriba y abajo constantemente, no puedo permitirme el lujo de la autocompasión horizontal.

Condenada al exilio televisivo, al menos por una buena temporada, y sin un plan B, comienzo a buscar ofertas de trabajo. Mi sueldo como colaboradora en el programa era bueno, muy bueno, pero se esfumó y yo no soy del tipo hormiguita ahorradora, más bien una cigarra hedonista con espíritu de rica que vive a todo trapo y está obsesionada por los zapatos. No me agobia el dinero, hoy lo tienes y mañana no, más aún con una profesión tan inestable como la mía. Además, siempre he sabido cómo buscarme la vida.

Lo hice cuando llegué a Madrid hace siete años, con una maleta vieja, menos de mil euros ahorrados y el corazón tan roto que no merecía la pena ni recomponerlo. Trabajé como teleoperadora, dependienta y camarera, empleos cuyos sueldos casi no me llegaban para comer y a la vez pagar un alquiler digno, ni siquiera combinándolos. Por insistente —y por fotogénica, tampoco lo voy a negar— conseguí una oportunidad como reportera en un programa de la televisión local.

Durante dos años chupé más calle que una farola persiguiendo a la gente con un micrófono, cubrí reportajes metida hasta las rodillas en la nieve y tuve que subirme a los toros mecánicos de unas cuantas fiestas patronales. Pero el esfuerzo tuvo su recompensa. Empecé a hacer colaboraciones esporádicas en algunos programas y mi seguridad y desparpajo consiguieron que con el tiempo ya no necesitara presentarme a ningún casting ni hacer entrevistas. Mi teléfono sonaba y me buscaban. Mi nombre significaba algo delante y detrás de las cámaras y eso me provocaba cierto orgullo. Ventilar la vida de los famosos no era mi objetivo, pero lo asumía como un medio para un fin, un paso necesario en mi carrera para encontrar mi propia voz y poder usarla después como yo quisiera, porque pensaba ganarme el derecho a elegir.

Cuando me quiero dar cuenta, el ordenador ha pasado al modo hibernación, aburrido de esperar, y me duele la mandíbula de apretar los dientes. Todo ese esfuerzo, el camino andado y todos estos años currando como una cabrona para terminar siendo Lady Braga en menos de cinco minutos. Una oleada de ira me recorre y siento el calor de la sangre agolpándose en mis mejillas.

Puta Astrid Vargas.

Cierro los ojos, resoplo y me centro de nuevo. Necesito desprenderme de ese nombre. Ya no se llama Astrid Vargas, ahora es la Malvada Reina de Todo Mal. Sí, es una redundancia, ya lo sé, pero ahora mismo la odio en exceso.

Y como entiendo que los tentáculos de la Malvada Reina de Todo Mal no llegan hasta las páginas web de noticias, tecleo en mi ordenador y hago una primera búsqueda de ofertas de trabajo. Al menos así no me alejaré tanto de mi campo profesional mientras encuentro la manera de regresar a él. Empiezo con cierta confianza; sin embargo, mi balancín emocional me sienta de golpe en el suelo de la realidad laboral cuando encuentro varias empresas que pagan menos de un euro por pieza informativa.

Hago mis cálculos y me doy cuenta de que para ganar algo más de mil euros al mes tendría que escribir cincuenta noticias al día los siete días de la semana. Y lo que escuece no es solo el hecho de que escribir se haya convertido en una profesión precaria, sino que, por una vez, no me veo capaz de hacer algo.

Conozco mis fortalezas y la comunicación verbal es una de ellas. Tengo labia, poca vergüenza y pienso rápido, por eso funciono bien en los directos. Son habilidades muy útiles, pero también mecanismos adquiridos con los años que compensan mi dificultad para leer con fluidez y escribir sin faltas de ortografía. Siendo disléxica podría haber escogido una profesión más sencilla para mí, pero por mucho que las letras se empeñen en bailar delante de mis ojos, en mi sueño siempre estuvieron muy fijas. Y mi abuela me enseñó desde pequeña que, aunque me llevara más tiempo que a los demás y tuviera que hacerlo de forma distinta, podía hacer lo que me propusiera.

Pero ahora me toca volver a adaptar mi sueño, ya que no puedo escribir medio centenar de textos al día con una calidad aceptable y, aunque lo consiguiera, necesitaría que alguien me ayudara a revisarlos antes de enviarlos. Abandono esa opción y continúo buscando ofertas que me dejan en la misma situación. Los periódicos están descartados, y las agencias de noticias y mis redes sociales no van a ser una fuente de ingresos por el momento.

Tan solo una hora más tarde empiezo a cuestionarme si no sería mejor subirme al carro del famoseo, o tirarme debajo de él y que me arrolle —más o menos es lo mismo—, puesto que mis únicas salidas se reducen a trabajar como camarera o dependienta.

Antes de asumir que debo retroceder siete años en el tiempo o dedicarme a enseñar las bragas —cobrando, eso sí— en OnlyFans, bajo hasta el quiosco de la esquina a comprar unas cuantas revistas. Necesito un poco de aire y esa es mi rutina favorita de los miércoles: sentarme a hojearlas mientras el olor del papel se mezcla en el salón con el del café recién hecho. No obstante, hoy voy a pasar de la prensa del corazón y me voy a centrar solo en las revistas de moda y decoración. Al menos es mi intención hasta que llego al quiosco. Porque las intenciones no importan cuando pierdes el control de tu vida y lo toman otros.

Aquí estoy, parada frente a mí misma, mirando una foto no muy buena de mi cara que ocupa la portada de una revista de cotilleos.

En cuanto la cojo del expositor, los dedos me empiezan a temblar. «¿Y ahora qué pasa?», me pregunto, dudando a la vez si quiero averiguarlo. Leo el titular tres veces, primero porque cuando me pongo nerviosa me cuesta todavía más leer; y segundo, porque ni mis ojos son capaces de creerse lo que ven escrito en letras blancas enormes: «Lúa Medina le declara la guerra a Astrid Vargas».

Abro la revista y busco rápido entre sus páginas el montón de mentiras que se habrán inventado. Pero no. Son mis palabras, reproducidas fielmente y confesadas en la más estricta intimidad a la persona que consideraba mi mejor amiga.

5

De camino en el taxi, retuerzo la revista con tanta fuerza que parece que la estoy escurriendo como una bayeta de fregar. El gesto no me ayuda a tranquilizarme. En realidad, no me apetece tranquilizarme, lo que quiero es seguir cabreada, gritar, insultar, dejarme prender fuego por la ira y mantenerla dentro de mí el mayor tiempo posible. He tratado de ser reflexiva y racional, pero una solo puede utilizar unos zapatos que no son de su talla por un tiempo muy limitado. Yo no soy reflexiva ni racional; soy mecha, cerilla, pólvora y cualquier artefacto válido para provocar una explosión.

No he llamado a Raquel por teléfono, prefiero enfrentarme a ella en persona y pillarla por sorpresa, así no tendrá tiempo de pensar en una excusa barata para justificarse. Encontrarla resulta fácil, hace diez minutos subió unos stories a Instagram desde la peluquería. Mi rabia acumulada y yo llegamos poco después, me bajo del taxi y casi siento crujir el asfalto bajo mis pies mientras camino.

Al entrar en la peluquería paso a tal velocidad por el mostrador de recepción que apenas capto una voz que no llega a terminar de pronunciar un «buenos días». Me planto en mitad del salón, tan blanco, tan brillante, tan ajeno al asesinato que aquí está a punto de cometerse, y encuentro a Raquel sentada en una silla de color champán frente a un espejo vertical, esperando su turno mientras hojea una revista sin mucho entusiasmo.

—A lo mejor prefieres leer esta —grito para hacerme oír sobre el ruido de un secador cercano y le lanzo el ejemplar, que aterriza sobre su regazo.

Ella levanta la vista y nuestros ojos se encuentran en el espejo. Se gira en la silla hacia mí tan despacio que me entran ganas de zarandearla. La sorpresa ante mi presencia es mínima y no hay rastro de arrepentimiento en su cara.

—¿Qué? —Levanta una ceja como si las explicaciones estuvieran de más—. Te he hecho un favor.

—¿Un favor? ¿A venderme lo llamas tú un favor?

—No te he vendido, he aprovechado la oportunidad que ibas a dejar pasar —puntualiza—. Y sí, te he hecho un favor, porque pensabas quedarte de brazos cruzados y alguien tenía que defenderte.

Al final sí ha tenido tiempo de buscarse una excusa barata.

—No sé qué es peor… —Me río con ironía—. Que nuestra amistad valga dos duros o que me tomes por gilipollas e intentes hacerme creer que esto me va a beneficiar de alguna forma.

—Ay, no exageres, en unos días habrá otro escándalo y nadie se acordará de ti. Ya sabes cómo funciona esto… Además, las revistas solo las leen cuatro vejestorios.

—Espera, dices que lo has hecho para ayudarme, pero ¿en realidad no va a servir de nada porque nadie va a leerlo? Me estoy perdiendo con tu lógica, Raquel. —Aprieta los labios, pero no responde. Se le acabaron las excusas—. Es increíble lo retorcida y manipuladora que puedes llegar a ser —espeto un segundo después de que el ruido del secador se detenga y mis palabras vuelen por el aire.

—Oye, estás dando el espectáculo —replica entre dientes al ver que las clientas nos observan con atención.

—Vaya, fíjate, te molesta que te miren y escuchen una conversación que debería ser privada, ¿verdad? Como la que tuvimos tú y yo en mi casa —le recuerdo—. Me desahogué contigo porque eras mi amiga, confié en ti y ahora está todo en una puta revista —grito de nuevo.

—Vale ya. —Se levanta de la silla y trata de alejarse, pero la agarro del brazo.

—¿Dónde te crees que vas? No he terminado.

—Pues a mí no me apetece seguir con tus dramas. ¿Sabes qué, Lúa? Los demás también tenemos problemas, aunque a ti no te interesen. Al final fui a esa mierda de casting y ni me cogieron, llevo meses sin trabajar y voy fatal de pasta, pero no puedo contarte nada porque tú siempre tienes que ser el centro del universo.

—No te atrevas, ni se te ocurra volver esto contra mí. —Niego con la cabeza—. Podías habérmelo contado y pedirme dinero si lo necesitabas en lugar de hacer algo tan rastrero a mis espaldas.

—Venga ya —bufa con desprecio—. Tú habrías hecho lo mismo en mi lugar.

—No, yo nunca habría violado tu intimidad y nunca te habría traicionado.

—Oye, guapa, no te las des ahora de santa conmigo, que tú vives de las miserias de otros y te follas a casados.

La palma de mi mano aterriza en su mejilla con un golpe seco que resuena en todo el salón.

Raquel abre los ojos y la boca de la impresión y solo acierta a llevarse la mano a la piel, como si a pesar del dolor tuviera que cerciorarse de que acabo de cruzarle la cara.

—¿Lo has grabado bien? —le pregunto a la chica que sostiene su móvil en la mano frente a nosotras sin molestarse en disimular. A continuación, vuelvo a mirar a Raquel, que todavía no pestañea—. Esto también lo puedes vender, pero date prisa o se te van a adelantar. Ya sabes cómo funciona el tema.

Doy media vuelta, arrastrando todas las miradas presentes y me largo por donde he venido. Salgo a la calle con la respiración acelerada y empiezo a caminar, o más bien mis piernas lo hacen por mí sin que yo pueda opinar. Solo sé que no puedo parar, no puedo dejar de moverme, porque si lo hago me voy a romper. Me alejo un par de calles sin una dirección en mente, no sé a dónde voy, pero lo peor no es eso, sino darme cuenta de que no tengo a donde ir porque no tengo a nadie a quien acudir.

Vuelvo a casa y en cuanto suelto las llaves sobre la mesa del salón soy consciente de que no puedo quedarme aquí. Raquel ha abierto la veda a los paparazzi y es cuestión de horas que tenga dos o tres cámaras instaladas en el portal. No puedo enfrentarme a ellos ahora ni convertir mi casa en un búnker hasta que esto pase.

Mis piernas siguen decidiendo por mí y voy hasta el dormitorio para sacar una maleta del armario. En diez minutos la lleno a reventar con ropa que no me molesto ni en doblar como es debido. Veinte minutos más tarde ya estoy arrastrándola hasta el garaje para cargarla en el maletero del coche, casi sin aliento. Siete años de mi vida y tardo menos de una hora en dejarlos atrás. La sensación de pérdida me roza y es demasiado familiar, pero me digo que debo seguir moviéndome si no quiero que me alcance.

Intento salir tan deprisa del garaje que estoy a punto de estamparme de frente contra una columna. Me lo tomo como una advertencia, porque mi intención es alejarme de los focos, no ir derecha al hospital. Con el coche aún en marcha y las manos en el volante me obligo a respirar. Me concentro en hacerlo, en las últimas horas parezco haber olvidado que es una función innata. Cuando noto que el aire empieza a entrar por mi nariz y salir por mi boca con relativa fluidez, enciendo la radio. Leiva me ayuda a relajarme y la música tendrá que llenar el silencio que va a acompañarme en el camino.

Salgo del garaje con una serenidad al menos aparente y conduzco mientras barajo mis posibilidades. Podría largarme fuera de España; al Algarve, por ejemplo, a tomar el sol, bañarme en la playa y comer cataplana de pescado frente al mar. Suena bien, suena a verano. Además, en Portugal nadie me reconocería por mi ropa interior y eso es otro punto a favor. Pero estamos a primeros de marzo, quizá debería probar con un clima más templado.

Me incorporo a la M-30 y me planteo irme al aeropuerto y coger un avión que me lleve muy lejos. A Filipinas, a perderme entre las mil setecientas ochenta islas de Palawan. Aún recuerdo el número exacto. Recorrer esas islas era otro de mis sueños, y durante un tiempo compartí ese sueño con alguien. Después lo tuve que enterrar; me refiero al sueño, no a ese alguien, al menos no literalmente. Y lo tuve que enterrar porque ese sueño era tan nuestro que ya no podía ser solo mío.

Descarto Filipinas y lo descarto todo. No voy a coger ningún avión, acabo de tomar la salida hacia el norte por la A-6. Conduzco sin parar, porque si freno acabaré dando media vuelta, y sin pensar, porque si me dejo arrastrar por los recuerdos, seguro que doy media vuelta. De esa forma consigo salvar casi cinco horas de trayecto. Es el indicador de reserva de la gasolina el que me obliga a detenerme por fin tras quinientos kilómetros recorridos.

Son algo más de las seis de la tarde cuando salgo del coche, con dolor de cuello y la pierna izquierda dormida. Todavía no ha anochecido, aunque no queda ni rastro del sol que dejé en Madrid, el cielo parece que va a romperse de un momento a otro y baña la carretera con una luz azulada. Mientras lleno el tanque de gasolina empiezo a sentir la humedad del mar impregnada en las mejillas. Ese mar Cantábrico que te corta la respiración cuando lo contemplas y también cuando se te ocurre meter un pie en sus gélidas aguas.

Hay cola para pagar en la gasolinera, así que antes de entrar me pongo las gafas de sol, lo cual es ridículo porque nadie repara en mí. Por un lado, es un alivio que no me reconozcan; por otro, me preocupa darme cuenta de que me estoy convirtiendo en una paranoica con delirio persecutorio.

Pago la gasolina en el mostrador y en cuanto salgo de la tienda mi estómago ruge como si tuviera dentro un kraken. Como te dije, los disgustos no me quitan el hambre y con las prisas no he ingerido nada sólido en todo el día.

En el exterior de la gasolinera veo una máquina expendedora. No me apetece volver a hacer cola, así que tendrá que valer. Me acerco y echo un vistazo. Lo más decente parece ser un sándwich de pollo y tampoco hay mucho donde elegir. Selecciono el producto e introduzco el precio exacto, espero a que el envase de plástico caiga, pero cuando lo hace se queda atascado a medio camino. Genial. Lo que me faltaba. Me agacho en cuclillas y meto la mano por la abertura inferior para intentar alcanzarlo, pero solo llego a rozarlo con los dedos. Me levanto y pego golpes en el lateral con la palma de la mano. No sirve de nada. A continuación, pongo una mano a cada lado de la máquina y trato de zarandearla, lo cual resulta inútil porque es como tratar de mover un tanque. Me coloco a un lado y empleo todo el peso de mi cuerpo contra ella, cual jugador de fútbol americano. Cuando vuelvo a mirar, el sándwich sigue atascado y encima me he hecho daño en el hombro. Le doy una patada a la máquina y grito como una mala bestia. Es la gota que colma el vaso, porque el vaso está harto, y estalla en pedazos, y de él sale un tsunami que arrasa con mi cordura. Le doy otra patada. Y otra más. Y otra más. Y ya no puedo parar.

—¡Eh! ¡Eh! ¡Eh! Pero ¿qué haces? —me grita una voz por el lado izquierdo.

Me giro, acalorada, con el fuego del infierno brillando en mis ojos, y veo al chico que acaba de atenderme en la tienda de la gasolinera. Me observa con el ceño fruncido mientras masca chicle y parece más cansado que sorprendido.

—Hago justicia, eso es lo que hago —le informo antes de coger aire y dar otra patada.

—No, eso es lo que hace Batman, tú solo estás inflando a hostias a la pobre Ramona —me explica acercándose un poco más, pero manteniéndose a una distancia prudencial.

—¿Ramona?

—Esa máquina cuesta quince mil pavos. —Señala con la cabeza—. Como mínimo se merece tener nombre.

—Pues dejaré de darle hostias a Ramona cuando ella me dé a mí lo que me debe. —Le propino otra patada, y otra más, y es extrañamente liberador, aunque cansa muchísimo.

—Al final te harás daño y encima me vas a obligar a llamar a la policía, cosa que no me apetece porque estoy terminando el turno —me informa con pereza—. Venga, si te vas ahora nos haces un favor a los dos.

—No voy a irme, ¿sabes por qué, gasolinero? Porque estoy harta. Llevo dos semanas escondiéndome y callándome, y yo no soy de las que se esconden ni se callan. Mi vida se ha ido a la mierda, me he quedado sin trabajo, sin amigos, sin dignidad y me han llamado todos los sinónimos de puta que se te puedan ocurrir. Y lo único que me queda ahora mismo y nadie me va a quitar es ese sándwich de pollo. —Lo señalo con el dedo—. Así que puedes llamar a la policía y a todo el ejército imperial si quieres, que no me muevo de aquí hasta que alguien me dé mi puto sándwich de pollo. ¿Te ha quedado claro?

El gasolinero me observa con una serenidad que envidiaría si no estuviera con un subidón de adrenalina por mi ataque de nervios. Se frota la cabeza rapada y finalmente suspira.

—Ahora vuelvo, pero quédate quietecita un segundo, por favor.

Le hago caso, no porque me lo pida él, sino porque me falta el aliento de tanto patear a Ramona. Entra en la tienda y miro a mi alrededor para encontrarme con unos cuantos pares de ojos que me observan desde los surtidores. Pues sí, hoy la gasolina viene con espectáculo.

El gasolinero sale de la tienda y viene hacia mí con un sándwich y una chocolatina en la mano.

—¿Así estamos en paz? —me pregunta ofreciéndome la comida.

—La chocolatina no la he pagado.

Estaré trastornada, pero soy honrada.

—Te la regalo, Ramona pesa trescientos kilos y habrás perdido unas cuantas calorías contra ella. —Me sonríe vacilón mientras sigue masticando chicle.

Cojo el sándwich y la chocolatina y le doy las gracias. Empiezo a sentirme un poco avergonzada. Y eso que en esa asignatura voy camino de licenciarme.

—Tengo que volver al mostrador. No tendrás intención de hacer explotar la gasolinera ni nada parecido, ¿no? —me pregunta al ver que sigo clavada en el sitio y soy bastante impredecible.

—No, no me apetece salir en el telediario —respondo. Es el único espacio televisivo que todavía no he cubierto.

—¿Vives cerca de aquí?

—¿Por qué quieres saber dónde vivo? —Levanto las cejas con suspicacia.

—Porque quiero saber si estás en condiciones de conducir.

Joder, hasta un gesto de amabilidad ya me parece sospechoso.

—Sí, tranquilo, puedo conducir —le aseguro—. Y estoy cerca de casa.

Me advierte que tenga cuidado con el coche y vuelve a la tienda mientras yo sigo con esa palabra hormigueándome en la punta de la lengua. «Casa». ¿Sigues pudiendo llamar «casa» al lugar del que huiste hace siete años y al que te has negado a volver hasta de visita? Ya que he llegado hasta aquí, tendré que comprobarlo.

6

«Estoy en casa». Me lo digo nada más aparcar el coche en el puerto para ver si ese pensamiento es capaz de asentarse en mi mente. No lo hace, rebota lejos como una pelota de tenis. Por definición, una casa es un edificio habitable de cuatro paredes, pero emocionalmente significa mucho más. «Casa» debería ser ese lugar donde te sientes segura, al que siempre te apetece volver y que te hace sonreír a través de los recuerdos cuando estás lejos. Tengo muchos recuerdos de este lugar, aunque no me acompañan las ganas de sonreír.

Salgo del coche y me pongo el abrigo, subiéndome bien las solapas para cubrirme del orballo, una lluvia débil, casi imperceptible, pero que cala hasta los huesos. Decido no sacar la maleta de momento, lo contrario sería reconocer que voy a quedarme y no las tengo todas conmigo. Camino por el muelle, escoltada por los barcos amarrados que se mecen en el agua mientras los pescadores descargan la mercancía que irá a parar a la lonja después de horas faenando. Cuando vivía aquí apenas notaba el olor a mar, pero ahora es como si se me incrustara en las fosas nasales con cada respiración.

En escasos diez minutos llego al centro y me detengo un momento para alzar la vista y contemplar el lugar donde nací. Es un marco perfecto de postal, una pequeña villa marinera de tres mil habitantes, salpicada de casonas señoriales de colores vivos, rematadas por balcones de madera que apuntan al mar y que van ganando verticalidad con calles empinadas hasta llegar a las colinas que lo rodean, abrigándolo del viento del norte.

«Estoy en casa», me repito, y esta vez el pensamiento es tan forzado que se estrella contra el muro de hormigón que he levantado dentro de mi cabeza. Sigo mi camino y paso delante de las terrazas casi llenas de bares y restaurantes. Ni la lluvia ni el frío que abofetea mejillas a su paso amilanan al personal; aquí son de carácter y piel recios. Además, si se quedaran en casa por las bajas temperaturas, solo verían la luz un mes al año, que es, más o menos, lo que dura el verano en el norte. Y reconozco que es un alivio, eso sí, ver que el pueblo no languidece, como otros tantos abandonados a su suerte, y sigue respirando como siempre, con las risas avivadas con copas de vino y ese acento melódico tan característico de sus habitantes. Yo perdí el mío, o más bien lo eliminé. Me lo exigieron cuando empecé a trabajar como reportera, como si no debiera pertenecer a ningún sitio en particular. No me importó, porque así me sentía precisamente.

Dejo atrás el bullicio de las terrazas y serpenteo por las calles empedradas que tantas veces recorrí hasta llegar a mi destino, si es que lo puedo llamar así. En este caso, es un edificio de tres plantas con fachada *art déco* de color azul celeste y por cuyos balcones asoman pequeñas flores silvestres.

Entorno los ojos para fijarme en la pintura de la fachada, algo agrietada y a la que no le iría mal otra capa, aunque no seré yo quien se lo diga a mi abuela. Ella es la dueña de El Embrujo del Norte, así se llama su hostal. El nombre puede leerse sobre la entrada principal y va acompañado de la silueta de una bruja montada en una escoba. Sin sutilezas. Yo podría haber sido la nieta de Fernando el Pescadero, o la hija de Ana la Guapa, pero siempre fui conocida como la nieta de Renata la Bruja, título que ella sigue luciendo con orgullo. Me acerco hasta el lateral izquierdo del edificio, ya que mi abuela vive en el hostal pero cuenta con una habitación con entrada independiente.

Toco el timbre y espero frente a la puerta. Al escuchar sus pasos acercándose desde el otro lado, mis propios pies deciden alejarse un poco por si tienen que echar a correr en cualquier momento. La puerta se abre y juraría que la madera lanza un gruñido ante mi presencia. Mi abuela ni eso, se limita a ladear la cabeza en silencio. Me fijo en su pelo corto, que era de color berenjena la última vez que lo vi por videollamada en Navidad. Ahora es rojo fuego. Sus ojos oscuros me escudriñan y, si no la conociera bien, pensaría que puede echarme siete maldiciones con la mirada. No parece sorprendida de verme, pero claro, es difícil pillar desprevenida a una bruja.

—No sabía que los fantasmas podían llamar a las puertas —dice por fin, torciendo la boca con desaprobación.

—Si se entrenan, sí. ¿No has visto *Ghost*? Además, no soy

un fantasma, soy la muerte disfrazada de tu nieta y he venido a llevarte conmigo, Vieja Bruja.

—Conozco la fecha de mi muerte y no es hoy, así que no me interesa ir contigo a ninguna parte.

—Vale, pues si no vas a venir conmigo, ¿me puedo quedar aquí esta noche? El camino de vuelta al más allá es bastante largo.

—Así que has vuelto. —Planta las manos en las caderas con un gesto maternal y severo al mismo tiempo—. Y con el rabo entre las piernas.

—No, no, de eso nada, el rabo lo dejé en Madrid. De hecho, no quiero saber nada de rabos nunca más —bromeo, más o menos—. Bueno, ¿me dejas entrar o qué?

—Te voy a responder lo mismo que tú a mí todas las veces que te he llamado las dos últimas semanas.

Arquea una ceja, da un paso atrás y me cierra la puerta en las narices.

—¡Venga ya! ¡Abuela! ¿En serio?

Llamo al timbre repetidas veces y hasta golpeo la puerta con la palma de la mano, pero no vuelve a salir.

Eso debería servirme como señal inequívoca de que no pinto nada aquí. No obstante, Renata sabe de sobra que las prohibiciones solo me sirven para rebelarme y hacer lo contrario de lo que se me dice. Los doce puntos que tuvieron que darme en la cabeza con diez años tras caerme en la piscina vacía en la que no me permitían jugar en invierno lo corroboran. Y quizá ese portazo sea la retorcida forma de mi abuela de darme la bienvenida.

En cualquier caso, se está haciendo tarde y odio conducir

de noche, así que analizo mis posibilidades. Podría entrar con mis propias llaves, aunque para eso tendría que volver a Madrid y cogerlas del cajón de la mesita de noche, que es donde están guardadas, porque cuando he empaquetado mis cosas a toda pastilla esta mañana ni siquiera me planteaba terminar aquí el día. Chasqueo la lengua por mi nula capacidad de planificación. La entrada principal del hostal sería la opción más sencilla, siempre está abierta para los huéspedes, pero es muy probable que mi abuela esté rondando por allí ahora mismo.

Decido probar con una tercera opción. Bordeo la fachada hasta llegar a la parte posterior del edificio, atravieso el patio que sirve de comedor al aire libre en verano y me sorprendo al ver un jardín plagado de flores y plantas en el lugar donde antes se encontraba esa piscina en la que me abrí la cabeza de pequeña. Es lógico que ya no esté, una piscina no tiene mucho sentido en un sitio que ha sido olvidado por el sol.

Mi abuela hizo que la construyeran poco después de que mi madre muriera. Yo se lo había pedido hasta la saciedad tiempo atrás y la respuesta siempre había sido un rotundo «no». Supongo que el cambio de decisión se debió a sus ganas de volver a verme sonreír más que a la utilidad. Pero nada permanece para siempre. Ni las piscinas ni las personas.

Aunque por suerte para mí, hay algunas cosas que no cambian. La ventana de la cocina está abierta, como de costumbre. Es por donde solía escaparme por las noches cuando era adolescente sin que mi abuela se enterara. O por lo menos fingía no saberlo.

Me acerco y me pongo de puntillas para echar un vistazo.

La luz está encendida y en el fuego veo dos ollas grandes que desprenden olor a guiso marinero. Como no parece que haya nadie, coloco las manos sobre el alféizar y me impulso para colarme dentro. Lo consigo al tercer intento y después de un vergonzoso y nada elegante pataleo por la pared. Joder, con dieciséis años esto me parecía más divertido, y más sencillo. Me deslizo con cuidado para no dejar las huellas de mis botas mojadas sobre la encimera y planto los pies en el desgastado suelo.

El olor de la comida me recuerda que sigo muerta de hambre. Sí, ya sé que la lie por ese sándwich de pollo, pero sabía a goma, así que solo me comí los bordes del pan. Miro el reloj y me doy cuenta de que queda poco para que comience el horario de cenas. Me acerco a las tres neveras que están pegadas a la pared de la derecha y abro la primera por la izquierda. Estoy rezando para que mi abuela haya hecho croquetas cuando una voz a mi espalda me advierte de que no puedo entrar aquí si no soy personal de cocina.

No es una voz cualquiera. Es una voz que reconocería hasta debajo del agua. Es una voz que me acelera el pulso y a la vez detiene el tiempo.

—¿Óliver? —Me giro sin saber muy bien por qué entono su nombre como si fuera una pregunta. Tal vez porque es la última persona de este mundo que esperaba encontrarme.

—¿Lúa? —Sus ojos azules atrapan los míos y todo su cuerpo se inclina ligeramente hacia atrás para absorber el impacto de tenerme delante—. ¿Qué haces aquí?

El latido de mi corazón se vuelve tan violento que hasta temo que pueda escucharlo. ¿Qué hago yo aquí? ¿Qué coño hace él aquí? No puede estar aquí. Me niego a que esté aquí. Un calor furioso me recorre de la cabeza a los pies encendiendo cada poro de mi piel como luces de neón. Abro la boca para hablar, pero quiero soltarle tantas cosas a la vez que las palabras se aturullan en la punta de mi lengua y termino conteniendo el aire en el pecho hasta que siento arder los pulmones. Entonces me doy cuenta de que no le debo ninguna puta explicación. Aprieto la mandíbula y me trago esas palabras como si fueran alfileres pasando por mi garganta. Tampoco puede considerarlo una falta de educación por mi parte. Lo último que yo escuché de su boca fue un «luego hablamos», y de eso han pasado siete años. Además, en mi caso no necesito preguntarle qué hace aquí, el delantal blanco que lleva anudado al cuello y a la cintura me da una pista obvia.

—Tengo hambre —respondo con indiferencia en la que resulta ser la mejor interpretación de mi vida y me centro en la nevera. Cojo una tarta de almendras, lo que pillo más a mano, y me las apaño para disimular el temblor de mis dedos al sujetarla. No me puedo creer que me siga afectando.

—No te puedes llevar eso —me advierte incómodo, pasándose la mano por la nuca—. Las tartas son para la cena de hoy.

Ya te he comentado que las prohibiciones no van conmigo, pero ¿te he dicho que odio a este tío con todas mis fuerzas? Eso es más largo de contar.

—Esta sigue siendo mi casa —replico ufana. Sí, para lo que me interesa sigue siéndolo—. Y me está entrando cada vez más hambre.

Con la mano que me queda libre cojo otra tarta idéntica de la bandeja.

—Una actitud muy adulta —señala cuando me doy la vuelta con las dos tartas.

Qué quieres que te diga, tengo veintinueve años, pero con Óliver me estanqué en los veintitrés. Que se joda y se busque la vida para servir el postre.

—Y porque tengo las manos demasiado ocupadas para hacerte un corte de mangas —le aclaro.

Vale, hasta aquí la interpretación. ¿Para qué molestarme en fingir una elegancia que nunca he poseído?

Él agacha la mirada y un mechón de su pelo rubio oscuro le cae por la frente mientras reprime una sonrisa. No, de eso nada, no intento hacerme la graciosa. De hecho, no quiero que asocie conmigo ningún sentimiento ni remotamente parecido a la felicidad.

—Ya nos veremos, Óliver... O no, contigo nunca se sabe.

Me encojo de hombros y la intención de sonrisa se le borra de la cara en el acto. Me doy una palmadita mental a mí misma y me largo, esta vez por la puerta.

Salgo del hostal con las dos tartas y camino calle arriba sin pensármelo. Necesito alejarme de él. No, lo que necesito es que se abra una brecha en el núcleo de la Tierra lo bastante profunda para separarnos como si fuéramos dos continentes. Eso es lo que necesito. Subo por la cuesta que lleva hasta la parte más alta del pueblo y termino en el cementerio. Se supone que a los cementerios debes llevar flores y no postres, pero a quién cojones le importa el protocolo. A los muertos seguro que no, ellos no van a quejarse. Así que mis dos tartas y yo vamos a ver a la única persona que, de estar viva, se alegraría de mi presencia. Voy hasta la tumba de Marcos y me siento en el suelo, a su lado. Aunque tampoco me hace sentir mejor. Aquí fue el lugar exacto donde mi mundo se vino abajo.

7

Enero de 2005

Tenía siete años la primera que vez que fui consciente de que las personas que me querían no siempre iban a estar a mi lado; fue cuando mi padre me contó que se mudaba a casi mil kilómetros de distancia porque iba a divorciarse de mi madre.

Tenía ocho años la primera vez que fui consciente de que las personas que me querían no siempre iban a estar a mi lado, aunque quisieran estar; fue cuando mi abuela me dijo que mi madre no volvería a casa. Había muerto en una intervención aparentemente sencilla en la que iban a extirparle un quiste en el ovario.

Tenía nueve años la primera vez que fui consciente de que había muchas personas que nunca me iban a querer; fue en el colegio, cuando vi a toda mi clase reírse de mí porque me costaba mucho leer.

Tenía diez años cuando empecé a defenderme a hostias de

quienes me insultaban llamándome retrasada. Porque aunque no entendía el orden de las letras, aprendí pronto cómo funcionaba el mundo, al menos a esa edad en la que mi mundo se concentraba en el patio de un colegio. Todo se reducía a dos opciones: ser humillada o dar miedo. Elegí aquella en la que, al menos, los golpes eran visibles.

También con diez años me diagnosticaron dislexia y a los once, gracias a mi esfuerzo y a la ayuda de un logopeda y una profesora que se implicó mucho conmigo, conseguí alcanzar el mismo nivel que mis compañeros de clase. Aquello no impidió que algunos siguieran insultándome por gusto. Marcos era uno de los peores. Tenía los ojos verdes, el pelo tan oscuro como la tinta de calamar y aires de líder de *boyband*. Hasta contaba con su propio club de fans. Era muy fácil localizarlas, dejaban una estela de risitas bobaliconas a su paso. Marcos era el más capullo de todos los capullos y se metía en tantas trifulcas como yo. La diferencia es que eso aumentaba su popularidad mientras que a mí se me condenaba al aislamiento social.

Cada vez que se dirigía a mí era con el único objetivo de burlarse y me hablaba exageradamente lento, como si yo no tuviera la capacidad de entenderle. Estaba tan acostumbrada a sus chorradas que hasta había hecho una excepción con él y lo ignoraba como si no existiera. Pero aquello le enfadó mucho más, porque Marcos sentía la poderosa necesidad de llamar mi atención —tiempo después me lo confesaría— y solo sabía hacerlo de una forma.

Un día en Educación Física decidió pasar a la acción y ponerme la zancadilla. Todos se rieron cuando caí de boca al suelo, excepto su mejor amigo, Óliver, a quien más de una vez le había escuchado pedirle a Marcos que se olvidara de mí y me dejara en paz. Fue el único que se acercó a ayudarme, pero esquivé la mano que me tendía, me puse de pie y me lancé a por Marcos sin darle tiempo a reaccionar. Lo embestí tan fuerte que acabó estampado contra la pared del gimnasio e hicieron falta dos profesores para separarme de él. Ambos nos ganamos una expulsión de tres días.

Mi abuela, cansada y algo desbordada por mi actitud, me aseguró en cuanto salimos del despacho del director, y con Marcos delante como testigo, que iba a enviarme a vivir con mi padre, porque estaba tan cabreada que le daba igual quién pudiera escuchar. Él me miró sorprendido, y si de aquellas no hubiera pensado que era un auténtico gilipollas, habría contemplado cierta preocupación en su rostro.

Renata nunca cumplió su amenaza, era consciente de que mi padre estaba al límite de su capacidad: había aportado el esperma para mi concepción y me llevaba de vacaciones quince días al año. No daba para más. Sin embargo, lo de ver las orejas al lobo me sirvió como revulsivo y empecé a portarme mejor.

Tenía doce años cuando me metí en mi última pelea. Mis pechos habían crecido de la noche a la mañana y la adolescencia se abría paso. No obstante, mi cuerpo se desarrollaba a un ritmo superior a mi capacidad para entender en qué consistía la desconfianza femenina, el afán por competir físicamente y las inseguridades propias de la edad. Aquella mañana, una chica de un curso superior, Maite, me arrinconó en el recreo junto a sus amigas y me acusó de haber intentado ligarme a su novio. El chico en cuestión me había dicho el día anterior que le gustaba mi camiseta de tirantes y yo me había limitado a sonreír. Fin de la historia.

La pelea comenzó como siempre, unos cuantos insultos en los que se repitió mucho la palabra «puta», un par de empujones por ambas partes y los alumnos formando un círculo para jalearnos. Salí de aquella pelea con un puñetazo en el ojo; Maite, con el labio partido y llorando como una mocosa, acusándome de haberla atacado yo primero.

Me di cuenta de que me esperaba otra expulsión temporal, si no era la definitiva, así que me salté la visita de rigor al despacho del director, agarré mi mochila y salí corriendo del patio. Deduje que mi fuga tampoco iba a empeorar mucho mi situación. Era consciente de lo que me esperaba al llegar a casa, otra llamada del colegio, otro disgusto para mi abuela y la posibilidad de que esta vez cumpliera su amenaza y me enviara con mi padre.

En algún momento dejé de correr y empecé a caminar, por cansancio y por evitar llamar la atención de las cotillas del pueblo que acechaban en cada esquina. Llegué hasta un parque que estaba casi vacío, tiré la mochila en el césped y me senté. Me palpé el golpe del ojo con los dedos, dolía una barbaridad, y sin nadie a la vista empecé a llorar. No dejaba de ser una niña.

Marcos apareció pocos segundos después, me había seguido y se sentó a mi lado sin decir nada. No podía evitar que las lágrimas me desbordaran, así que solo le advertí entre hipidos que si se lo contaba a alguien lo mataría.

—Toma —me dijo a la vez que me entregaba un tarro pequeño de color verde que había sacado de su mochila—. Échatelo dos o tres veces al día, así se notará menos el moratón que te va a salir.

—¿Aloe vera? —pregunté sin entender. Podría haberle dado las gracias, pero era Marcos y yo, demasiado orgullosa—. No quiero nada de ti, eres un puto abusón —rematé tendiéndole el tarro para que lo cogiera.

—Y tú una puta matona.

—Yo solo me defiendo de cabrones como tú.

Así nos comunicábamos, porque insultarnos y soltar tacos nos hacía sentirnos muy mayores y muy duros. Tenía claro que Marcos venía buscando gresca y cuando ya me estaba preparando, él suspiró como si se diera por vencido.

—Quédatelo, seguro que mi madre tiene más. En mi casa un ojo morado es lo que te regala mi padre si se te olvida sacar la basura.

No le devolví el tarro, lo guardé en mi mochila y ambos nos quedamos callados. Aunque él ya había dicho bastante en una conversación que dos niños no deberían haber tenido nunca. En aquel instante no entendí por qué compartió conmigo algo tan horrible. Y tampoco me di cuenta de que Marcos era un capullo porque era lo que había visto y vivido en su propia casa. Lo comprendería con el tiempo, pero en ese momento era una cría incapaz de hacer una reflexión así. Aunque sentí lástima por él y el deseo de consolarle. Lo suyo era peor que lo mío.

—Los padres son una mierda. —Fue lo único que se me ocurrió comentar.

—¿Dónde está el tuyo?

—Vive en Córdoba, va a tener un bebé con su nueva mujer y no tiene tiempo para verme.

—Qué imbécil.

—Pues sí, pero que le den. Y que le den a tu padre también.

Los dos sonreímos en silencio.

—¿No vas a irte a vivir con él? —me preguntó agachando la mirada y mordiéndose el labio inferior.

Esa sería otra de las confesiones que Marcos me haría tiempo después. El día que nos peleamos, cuando escuchó a mi abuela amenazarme con enviarme con mi padre, tuvo miedo de que me alejara, pero entonces no supo darle un nombre a aquel pensamiento.

—Ni muerta me voy a vivir con él —aseguré—. Antes me escapo de casa.

—¿A dónde irías?

—Yo qué sé. ¿A París? —sugerí por decir algo.

—No, París está muy cerca. Mejor nos vamos a China, que allí vive un huevo de gente y nadie nos encontraría. ¿Sabes que si todos los chinos saltaran a la vez provocarían un terremoto?

Con el tiempo supe que eso era un mito, pero me hubiera dado igual porque solo me había quedado con una parte de sus palabras.

—¿Nos vamos? —Fruncí el ceño sin entender—. ¿Vas a escaparte conmigo?

Marcos se rascó la mejilla, parecía nervioso de repente. ¿El tío más chulo de todo el colegio se estaba poniendo nervioso delante de mí? Imposible.

—Yo también he pensado en irme muchas veces, y creo que lo inteligente sería hacerlo con alguien que pueda pegar hostias como panes. Así nos podríamos proteger el uno al otro —concluyó con una sonrisa macarra.

Tenía doce años cuando me pregunté por primera vez cómo sería besar a un chico. Al más capullo de todos los capullos. Y eso marcó mi vida. La de los dos, porque aquel día Marcos y yo empezamos a enamorarnos.

8

Se hace tarde y me digo que es hora de salir de aquí, porque una cosa es comerme media tarta de almendras en un cementerio y otra muy distinta, pasar la noche en uno. No es que sea aprensiva, no sería la primera vez que duermo con fantasmas. Según mi abuela, siempre había unos cuantos rondando por el hostal. Algunos niños se criaban con sus hermanos, otros tenían perros y yo, espectros con asuntos pendientes.

Me despido de Marcos con una melancolía asumida después de siete años de ausencia, pero repitiéndome lo mismo de siempre: nadie debería morir con veintidós años. Salgo del cementerio y decido regresar al hostal. Llevo un abrigo de paño demasiado fino que apenas me protege del frío y la humedad, y estoy cansada, así que debería ir asimilando lo de dormir aquí.

En el camino de vuelta me cruzo con la primera cara conocida. Es el párroco del pueblo, el padre Simón. Todavía recuerdo la charla que me dio siendo niña cuando me negué a hacer la comunión. Había dejado de creer en Dios después de perder a mi madre de una forma que ni los médicos supieron explicar a mi abuela, y Dios ni siquiera se molestó en darme una respuesta. El padre Simón me prometió creer por mí hasta que recuperase la fe. Nunca lo hice. Y a pesar de los años que han pasado, nada más verme me asegura que ha estado rezando por mí. Es evidente que el buen hombre ve la televisión, y a su manera sigue creyendo en mi nombre. En agradecimiento por su intento de salvar mi alma le regalo la tarta que me ha sobrado, porque mi abuela siempre me enseñó que la comida no se tira.

Llego al hostal pasadas las once de la noche. Antes he tenido que recoger mi maleta del coche y pararme a respirar unas cuantas veces por el camino para hacerme a la idea de que puedo volver a encontrarme con Óliver, lo cual tampoco ha resultado fácil porque iba asfixiada arrastrando una maleta enorme cuesta arriba. Entro por la puerta principal y voy derecha a recepción. La decoración no ha cambiado un ápice y todo sigue en su lugar, inmune al tiempo. El suelo de azulejo, el ancho mostrador de madera, la pared llena de ganchos en los que cuelgan llaves que parecen de castillo de cuento y hasta el sofá capitoné de piel y color marrón. Vale, quizá el sofá, ajado y descolorido, no es tan resistente al tiempo. De un vistazo me doy cuenta de que lo único aquí presente que no existía durante la Guerra Civil es la recepcionista. De hecho, no tendrá más de dieciocho años. Se está peinando con los dedos el flequillo rubio y liso como una tabla cuando llego hasta ella. Al alzar la vista, sus enormes ojos azules pasan del aburrimiento a la alegría en un microsegundo.

—¡Lúa!

—¡Alba! —Me sorprendo y no me da tiempo a decir nada más, porque sale del mostrador a toda prisa para darme un abrazo con el que casi me luxa las costillas—. Déjame verte bien. —Separo nuestros cuerpos para tomar aire y tratar de conciliar la imagen de la niña que recuerdo con la del mujerón que va camino de convertirse—. Si no te hubiera visto en fotos estos años, ni te habría reconocido. ¡Cuánto has crecido! ¡Y estás guapísima!

—Tú sí que lo estás. Dios, me encanta tu pelo, es como el de Khaleesi —señala emocionada justo antes de reparar en mi maleta y emocionarse aún más—. Dime que llevas ahí esos vestidos que te pones cuando sales en la tele. Me muero cada vez que te veo —asegura haciéndome reír. Al menos todavía conservo una fan.

—¿Qué haces trabajando en el hostal? Espera… —Arrugo la frente haciendo mis cálculos—. Si no tienes ni la edad legal para trabajar.

—Tengo dieciséis y la autorización de mi madre. Aunque, mejor dicho, estoy aquí obligada por ella. —Hace un mohín de disgusto con sus labios pintados de rosa chicle—. Dice que, si no quiero estudiar, tengo que ganarme la vida y todas esas chorradas. Es una dramas insoportable.

—Eh, no hables así de tu madre. Tuvo que parirte y por tu culpa tiene estrías de por vida.

—¿Le has dicho que estás aquí?

—Todavía no. —Hago una mueca—. Hace tiempo que no hablamos.

Aun así, no he dejado de pensar en Cova mientras venía en el coche. Era mi mejor amiga y nos distanciamos con los años, pero estoy segura de que ella jamás me habría apuñalado por la espalda como hizo Raquel.

—Mira, llevo los pendientes que me mandaste por mi cumpleaños. —Me muestra los pequeños aros dorados tocándose el lóbulo—. Y gracias otra vez por la paleta de sombras, es una pasada.

—Sí, imaginé que te gustó por los trescientos *stickers* que me enviaste.

—Oye, tienes que contarme cosas de la tele.

—Vale, pero mejor lo dejamos para...

—Seguro que conoces a mogollón de famosos. ¿A las Twin Melody? ¿A los de *Élite*? ¿Y a Pol Granch? ¡Ay, Dios, es tan guapo! —Contiene el aliento—. Me muero si lo conoces. O sea, me muero literalmente.

—Pues no, no tengo el gus...

—Cuando vuelvas a Madrid tienes que dejarme ir contigo un finde, porfa, porfa, porfa. —Junta las palmas y pone cara de pena—. Mi madre se va a negar fijo, pero podemos convencerla entre las dos. Necesito ir a tomar café a un Starbucks. ¿Te puedes creer que aquí no hay? —Pone los ojos en blanco—. Este pueblo es un asco.

Coloco ambas manos sobre sus mejillas hasta espachurrárselas, así consigo por fin cerrarle la boca.

—Te prometo que mañana te cuento lo que quieras y hablamos de ese finde en Madrid, pero lo que necesito yo ahora es que me des una habitación.

—Sí, claro, perdona. —Sonríe con una timidez que me vuelve a recordar que todavía es una niña y se acerca hasta el mostrador—. Es que aquí no tengo a nadie con quien hablar y como ya sabía que ibas a venir… —me explica a la vez que coge una llave.

—¿Por qué lo sabías? —Frunzo el ceño. No lo sabía ni yo.

—Tu abuela me avisó hace un rato y me dijo que te diera esta habitación.

Sonrío y niego con la cabeza al ver que la llave corresponde a la habitación siete. Su número de la buena suerte. Es una bruja supersticiosa y, en el fondo, una blanda.

Alba se marcha —no sin antes obligarme a prometer que le enseñaré toda la ropa que he traído— y yo subo hasta mi habitación, situada en la primera planta. Ya mañana pensaré qué hacer con mi existencia.

La puerta suena con un chirrido brusco y escucho pasos rápidos por la habitación. No me asusto, reconozco los andares y el desprecio por la intimidad ajena de mi abuela, quien no tarda en abrir las cortinas y la ventana de par en par. Parpadeo con dificultad por el sueño que tengo más que por la luz de la estancia, ya que todavía no ha amanecido. Miro el reloj y me entran ganas de llorar, solo son las siete.

—¿Tienes que hacer eso ahora? —gruño mientras la veo pasearse vestida con un caftán de colores y unos pantalones blancos.

—Hay que ventilar para que salga la energía negativa. Llevas mucha encima.

—¿Y para que salga la energía tiene que entrarme a mí una pulmonía?

—El frío es bueno para el sistema inmunitario. Venga,

arriba —ordena ignorando mis protestas y agachándose para recoger la ropa que dejé ayer tirada en el suelo.

—Menuda bienvenida —me quejo con un bostezo y me siento en la cama tirando de la colcha hasta cubrirme los hombros para protegerme del frío.

—¿Esperabas que te recibiera con un besamanos? Ni avisaste de que venías.

—Podías haberlo adivinado con tus cartas —me burlo y ella deja de recoger para pararse frente a mí con un gesto que conozco bien—. Vale... No te avisé ni tampoco te cogí el teléfono, lo siento. Aunque es un poco pronto para que me eches la bronca y también soy muy mayor para que me recojas la ropa.

—Sí que te eché las cartas. Salió la muerte —comenta dejando la ropa bien estirada sobre el butacón que hay encajado en una esquina.

—Estupendo, ¿y por casualidad sabes cuándo me va a atropellar un autobús para acabar con mi sufrimiento? Porque entonces ni me molesto en reconducir mi vida.

—Sabes de sobra que la interpretación de las cartas no es literal —me recuerda meneando la cabeza—. La muerte significa el fin de una etapa o un cambio importante en tu vida, y ese cambio podría ser positivo.

—¿Puedes sacar algo positivo de que mis bragas volaran en la televisión nacional?

—Que tienes buen gusto para elegir bragas

—Eran de La Perla, me costaron una pasta. Pero ya no me las puedo permitir porque no tengo trabajo.

—¿Y qué piensas hacer?

—Comprar las bragas en el Rastro.

—Lúa… —pronuncia mi nombre con ese tonillo que no admite coñas.

—Me quedaré aquí unos días, supongo. —Suspiro apoyándome en el cabecero de madera—. Por suerte, la cobertura funciona de pena y los insultos me llegarán mucho más despacio.

—¿Y después? —inquiere frunciendo el ceño y no puedo evitar fijarme en su cara. Renata ha debido hacer un pacto con el diablo. Tiene setenta años y solo unas pequeñas arrugas salpican su rostro, alrededor de los ojos y en la comisura de su boca. Espero que la piel tersa sea hereditaria.

—No tengo ni idea —admito—. También es muy pronto para preguntas tan serias.

—Pues hasta que lo sepas ya tienes trabajo. Hay que servir desayunos y limpiar habitaciones.

—¿No tienes a gente para hacer eso?

—Sí, te tengo a ti. En la cocina en media hora.

—¿Con quién, con Óliver? Ni de broma. —Me destapo de golpe y planto los pies en el suelo helado—. No entiendo cómo puedes tenerle trabajando aquí después de lo que me hizo.

—Tengo mis razones —espeta muy digna.

—¿Y cuáles son?

—No has pasado por aquí en siete años, no te has ganado que te las cuente.

Aparto la vista de ella y la clavo en el papel pintado de florecitas de la pared. Esta vez me callo, no tengo ganas de empezar el día con una pelea sobre deslealtades. He dormido fatal y Renata es incombustible.

—Toma, para la ducha. —Saca una rama de laurel del pantalón y me la da.

—Restregarme laurel por el cuerpo no va a darme suerte.

—Restregarte con un hombre casado, menos.

—Muchas gracias, abuela —bufo—. Es justo lo que necesito, que eches sal en la herida.

Se acerca hasta la puerta y cuando posa la mano sobre el pomo se vuelve a girar hacia mí.

—Ningún mal es eterno.

—¿Y si este lo es? Internet no olvida.

—Entonces aprendes a vivir con ello. Lúa, siempre va a haber gente a la que no le gustes. Asegúrate de no ser parte de esa gente —me dice suavizando el gesto—. Bienvenida a casa.

—Gracias —respondo con la boca pequeña, aunque esta vez sin rastro de ironía.

—Y espabila de una vez, te quiero en la cocina en media hora. Lo digo en serio. No llegues tarde —añade antes de abrir la puerta e irse.

Así es Renata, una de cal y tres de arena. ¿O es al revés? Nunca he sabido cuál es la buena y cuál es la mala.

Bajo a la cocina una hora más tarde, después de lavarme el pelo, secármelo concienzudamente y maquillarme. También me he tomado mi tiempo con el laurel en la ducha, frotando por todas partes, sobre todo con la intención de retrasar el momento de ver a Óliver. En cuanto llego, me ladra un buenos días y comienza a darme órdenes que mi cerebro es incapaz de procesar hasta que reciba su dosis de cafeína.

Va vestido con una camisa tipo leñador de cuadros rojos y negros y unos vaqueros oscuros. Su espalda es más ancha que la del chico larguirucho de mis recuerdos. Todavía tiene el pelo húmedo de la ducha y lo lleva algo revuelto y un poco largo de más. Si de verdad existiera el karma, se habría quedado calvo. Pero no, los años le han sentado bien. Óliver nunca fue guapo de un modo convencional, como Marcos. Hacía falta mirarle más de una vez, pero cuando te fijabas en él, te preguntabas cómo coño no lo habías visto antes. Y entonces era imposible dejar de verlo.

Me sirvo un café en taza grande y mientras le doy el primer sorbo lo observo coger un par de sartenes. Me pide que corte la fruta y la sirva en cuencos mientras él prepara huevos revueltos. Sigo sin ser capaz de ubicarle en esta cocina. Debería estar en Colombia o en Australia, o en cualquier otro país a miles de kilómetros. Tres años después de que se fuera de aquí sin darme ninguna explicación descubrí que tenía un blog de viajes y una cuenta pública en Instagram con medio millón de seguidores en la que mostraba el día a día de sus aventuras recorriendo el mundo. Aquel día me permití llorar por él, pero fue el último. Ver un vídeo de Óliver, feliz de la vida, lanzándose en tirolina por la selva de Costa Rica fue una patada en el culo. Una patada brusca que al menos sirvió para empujarme hacia delante. Estaba cumpliendo su sueño y había seguido con su vida. Decidí hacer lo mismo.

A las nueve llegan los primeros huéspedes y es un alivio salir de la cocina para atenderlos. Siento como si Óliver me estuviera robando la parte de oxígeno que me corresponde. Una hora más tarde solo hay tres mesas ocupadas en el comedor. Tenemos un matrimonio de mediana edad que no se dirige la palabra, una pareja gay que no para de mirarme —temo que me haya reconocido— y otra pareja a la que no le ha parecido nada bien que no dispongamos de jabón sólido cero residuos y que yo no sepa si los tomates son libres de pesticidas o si los huevos proceden de gallinas que viven en corrales al aire libre. Me llaman por quinta vez, ahora para pedirme mermelada casera. Por lo visto, está incluida en el menú y es lo único que van a comer, ya que los huevos y los tomates posiblemente venenosos quedan descartados.

Vuelvo a la cocina a buscar la mermelada y tras dar varias vueltas inútiles me veo en la obligación de preguntar a Óliver.

—¿Dónde está la mermelada casera?

—No nos queda.

—Pues sales tú a explicárselo a la pareja hípster de los cojones. No paran de quejarse por todo.

Termina de doblar una tortilla en la sartén formando un sobre perfecto y la deja en un plato antes de acercarse a una de las neveras y sacar un bote de mermelada de una conocida marca. Lo posa en un extremo de la encimera y lo empuja deslizándolo sobre la misma hacia mí.

—Échala en un bol y listo.

Y lo dice mirándome con esos ojos azules que siempre me recordaron a un cielo en un día de tormenta y con esa expresión indolente tan suya. Recuerdo que esa actitud, como si le sobrara todo lo que le rodeaba, gustaba a muchas chicas en el instituto. La atracción de lo misterioso, de lo inalcanzable. La posibilidad de que él les dedicara una mirada y ser especiales a ojos de un tipo al que nada parecía alterarle el pulso. A mí me resultaba irritante y con mucho gusto le habría sacado el palo del culo para poder atizarle con él.

—Es mermelada industrial —señalo lo evidente.

—Está demostrado que el sabor depende en gran parte del entorno. No te preocupes, esos dos no notarán la diferencia.

—Tampoco debería extrañarme —murmuro a la vez que cojo un pequeño bol de cerámica para servir la mermelada.

—¿El qué?

—Que te dediques a engañar a la gente.

—Si la mermelada te supone un conflicto moral, puedes hacerla tú ahora que estás aquí y tienes tiempo libre.

No sé qué me molesta más, esa jodida imperturbabilidad o su forma tan sutil de recordarme que estoy aquí gracias a mi humillación televisada.

—Y mejor ponte unas zapatillas —añade—. Los tacones te van a destrozar los pies.

—¿Algo más? —pregunto con mucha educación antes de mandarle definitivamente a tomar por el culo.

—Sí. —Se limpia las manos con un trapo y cuando termina me mira fijamente—. Estoy seguro de que trabajaste muchísimo para llegar hasta donde llegaste. Lo que te hicieron no fue justo. Lo siento.

Parpadeo antes de que a mis ojos les dé por hacer el idiota y humedecerse. Es la primera muestra de empatía que recibo en dos semanas. Pero no estoy preparada para que venga de Óliver.

—No lo sientas, siempre caigo de pie. Hasta con tacones.

Asiente levemente con la cabeza y da por concluida la conversación. Él siempre habló más con gestos que con palabras, aunque intentar descifrarlo era como montar un puzle sin tener todas las piezas.

Vuelvo al comedor con la dichosa mermelada y se la llevo a la pareja de pesados.

—Aquí tenéis.

—Mira, cielo, cómo huele —comenta ella acercándose al bol e inhalando como si fuera a esnifárselo.

—Si es que cuando algo es natural se nota enseguida —recalca él—. ¿De dónde son las fresas? —me pregunta.

—¿Eh?

—Las fresas, ¿qué de dónde las traéis? —repite interesado—. Nos importa saber la procedencia de los alimentos que consumimos, si son de proximidad y *eco-friendly*. Estamos muy conectados con la tierra. Es una cuestión de conciencia.

—Son muy de proximidad. Cultivamos las fresas en nuestros propios invernaderos.

A la mierda, si no puedes con el enemigo... miéntele.

—¿Y dónde están? Nos encantaría visitarlos —comenta ella entusiasmada.

—Es que ahora no es buen momento.

—Vaya, ¿y eso por qué? —quiere saber el preguntón.

Pienso en cómo salir del jardín en el que me he metido yo solita a la vez que veo a Óliver acercarse con dos tortillas para servírselas al matrimonio comatoso de la mesa de al lado.

—Las fresas están en un proceso muy delicado de fotosíntesis y no se las debe perturbar —aseguro—. Como frutas y seres sintientes que son, no queremos que sufran innecesariamente. No sería nada *eco-friendly* por nuestra parte.

Ambos entrecierran los ojos con suspicacia. Primer día y

ya me van a poner una queja. Con un poco de suerte, Renata se cabreará conmigo y no me dejará servir más desayunos.

—Me suena muchísimo tu cara —asegura ella de repente.

—Me doy un aire a la Pataki, siempre me lo dicen. Que disfrutéis el desayuno.

Aprovecho para salir pitando y Óliver me sigue de cerca. Ya en la cocina, empezamos a recoger los cacharros y a fregar en silencio.

—Así que seres sintientes —comenta tras unos segundos y una pequeña sonrisa comienza a adivinarse en su cara.

Siempre fue difícil sacarle una sonrisa a Óliver, pero yo lo conseguía. Y merecía la pena. «El chico de ojos tristes con la sonrisa más bonita del mundo», así lo llamaba. El recuerdo no tarda en oscurecerse en mi mente como una nube tapando el sol.

—Sí, seres sintientes. Justo lo que tú no eres —respondo antes de dejarlo tirado e irme a limpiar habitaciones.

9

El trabajo dignifica, se ha dicho siempre. Pero retirar la alfombra de pelo que un huésped ha dejado en el desagüe de la ducha, limpiar las salpicaduras de su pasta de dientes en el espejo y recoger sus calzoncillos del suelo no dignifica, solo pone en evidencia que la gente es muy cerda. Ganas me dan de colgarle los calzoncillos —o a él de sus huevos peludos— en el balcón como si fuera la bandera de la comunidad.

Miro el reloj tras acabar con el baño y suspiro con desgana. Es la una de la tarde y ya estoy agotada y deseando que termine el día. He estado tentada de echar una cabezada en una de las habitaciones que he limpiado, claro que enseguida he recordado que lo de meterme en camas ajenas no me ha traído nada positivo. Termino el trabajo sudorosa, despeinada y sintiéndome desgraciada como Cenicienta, con la diferencia de que yo no tengo hada madrina que me eche un cable. Y mejor no nos pongamos a hablar del mierda del príncipe.

Cuando vivía aquí solía echar una mano al servicio, pero

Renata me ha informado de que hoy soy la única encargada de la limpieza. Hay cinco habitaciones ocupadas de las dieciocho con las que cuenta el hostal y solo tiene contratada a una limpiadora dos días por semana. Aunque no estamos en temporada alta, tengo bastante claro que el negocio no pasa por su mejor momento. Y que mi abuela se haya largado cuando le he preguntado al respecto, dejándome con la palabra en la boca, me lo ha terminado de confirmar. Es bruja, pero si quiere evitar hablar de algo también se convierte en maga y desaparece sin darte tiempo a pestañear.

Me doy la segunda ducha del día, esta mucho más rápida que la anterior, y me dirijo a la cocina, ya que el turno de comidas acaba de empezar. Paso por la sala común y de refilón veo a Renata sentada tras la mesa circular en la que jugaba a las cartas conmigo cuando era niña. Se ha puesto las gafas y sostiene la mano de una mujer mientras observa la palma con atención. Nunca he pensado que el destino esté escrito en unas cuantas líneas, y menos aún que alguien sea capaz de leerlo como si fuera un mapa topográfico. Demasiado poder para una sola persona. Pero mi abuela sí confía en su don y quienes vienen a verla, también. Además, puedo asegurar que no estafa a nadie cuando lee la mano o echa las cartas. Como mucho acepta un bizcocho casero como método de pago.

Entro en la cocina y al ver a Óliver de nuevo me digo que hubiera sido una suerte haber adivinado el futuro en su caso, así me habría evitado mucho dolor. El turno de comidas transcurre con calma, sobre todo porque ninguno de los dos abre la boca y eso ayuda mucho. Cuando los huéspedes se van, me sirve un plato generoso de risotto con gambas, también sin mediar palabra. No lo rechazo porque estoy muerta de hambre, pero no me apetece sentarme a comer con él, así que me subo el plato con una bandeja y me lo como acurrucada en el butacón de mi habitación.

Aunque Óliver se fue a estudiar Comunicación Audiovisual a Madrid, regresaba cada verano y trabajaba en la cocina de un restaurante del puerto, así que no me sorprende que el arroz esté delicioso. Pero su buen sabor no impide que se me revuelva el estómago. No es una buena idea comer con una mano sosteniendo el móvil para comprobar que siguen cargando contra mí en Twitter y en unos cuantos portales de noticias. Por si eso no fuera suficiente, las secciones de crónica social de los programas matinales ya han estado analizando las declaraciones de Raquel a esa puñetera revista y el vídeo del guantazo en la peluquería corre como la pólvora.

Debería apagar el teléfono, pero esto es como un accidente del que no puedes apartar la vista y estoy asistiendo a la muerte de mi carrera en tiempo real. Hasta podrían convertirme en un formato televisivo y que el público decidiera cuándo darme la estocada final. Envía un SMS con las palabras EJECUTAR A LÚA si quieres acabar con ella hoy. O envía un SMS con las palabras LINCHAR A LÚA si quieres prolongar su agonía un poco más.

Un fuerte pinchazo en el ovario derecho me recuerda que está a punto de bajarme la regla y también que debería salir a comprar tampones. Con las prisas no los guardé en la maleta. Una visita al supermercado me dará una excusa para ver a Cova. Sé por mi abuela que sigue trabajando allí y estoy segura de que Alba ya habrá informado a su madre de que he vuelto. Estaría bien contar, al menos, con una amiga en este lugar. En cualquier lugar, en realidad.

Me cambio de ropa, me pongo un jersey negro de cuello vuelto, unos vaqueros y los zapatos que me compré con el primer sueldo que gané trabajando en el programa. Aunque fueron obscenamente caros les guardo un cariño especial y me ayudan a sentirme más segura. Mi abuela tiene sus supersticiones y yo tengo mis zapatos.

Antes de irme salgo al jardín. Ayer por la noche no pude contemplarlo en condiciones y, por lo que he podido ver a través de la ventana de la cocina, lo merece. El cielo está cubierto con un manto de nubes y el sol se hace hueco entre ellas, proyectando una luz cálida sobre un pequeño camino de piedra flanqueado por plantas, narcisos, hortensias y otras flores de colores a las que no sabría darles nombre. El camino termina a los pies de una pérgola de madera cubierta de una planta trepadora con flores de color lila. Es como si la primavera hubiera decidido adelantarse unos días en este lugar. Y creo encontrar a quien lo ha hecho posible. Debe de ser la mujer que está arrodillada en el suelo, removiendo la tierra con las manos y mucha energía. No puedo evitar acercarme a ella. Luce una media melena totalmente blanca y su piel es pálida, aunque tiene las mejillas sonrosadas por el esfuerzo.

—Es precioso —le digo—. ¿Lo has hecho tú?

Levanta la mirada y me sonríe achinando unos ojos marrones que acompañan a una cara amable y algo rolliza.

—¿Te lo puedes creer? Antes de hacer todo esto no tenía ni idea de jardinería y me horrorizaba mancharme las manos

—me explica—. Y aquí estoy ahora, metida hasta los codos en caca de caballo para fertilizar el césped.

—Pues no parece que te disguste.

—Me encanta. Creo que nunca he sido más feliz. —Se quita los guantes y me tiende la mano derecha. Tardo un segundo en reaccionar y me inclino para estrechársela—. Soy Blanca.

—Lúa.

—Lo sé, te veo todas las semanas en la tele.

Asiento con los labios apretados. Antes me hacía ilusión ser reconocida, ahora no sé ni qué responder.

—Tu abuela presume mucho de ti —añade sin perder la sonrisa.

—¿Hablamos de Renata? —Arqueo una ceja.

—Tú la conoces mejor que yo, así que no tengo que explicarte que ladra mucho, pero no muerde —replica en tono confidente y eso me hace sonreír.

—No eres de aquí, ¿verdad? No te había visto nunca.

—No, soy forastera. Llegué hace casi tres años, aunque ya me siento de aquí. Hay lugares que tienen el poder de cambiar a las personas, ¿no te parece?

—Puede ser…, no lo sé —respondo sinceramente.

—Creo que ya no podría irme. Además, tu abuela me regaló el jardín.

—¿Mi abuela te regaló el jardín? ¿No trabajas aquí?

—No, soy una especie de… huésped permanente, podría decirse. Llegué aquí bastante perdida en la vida, con sesenta y dos años y una crisis vital. Por lo visto, eso pasa a cualquier edad. —Levanta las cejas con asombro—. Pero me enamoré de este pueblo y tu abuela me dio algo que hacer. El jardín estaba hecho un desastre y me dijo que hiciera lo que quisiera con él. Creo que nunca me he sentido tan útil. —Sonríe complacida mientras se pone los guantes de nuevo—. Ahora voy a plantar un cerezo. Puedes echarme una mano si te apetece. Al fin y al cabo, este lugar es tuyo.

Solo en teoría. No lo siento mío. Le doy las gracias por el ofrecimiento y le digo que en otro momento, porque no quiero parecer maleducada. Creo que Abuela Sauce —es su mote a partir de ahora— me cae bien. Es simpática y tiene un tono de voz agradable y tranquilizador.

Me despido de ella y salgo del hostal. Tardo apenas diez minutos en llegar al supermercado, aquí las distancias son relativas. Nada más entrar, veo a Cova atendiendo a una clienta en la caja. Está sentada en su silla, tras su mostrador en forma de «L», con su espesa y larga melena oscura recogida como de costumbre en una coleta. Aquí ha pasado casi la mitad de su vida.

Cuando llegó al pueblo, con dieciocho años recién cumplidos y una niña de dos, sin haber terminado el último curso de instituto y con unos padres no muy dispuestos a ser abuelos, a pocos trabajos podía aspirar. Cova era madre adolescente y muy reservada, así que la señalaron pronto. Yo no era precisamente tímida, pero tampoco tenía un grupo cercano de amigas. Mis compañeras de clase habían sido muy crueles conmigo cuando éramos niñas y durante la pubertad, al dejar de resolver los problemas a puñetazos, empleé otras tácticas para que me dejaran tranquila. Bastaba amenazarlas con que mi abuela las maldijera con un acné incurable y con que les encogieran las tetas. Cuando Cova y yo nos conocimos, nos dimos cuenta de que compartíamos un tatuaje invisible de rechaza-das y, curiosamente, sirvió para sellar nuestra amistad.

No me ve entrar y decido ir al pasillo de la higiene íntima para coger los tampones y, de paso, poder pensar qué decirle. Cuando me fui a vivir a Madrid nos prometimos ser amigas para siempre, pero yo nunca volví, ella nunca fue a verme y la distancia se impuso de todas las formas posibles.

Llego a la caja cinco minutos después y sin saber todavía cómo abordarla.

—Hola, Cova.

Levanta la mirada y si se sorprende lo disimula muy bien. Sin duda, Alba le avisó de mi llegada.

—Necesito que coloques el producto en la cinta transpor-tadora para poder cobrártelo —me pide con una voz despro-vista de pasión, y casi de vida.

Dejo la caja de tampones sobre la cinta y cuando llega hasta ella, la pasa por el lector de código de barras.

—Para hacerme una idea de en qué punto estamos. Si tu-vieras que valorar tu cabreo conmigo, ¿qué número sería del uno al diez?

—Cuatro con veintinueve.

—Bueno, no es tan malo.

—Cuatro con veintinueve, por favor —repite en tono pe-rezoso—. ¿Vas a querer bolsa de plástico? En ese caso serían diez céntimos más.

—¿Y tú vas a fingir que no me conoces?

—Te conozco, te he visto en la tele. Si quieres comprar bra-gas de repuesto, lo siento, aquí no vendemos. Prueba dos calles más abajo, en la mercería Aurora. ¿Vas a querer bolsa sí o no?

—Dame la bolsa —mascullo entre dientes al ver que la señora que está esperando detrás de mí me mira con mucha curiosidad.

Pago los tampones y mientras los guardo decido intentarlo una vez más.

—¿Por qué no nos vemos luego, tomamos una cerveza y me cuentas cómo te va todo? Es evidente que ya sabes cómo me va a mí.

Suspira y el cansancio no solo se refleja en su voz, también en las ojeras que se le marcan bajo sus enormes ojos marrones. Necesita dormir tres días seguidos.

—No tengo nada que contarte ni nada que hablar contigo. ¡Siguiente! —exclama con un berrido que no admite discusión y que me obliga a seguir circulando.

Al salir del supermercado me doy un paseo por el pueblo acompañada de mi mal humor. No tengo ganas de volver al hostal si no es para meterme en el coche y largarme lejos. Empiezo a estar harta de ser una repudiada allá donde voy. Contaba con el cabreo de Cova. Una parte de mí está enfadada conmigo misma y otra parte, con ella. No todo fue culpa mía, la relación se enfrió por ambos lados. Soy consciente de que los últimos años son irrecuperables; sin embargo, esperaba algo más de nuestra amistad. Una puerta abierta, entornada al menos, o una puñetera rendija de luz. Y al momento me doy cuenta de que soy idiota. Volver aquí ha sido muy mala idea. Porque cuando huyes al mismo lugar del que ya escapaste una vez, no solo te llevas tus problemas contigo, los que dejaste atrás también siguen esperándote.

10

Salgo a correr a las seis de la mañana, bajo un cielo todavía oscuro y por un sendero de tierra pobremente iluminado por farolas. No lo hago por gusto, sino porque soy incapaz de dormir. Necesito moverme, sacudirme el desasosiego interno que me produce saber que estoy gastando mis energías limpiando habitaciones y sirviendo comida en lugar de vivir mi vida. O al menos la vida que elegí, porque esta versión alternativa y pueblerina en la que llevo atrapada una semana no la dirijo yo. La parte positiva de salir a horas intempestivas es la quietud y el silencio del lugar, solo interrumpido por el canto del gallo. Eso y saber que no voy a cruzarme con nadie que pueda reconocerme.

Diez segundos más tarde veo a Óliver corriendo por el mismo camino que yo. Joder, si es que últimamente me basta con desear algo para que ocurra todo lo contrario.

—Buenos días —me saluda, colocándose a mi lado y acomodando su ritmo al mío.

Aprieto el paso en respuesta y él me imita, continuando a

mi lado. Vuelvo a acelerar y hace lo mismo. Sigo acelerando, pero es una cuesta empinada y comienzo a notar la falta de aire.

—Lúa, espera… —Lo escucho a mi espalda y corro más todavía, a pesar de que mis piernas no dan de sí. Óliver me frena, agarrándome del brazo—. Lúa, por favor, espera un momento.

Aunque su mano no llega a tocar mi piel, sino la tela de mi chaqueta, el contacto me quema por dentro.

—¿Qué quieres? —espeto casi sin aliento, apartando el brazo con brusquedad.

—Mejor te digo lo que no quiero, y es seguir así. Llevamos una semana sin dirigirnos la palabra.

—Pues tiene gracia que te moleste porque lo has llevado fenomenal los últimos siete años.

—Ya lo sé. —Se pasa una mano por el pelo y resopla agobiado—. Lo estropeé todo y seguramente no es el mejor momento para decírtelo, pero lo siento.

—¿El qué?

—Haberme ido sin darte una explicación. Sé que hice muy mal las cosas, pero te juro que lo último que quería era hacerte daño.

—Ya, bueno, permíteme que lo dude, porque ha pasado mucho tiempo pero todavía lo tengo fresco en la memoria. ¿Quieres que te lo recuerde?

—Lúa… —Cierra los ojos como si le doliera por anticipado lo que va a escuchar.

—Me dejaste tirada en el cementerio después de enterrar a Marcos, me dijiste «luego hablamos» y lo próximo que recuerdo es ir a buscarte a tu casa al día siguiente y encontrar una nota de despedida de tres putas frases en la mesa del salón. —Agacha la cabeza; al menos tiene la decencia de aparentar vergüenza—. ¿De verdad creíste cuando estabas escribiendo aquella pobre excusa que no ibas a hacerme daño?

—No podía estar aquí, no podía quedarme. —La voz se le quiebra un poco y carraspea—. No podía con nada.

—Pudiste hablar conmigo en vez de ser un cobarde. Pero tienes razón en una cosa: no es el momento, porque todo lo que tuvieras que decir deberías habérmelo dicho entonces. Ahora ya no me importa —concluyo, imprimiendo toda la indiferencia que puedo en mi voz.

—Si no te importara no estarías tan enfadada conmigo —razona y odio que eso sea verdad—. Sé que no puedo dar marcha atrás en el tiempo, pero ahora estamos aquí los dos y no sé… Quizá podamos volver a ser amigos.

—¿Amigos? —Abro los ojos con indignación.

—Dicen que todo el mundo merece una segunda oportunidad.

Lo peor es que tengo la sensación de que ni él mismo se lo cree.

—Tú no necesitas una segunda oportunidad, a ti te haría falta un milagro. Vete corriendo a Lourdes a ver si hay suerte.

—¿Podemos llevarnos bien al menos? ¿Ser cordiales? Tenemos que trabajar juntos.

—No, esto no es una negociación. No podemos ser amigos ni ser cordiales, a ver si es que no me he explicado bien, porque suelo ser bastante clara en general. No quiero tener ninguna relación con un cabrón sin sentimientos como tú.

—Vale, me ha quedado claro. —Se rinde, lo veo en sus ojos. Y debería alegrarme, pero me traiciono a mí misma pensando que lo único que quiero es borrarle esa tristeza.

No, de eso nada, me niego a hacer mío su dolor. Opto por alejarme, igual que hizo él en su día. Empiezo a correr, también enfadada conmigo misma por dejar que todo esto me siga afectando y, peor aún, dejárselo ver. Pero es que con Óliver me debato constantemente entre mi propósito de mostrarme fría como el hielo y mis ganas de cercenarle el pene. De momento, va perdiendo el propósito y su pene debería estar más que preocupado… Joder, casi treinta años de vida y todavía no he aprendido a guardarme nada ni a sentir hacia dentro cuando la ocasión lo requiere.

Mis pensamientos se ven obligados a detenerse junto con mi cuerpo y a concentrarse en otro tipo de dolor. En uno punzante que libero con un grito seco cuando mi tobillo derecho se dobla por donde no debe. He pisado mal en un desnivel de tierra por ir despistada y me he torcido el pie.

—Lúa, ¿estás bien? —me pregunta Óliver apareciendo con rapidez a mi lado.

—¿A ti qué te parece? —me quejo apretando los dientes al intentar posar la planta de pie sobre el suelo.

—No puedes caminar, deja que te ayude.

—No, vete —le advierto antes de que intente tocarme.

—¿Quieres no ser tan cabezota ni tan niñata? —me grita cabreado.

—¡Que te largues! ¡No necesito nada de ti!

—Pues muy bien —responde airado y se aleja caminando, cosa que yo soy incapaz de hacer sin ayuda.

—¿De verdad te vas a ir y me vas a dejar aquí tirada, pedazo de mamón?

Se detiene y resopla con fuerza antes de dar media vuelta y regresar meneando la cabeza.

—¿Hay alguna medicación que estés tomando y de la cual debería estar informado?

—Haz el favor de ayudarme a bajar la cuesta.

Masculla algo entre dientes, pero finalmente se acerca y me rodea la cintura con su brazo. Cuando posa su mano en la parte baja de mi espalda siento un cosquilleo que traspasa la barrera de mi piel y se me cuela dentro sin permiso. ¿En serio? Me muero de dolor, no estoy para putas mariposas en el estómago. Y menos aún si se trata del tío que me hizo el mayor *ghosting* de la historia.

Me agarro a su hombro porque no me queda otro remedio e intento dar un paso.

—¡Au! ¡Au! ¡Au! No puedo caminar, me duele mucho. —Óliver se queda mirándome, sopesando qué hacer—. Ahora es cuando te comportas como un ser humano decente y me llevas en brazos —le explico.

—Pero es que no soy un ser humano decente, solo un cabrón sin sentimientos.

Arquea una ceja y se aleja tan campante por el camino. Estoy a punto de insultarle porque creo que tiene toda la intención de dejarme aquí abandonada, pero lo que hace es abrir la puerta enrejada de la casa de un vecino y entrar hasta su jardín como si fuera el suyo. Cuando sale lo veo empujar una carretilla de las que se utilizan para trabajar en el campo.

—Súbete —me dice tras pararse frente a mí.

—¿Te has creído que soy un saco de estiércol? —Me río sin ganas—. No voy a subirme en una carretilla.

—No puedo llevarte en brazos, estamos en una cuesta muy empinada y tengo una lesión de espalda, así que lo tomas o lo dejas, patachula.

—Llamaré a un taxi.

—Solo hay uno en el pueblo y no empieza su turno hasta dentro de dos horas.

Joder, es verdad. En un arrebato de orgullo intento caminar cojeando, aunque solo consigo dar tres pasos —y no de un modo digno precisamente—, hasta que tengo que parar.

—Además de cabrón sin sentimientos eres un rencoroso —declaro antes de subirme en la carretilla para desfilar por el pueblo como si fuera la reina de las fiestas. Solo que yo soy la reina del esperpento y mi vida parece haberse convertido en una continua cámara oculta. Espero que alguien aparezca con una cámara y un ramo de rosas en algún momento y me confiese que las últimas semanas han sido una broma.

Al llegar al hostal, Óliver me acompaña hasta mi habitación. Esta vez no me molesto en fingir que puedo hacerlo sola. Me apoyo en él para sentarme en la cama y me ayuda a quitarme la zapatilla para examinarme el tobillo. Se me está hinchando por momentos, así que baja a la cocina y vuelve rápido con una bolsa de hielo.

—Gracias —murmuro cogiendo la bolsa y poniéndomela sobre el pie con gesto de dolor.

—¿Necesitas algo más? Tengo que ir a preparar los desayunos.

—Joder, y yo tengo que servirlos.

—Quédate aquí, yo me encargo de todo hoy.

—¿Seguro?

—Sí, tranquila. Es solo una torcedura. Mañana estarás mejor —me asegura y se da media vuelta para irse.

—Óliver. —Lo llamo cuando está a punto de salir por la puerta.

—Dime.

—Dices que quieres que volvamos a ser amigos.

—Sí.

—No podemos…, pero porque nosotros nunca lo fuimos. Fuimos otra cosa.

Otra cosa a la que él le borró el nombre de golpe.

—Ya —responde simplemente y me mira otra vez con esos malditos ojos tristes a los que nunca seré inmune, por mucho que el tiempo pase. Acabo de darme cuenta—. Descansa.

Se va, pero la que quiere salir corriendo de aquí soy yo.

11

Enero de 2015

Marcos y yo nos quisimos como solo se puede querer a un primer amor, si lo haces bien. Con ilusión, con inocencia, con vocación de ser eternos. Y creímos serlo durante años. Después crecimos y ninguno de los dos cambió sustancialmente, simplemente nuestras diferencias empezaron a pesar más que nuestras promesas de amor eterno.

Aquel pícnic al aire libre en pleno invierno no era la mejor idea del mundo, pero me empeñé. Era nuestro aniversario e íbamos a celebrarlo en nuestro lugar especial, en el parque donde había empezado nuestra historia una década atrás. Intentaba revivirla con la absurda esperanza de recuperar una magia que se nos estaba escapando como arena entre los dedos. Marcos no parecía darse cuenta. Llegó veinte minutos más tarde de la hora a la que habíamos quedado y quejándose amargamente por el frío, a pesar de que trabajaba desde hacía un año como marinero en un barco de pesca y estaba acostumbrado a las inclemencias meteorológicas. En aquel momento, sentí una punzada de añoranza por los tiempos en los que no nos importaba congelarnos de frío, porque los besos nos hacían olvidarnos de todo. Y sentados en el césped sobre una manta, incómodos ambos —aunque cada uno por un motivo diferente—, añoré quienes habíamos sido años atrás. No era la primera vez.

—¿No hay cerveza? —me preguntó echando un vistazo al interior de la cesta que yo había preparado para la ocasión.

—Tenemos champán.

—Si lo llego a saber, me pongo traje —bromeó.

—No tienes traje —le recordé.

Marcos vestía igual desde que lo conocía, con sudaderas y pantalones de chándal, o vaqueros si se trataba de un evento especial. Aquel día llevaba chándal. Seguía estando guapo, porque lo era. Y mucho. Incluso con su pelo negro y denso escondido bajo un gorro de lana.

—También has comprado ostras y caviar —comentó levantando las cejas al ver el resto de la cesta. Nosotros éramos más de merendar bocadillos de lomo con pimientos. Me había puesto un poco peliculera—. ¿Cuánto te has gastado?

—Es nuestro aniversario.

—Yo no puedo pagar todo esto.

—No pasa nada.

—Sí, sí pasa… —Chasqueó la lengua y evitó mirarme a los ojos. Conocía ese gesto y no traía consigo nada bueno—. He perdido el curro. Y no me digas…

—Marcos, ¿qué has hecho?

—Joder, eso es justo lo que no quería que dijeras —respondió molesto.

No lo pude evitar, empezaba a convertirse en una costumbre. Era la cuarta vez que lo despedían en tres años. Marcos era divertido y muy sociable, el primero en quien pensabas si te apetecía tomarte una caña después de trabajar. O cinco. Y tal vez en otro tipo de labor, una menos sacrificada, no se le hubieran visto tanto las costuras. Pero las jornadas en el mar resultaban agotadoras y él siempre tenía alguna excusa para trabajar lo mínimo posible. También solía llegar tarde, algo difícil de ocultar cuando el barco salía del puerto a las cinco en punto de la mañana.

—¿Hay alguna forma de que lo recuperes? —pregunté sin muchas esperanzas.

—Lo dudo, mandé a tomar por el culo al sotapatrón. —Se rio al recordarlo, pero a mí no me hizo gracia—. Bah, da igual, de todas formas estoy hasta los huevos de salir a faenar.

Aunque a él no parecía preocuparle el futuro, yo me pregunté qué iba a hacer a partir de entonces. Ya nadie estaba dispuesto a contratarlo y se le acababan las opciones en el pueblo. Odiaba estudiar y cada vez que yo le proponía alguna alternativa, él fingía que le interesaba un rato y abandonaba la idea poco después. Lo único constante en la vida de Marcos era la inconstancia. Y yo.

—¿Por qué no nos vamos de aquí? —sugerí. No era la primera vez—. Podríamos viajar.

—¿A dónde?

—A China. —Sonreí—. Lo tenemos pendiente.

—¿Con qué dinero? Además, ¿qué se nos ha perdido a nosotros en China? —me preguntó confundido.

Y aquello dolió un poco. Me dolió que no recordara nuestra primera conversación de verdad en aquel parque. Porque cuando me propuso que nos fugáramos juntos a China, aunque a sus doce años no hubiera detrás una intención real, dejó de ser un capullo a mis ojos y empecé a verlo de una manera muy distinta.

—¿Y si nos vamos a Madrid? —propuse—. Podríamos buscar trabajo los dos. Allí tendremos muchas más oportunidades.

Le di un montón de razones lógicas para irnos. Mi intención nunca había sido la de quedarme trabajando en el hostal. Había estudiado Periodismo, contra todo pronóstico, y con mucho esfuerzo conseguí aprobar un curso por año. Llevaba unos meses buscando trabajo, aunque sabía que en un pueblo tan pequeño tenía las mismas posibilidades que Marcos en aquel momento. Incluso mi abuela me había animado a que me fuera. No quedaba nada que nos anclara a aquel lugar.

—Nuestra vida está aquí —concluyó después de escucharme, o de fingir que lo hacía, y así zanjó la discusión.

Marcos y yo no deseábamos las mismas cosas, era evidente, pero él ni se molestaba en hablar e intentar buscar un punto de encuentro. Y eso nos distanciaba mucho más que todo lo que no compartíamos. Abrí la boca para reprochárselo y al momento la cerré y cogí la botella de champán para descorcharla. Aquel día era nuestro aniversario y yo tenía la estúpida idea de que no podíamos pelearnos, como si nuestras diferencias pudieran congelarse como el hielo que resbalaba lentamente por la botella. Debería haberme dado cuenta de que el hielo, si lo dejas, termina por aguarse y expandirse. Igual que los problemas que no afrontas.

Tampoco me enfadé cuando me dijo tras brindar por nuestra década juntos que debía irse pronto porque había quedado con Óliver para tomar algo en el puerto. Su mejor amigo acababa de volver después de cuatro años estudiando en Madrid.

—¿Seguro que no puedes venir con nosotros? —me preguntó.

—No, tengo que trabajar, y además es mejor que no vaya… Óliver me odia —añadí con una mueca.

—No te odia.

—Pues no me odia, pero no le caigo nada bien. Parece que le molesta hasta mi sombra.

—Podrías intentar llevarte mejor con él. Yo me llevo bien con Cova y es rarita de pelotas.

—No es rarita, es tímida y vive en su mundo.

Cova prefería a los personajes de los libros antes que a la gente real. Y entre toda la gente real, Marcos no estaba entre sus preferidos, aunque me ahorré el comentario.

—Vale, pero ¿podrías intentar ser un poco más agradable con Óliver? No me apetece tener que dividirme para quedar con vosotros.

—¿Y por qué tengo que ser yo más amable con él si no le he hecho nada? —protesté indignada—. Dile a él que sea un poquito menos rancio si eso.

Después de tantos años saliendo con Marcos, lo lógico hubiera sido que Óliver y yo nos hiciéramos amigos o, como mínimo, que nos lleváramos bien. Nunca nos dedicamos una palabra más alta que otra, pero manteníamos una relación distante porque no nos unía nada. Yo hablaba por los codos y él era casi monosilábico. A mí me gustaban las películas comerciales y él prefería el cine de autor. Yo sonreía y él no parecía poseer esa capacidad. Cuando se fue a la universidad no lo eché de menos, y cuando volvía los veranos apenas coincidíamos. Llegamos a un acuerdo tácito para evitarnos.

—Lúa, ten un poco de paciencia. No lleva bien la vuelta.

—No me extraña. ¿No se fue a estudiar para ser director de cine o algo así? Dudo que lo consiga volviendo aquí.

—Vuelve para estar cerca de su padre —comentó con un tono grave nada propio de él—. No le queda mucho tiempo.

Y aquella fue la primera vez que sentí algo que no fuera antipatía por Óliver. Sabía que su padre estaba enfermo. También sabía lo que era perder a una madre. A mí me pasó mucho antes que a él y sufrí más por la idea de crecer sin ella que por su propio recuerdo. Sin embargo, el dolor era dolor, de cualquier forma y a cualquier edad.

—Me llevaré bien con Óliver —accedí.

—Con que lo intentes me vale.

—No lo voy a intentar, lo voy a conseguir. Te conquisté a ti y eras idiota.

—Ya, pero a él no puedes hacerle una paja. —Se rio antes de terminarse su copa.

—A ti tampoco últimamente, así que a lo mejor debería buscarme a otro.

El sexo se había vuelto algo rutinario y esporádico entre nosotros. Unos cuantos restregones, unos empujones sin mirarnos a los ojos y poco más.

—Vamos a tener que arreglar eso ahora mismo.

Se abalanzo sobre mí en la manta, haciéndome reír y cubriendo mi boca con la suya. Nos besamos y nos acariciamos sobre la ropa como dos adolescentes. Y como el parque estaba vacío, acabamos masturbándonos el uno al otro hasta que Marcos se corrió y yo fingí hacerlo. Porque mientras me tocaba, mi cabeza estaba en otra parte, haciéndose preguntas incómodas sobre nosotros. Pero como no estaba preparada para responderlas, seguí fingiendo y engañándome a mí misma un poco más. Hasta que llegó Óliver.

12

Debo reconocerle el mérito a la Vieja Bruja. Ayer, cuando no pude trabajar debido a mi torcedura, vino a mi habitación y, tras examinarme el pie minuciosamente para cerciorarse de que no estaba escaqueándome del trabajo, me obligó a masajeármelo con un ungüento maloliente cuyos ingredientes no me atreví a preguntar. El caso es que hoy mi tobillo no solo no está hinchado, sino que ni siquiera me duele. Y como ya no estoy lisiada, Renata me ha enviado a hacer una ruta de recados por el centro.

Recorrer el casco antiguo es dar un salto atrás en el tiempo a través de sus tiendas. Negocios fundados hace más de cien años y que han pasado de generación en generación, pero cuya estética, con fachadas enmaderadas y amplias cristaleras, está más de moda que nunca. Ya he visitado la farmacia, la floristería y me he entretenido un poco en la sastrería. La dependienta me ha reconocido y ha intentado venderme hasta los maniquís, aunque no me ha importado quedarme un rato admirando los mantones bordados a mano y los abanicos confeccionados con plumas de avestruz. Al final, he comprado un chal de seda italiana para regalárselo a Renata. Esta mañana la he visto pasearse por el hostal con los hombros cubiertos con una pashmina medio deshilachada.

Al salir de la tienda, compruebo la lista que me ha dado mi abuela. Ya solo me queda parar en la ferretería. Voy pensando en que tal vez podría darme una vuelta por la playa cuando termine y como estoy cruzando un paso de peatones no imagino que la moto que viene directa hacia mí a toda velocidad no tiene intención de frenar. Cuando logro reaccionar la tengo casi encima. Me echo hacia atrás, tambaleándome y dejando caer las bolsas que llevo. El motorista pasa de largo y se detiene en seco unos metros más adelante.

—¡¡Eh!! —le grito sujetándome el pecho con la mano del susto—. ¿No has visto que estaba cruzando, pirado?

Gira la cabeza y cuando espero recibir una disculpa por su parte, solo me encuentro con la mirada desafiante de un crío. No debe de tener ni veinte años. Lo sé porque no lleva casco, así que evidentemente es un pirado.

Odio las motos. Marcos se mató con una, y creo que eso resume mi aversión por ellas.

—Cómeme la polla —me espeta.

—Paso, no me gusta quedarme con hambre y tienes pinta de que te cuelga un pepinillo.

Se ríe con desdén y me llama «puta» antes de dar un acelerón e irse quemando rueda. Yo tampoco me quedo corta. Le grito que es gilipollas, pero no puede oírme porque a la velocidad a la que conduce ya debe de andar por los Pirineos, así que sigo farfullando insultos al aire mientras recojo las bolsas del suelo a toda prisa.

Al final voy a tener que creer en la magia negra, en las fuerzas oscuras y hasta en el ojo de Sauron, porque está claro que alguien disfruta en su casa dedicando su tiempo libre a clavar alfileres en una muñequita con mi cara.

En cuanto pongo un pie en la acera, dos señoras me abordan con rapidez.

—¿Estás bien, criatura? —me pregunta una de ellas, conmocionada—. Lo hemos visto todo.

—Si es que esos chavales van como locos —comenta la que va a su lado—. A mí casi me atropella uno al salir de la peluquería la semana pasada.

—Pero porque tú cruzaste con el semáforo en rojo, Encarna —le recuerda la otra.

—Es lo mismo —dice ella.

—No, no es lo mismo —le rebate.

Las conozco. Son las hermanas Romero: Gloria y Encarna. Ya deben de rondar los ochenta años. Ambas siguen llevando el mismo pelo rubio corto y peinado con un cardado idéntico. Tampoco han perdido ese brillo inquisitivo en los ojos. Se parecen mucho, solo que Gloria está bastante más delgada que Encarna. Cova y yo las llamábamos Timón y Pumba porque siempre iban juntas a todas partes.

—Estoy bien, tranquilas —les informo con la firme intención de irme a continuación.

—Anda, pero si tú eres la nieta de Renata… Mira, Encarna, es la nieta de Renata —avisa Gloria a su hermana, con doble codazo incluido.

—Hija, es que yo sin gafas… —Encarna arruga la nariz y se acerca más a mí para inspeccionarme, olvidándose del concepto de distancia personal—. Sí, sí, eres tú —confirma mi identidad—. Entonces es verdad que has vuelto.

Ya deben de saberlo aquí hasta las monjas del convento de clausura, y eso que apenas he salido del hostal.

—Te vimos en la tele —me dice Gloria con cara de circunstancias.

—Cada día entiendo menos esos amoríos que os traéis ahora los jóvenes. Os acostáis todos con todas y, claro, de aquellos polvos vienen estos lodos —resume Encarna con bastante más puntería de la que cree.

—¿Tú qué vas a entender? —apunta su hermana—. Ni que tuvieras experiencia.

—Pues la misma que tú.

Ninguna de las dos se casó nunca, lo cual no sería un detalle significativo si no vivieran en un pueblo tan pequeño en el que todo el mundo habla de todo el mundo. Ellas, las primeras.

—Pero yo soy mucho más moderna de pensamiento —presume Gloria orgullosa de sí misma—. Y tú no hagas caso —se dirige a mí esta vez—, a las mujeres siempre se nos juzga más que a los hombres.

—Eso es verdad —coincide Encarna.

—Sí, me he dado cuenta. —Les sonrío con educación—. Bueno, yo tengo que irme ya.

—Sí, sí, claro, pero así entre nosotras antes de que te vayas. —Gloria se lleva la mano a la boca disimuladamente—. ¿Es verdad eso de que Astrid Vargas y su marido nada de nada en el dormitorio?

—El hijo de Herminia, la de la zapatería, tampoco se acostaba con su mujer y luego nos enteramos de que era homosexual —señala Encarna asintiendo con la cabeza—. A ver si va a ser eso.

—Lo siento, pero hoy no voy a hacer declaraciones —contesto como si tuviera delante a dos periodistas del corazón. Desde luego, podrían ejercer la profesión.

—Mujer, no seas así, si estamos en confianza —me asegura Gloria.

—Además, eres la única famosa que ha pasado por aquí en años. Bueno, está también el hijo del alcalde, que salió en la tele por no sé qué de unos fondos públicos y acabó en la cárcel. Pero es que ese siempre ha sido más tonto que Pichote. Y a nosotras la política no nos va mucho.

—No es la única famosa que hay en el pueblo —le rebate Gloria—. También está el escritor.

—¿Qué escritor? —pregunto no sé ni por qué.

—El que vive aquí. Guillermo Luna —me aclara.

—¿Guillermo Luna? —Proceso el nombre en mi cabeza con rapidez. No he leído sus libros y aun así sé perfectamente quién es—. ¿El de la trilogía de *El bosque maldito*?

—Sí, ese es. Pero casi no se le ve el pelo y no se relaciona con nadie —declara Encarna torciendo la boca con desagrado—. A mí me dio los buenos días una vez cuando salía de su casa y no fue nada amable.

—¿Y cómo lo sabes si solo te dio los buenos días? —inquiere su hermana.

—Se lo noté en la cara. Esas cosas se notan.

Guillermo Luna es muy famoso, al menos su obra. Se

vende como una de las mejores historias de suspense de la última década y la crítica lo secunda. Incluso hay rumores de que Netflix va a adaptar su trilogía. Pero él nunca ha revelado su identidad. A principios de año, su última novela ganó un prestigioso premio y no acudió a recogerlo. Aquello disparó los comentarios en redes sociales y generó mucha expectación también entre los periodistas. Nunca asiste a eventos literarios ni a firmas de libros, por lo que no hay ni una sola foto de él. Tengo compañeros que matarían por una entrevista.

Una chispa se enciende dentro de mí. Es minúscula, pero quizá contenga algo de esperanza. La de salir de aquí y salvar mi carrera.

Me despido de Encarna y Gloria con rapidez y me alejo unos metros de ellas antes de coger el móvil del bolso y hacer una llamada.

—Charly, puede que tenga algo, algo gordo.

—Te escucho.

—¿Qué te parece si descubro quién es Guillermo Luna?

La conversación telefónica convirtió en fuego mi chispa de esperanza. Aunque Charly no puede hacerme un hueco en mi antiguo programa por razones obvias, me ha asegurado que si consigo confirmar la identidad de Guillermo Luna y una entrevista en exclusiva con él, se encargará personalmente de su emisión y de sacarme de mi destierro profesional. Resulta que el mundo no empieza y termina en la Malvada Reina de Todo Mal. Y la palabra de Charly es suficiente razón para perseguir a Guillermo Luna por este pueblo y por toda la cornisa cantábrica si fuera necesario.

De momento, he pasado media tarde preguntando por él. El problema es que nadie me ha proporcionado información relevante, o bien porque no tienen nada que contar o bien porque me conocen. Por mucho que a la gente de este lugar le encante despotricar sobre las vidas ajenas, funcionan como una manada de lobos. Son protectores con los suyos y desconfiados con el resto. Y yo, por ahora, soy el resto.

Encarna y Gloria han sido, con diferencia, las más dispuestas a hablar, aunque no me han aclarado gran cosa en los cuarenta y cinco minutos que he pasado en su casa. Tras enseñarme su colección de fundas decorativas de ganchillo para sillas, cojines e incluso móviles, han sido incapaces de ponerse de acuerdo sobre el aspecto físico de Guillermo Luna.

Regreso al hostal con la descripción de un hombre moreno o canoso, ni muy alto ni muy bajo, ni gordo ni delgado, con ojos marrones o quizá verdes, sin gafas —casi seguro— y de unos cincuenta años, aunque podrían ser sesenta bien llevados. Llego a mi habitación, me tumbo en la cama y resoplo. Estoy cansada y me vuelve a doler el pie. El ungüento de mi abuela no era tan mágico como para recorrer el equivalente a una etapa del Camino de Santiago sin consecuencias. Al menos el periodismo de calle improvisado me ha servido para concentrarme en algo que no sea mirar en el móvil los chistes que hoy se cuentan a mi costa en redes. Y es lo más apasionante que he hecho en las últimas semanas.

Alba entra en mi cuarto sin molestarse en llamar a la puerta. No le digo nada sobre el respeto a la intimidad porque es gastar saliva inútilmente. Lleva haciéndolo toda la semana.

—¿Qué haces? —me pregunta al verme tumbada con las manos entrelazadas sobre el pecho.

—Aunque no lo parezca, estoy intentando descubrir la manera de salir de este pueblo. Tú no sabrás dónde puedo encontrar a Guillermo Luna, ¿verdad?

—No, pero necesito que me prestes ropa y me maquilles. Es cuestión de vida o muerte —asegura con urgencia en la voz.

—El maquillaje te puede salvar una cara resacosa o un grano inoportuno, pero no la vida.

Se sube en la cama de un salto y me agarra la mano con algo muy parecido a la desesperación.

—Hoy he quedado con el chico más guapo del mundo. Y me voy a morir, de verdad, si tú no me ayudas. Necesito estar guapa, pero no en plan mona, sino despampanante, así como tú. No quiero que piense que soy una cría. Tiene dieciocho años.

—Eres una cría y está bien que lo seas. No te des prisa por crecer, es un asco —resumo con un mohín.

—Sé de alguien que conoce a Guillermo Luna. —Ese comentario me hace despegar la cabeza de la almohada—. Si me maquillas y me prestas tu ropa, te digo quién es.

—¿Quién?

—No, no. Primero, me maquillas.

—Pequeña mamona desconfiada, iba a ayudarte de todas formas —apunto levantándome de la cama—. Cuando acabe contigo, el chico más guapo del mundo se va a caer de espaldas.

—Se llama Johnny, aunque todo el mundo le conoce como DJ Calabozo.

—¿En serio?

—Sí, y es buenísimo. Este verano va a pinchar en Ibiza.

Me entra un escalofrío. Con ese nombre solo le va a dar disgustos, pero quién soy yo para quitarle la ilusión y apagar el brillo de sus ojos. Además, Alba me provoca ternura. Recuerdo tener su edad y recuerdo también la confusión propia de la edad del pavo. Las prisas por vivir y ese batiburrillo de emociones y hormonas que llevaba conmigo. La inseguridad, pero también la creencia de saberlo todo cuando ni siquiera me había asomado al mundo. La incomprensión de los adultos y la convicción de que eran todos gilipollas.

Voy hasta mi armario y saco tres conjuntos. Entre las dos elegimos un vestido mini azul de manga larga y escote de pico y unos botines color crema. A continuación, le pido que se siente en el butacón. Saco mi neceser y después de aplicarle la base, me empleo a fondo con el eyeliner. Aprendí unos trucos prácticos de mi maquilladora y, para cuando termino, Alba no solo está preciosa, también aparenta unos cuantos años más.

—¡¡Me encanta!! —exclama al mirarse al espejo y me da un fuerte abrazo.

—Si tu madre te ve, te va a matar, y luego vendrá a por mí.

—Tranquila, no se va a enterar. He dejado una bolsa escondida en el jardín con un paquete de toallitas desmaquillantes y ropa para cambiarme antes de entrar en casa.

—No debería decir que es un alivio, pero es un alivio.

—Me voy, que no quiero llegar tarde —declara con prisa repentina.

—Eh, eh, antes de irte dame la información que necesito, chantajista. ¿Con quién puedo hablar sobre Guillermo Luna?

—Ah, con mi madre.

—¿Tu madre conoce a Guillermo Luna? —Frunzo el ceño desconfiada.

—Sí, trabaja para él. Le limpia la casa, le recoge el correo y se encarga del mantenimiento cuando no está.

Genial, pues estoy bien jodida.

13

Cova

—Mamá, me voy, he quedado —dice Alba a mi espalda mientras friego los platos.

—¿Con quién?

—Con un traficante de órganos que he conocido por internet.

Cierro el grifo y me doy la vuelta para comprobar que mi mirada intimidatoria ya no surte ningún efecto sobre mi hija adolescente. Ni pestañea mientras me seco las manos con un trapo.

—¿Con quién vas? —me veo obligada a repetir.

—¿Pues con quién va a ser? Con mis amigas.

—¿Y a dónde vais?

—A comer pollas.

—Castigada, por ordinaria y por creerte graciosa, que no lo eres.

—¡Pero que es verdad! Acaban de abrir una tienda en la ciudad que vende gofres con forma de pene.

Tengo treinta y dos años. ¿Debería ser una madre moderna de las que no se escandalizan porque su hija coma falos de repostería? Mejor esos que los de otro tipo. Aun así, no me siento moderna. Ni siquiera joven.

—¿Y no podéis hacer algo normal? —pregunto con un desánimo que parece haberse apoderado permanentemente de mi tono de voz—. Cuando tenía tu edad íbamos al cine y a la playa. Como mucho dábamos besos a la tele mientras veíamos videoclips de Sergio Velasco.

—¿Quién?

—Sergio Velasco, el cantante. Fue superfamoso hace unos años.

—Lo que tú digas, *boomer* —responde con desinterés.

Es una de sus tantas formas de llamarme momia. Hace tiempo que para hablar con ella necesito un traductor. La maternidad no solo es complicada, también es engañosa. Cuando por fin crees que le has cogido el truco, te confías y llega la adolescencia para recordarte que no sabes absolutamente nada.

—A las doce te quiero en casa.

—¡Pero si es sábado!

—Debería haber un número tope de veces para mantener esta discusión —comento frotándome el puente de la nariz con pereza.

—Jo, mamá, ninguna de mis amigas vuelve tan pronto.

—Tus amigas no tienen que trabajar mañana, porque ellas no han dejado el instituto.

—¿Me lo tienes que echar en cara siempre? No me gusta estudiar.

—¿Y piensas trabajar en el hostal toda tu vida?

—Tú eres cajera —replica con un gesto altivo que la hace parecer clavadita a su padre. Y eso que no le he visto la cara en diecisiete años.

—Pues evita ser como yo si tanto te disgusta.

—Estoy deseando cumplir los dieciocho y largarme de casa.

—¿Y con quién te vas a ir? ¿Con DJ Calamardo? —Sus ojos azules se abren con sorpresa—. Sé que saliste con él ayer. ¿Te crees que no me iba a enterar?

—Es DJ Calabozo y se llama Johnny.

—Se llama Juan Luis, que conozco a su madre. Y podías habérmelo contado.

—¿Para qué? ¿Para que me critiques como haces siempre? No, gracias. Me voy.

—Espera.

—¿Qué?

—Puedes hablar de lo que sea conmigo. —Chasquea la lengua con desagrado como respuesta—. Y si no quieres, al menos confío en que serás lista y te cuidarás como debes.

—¿Conoces a mi madre? Se quedó embarazada siendo adolescente y es lo peor que le ha pasado en la vida —replica sarcástica—. Tranquila, no cometeré su mismo error.

Sale de la cocina y me pregunto si el demonio impertinente que ha poseído a mi dulce hija me la devolverá algún día.

—¡Más te vale volver a las doce! —vocifero cuando se aleja por el pasillo porque tengo la sensación de que debo tener la última palabra.

—¡Agg! ¡Que vale! —grita ella antes de salir de casa dando un sonoro portazo.

Parece que la última palabra es la suya. Suele serlo. Le sobra energía para discutir conmigo, mientras que yo tengo que racionarla. Suspiro con desgana y me doy la vuelta para terminar de fregar los platos antes de irme a trabajar, porque en eso consiste mi vida, en un encadenamiento de tareas que llevo a cabo con diligencia y resignación.

Al acabar me doy una ducha y me visto con unos vaqueros de tiro alto y un jersey blanco de hombro caído que compré en rebajas. Me recojo el pelo en una coleta y me voy a trabajar. Hoy no voy andando al supermercado, llevo mi coche, como cada sábado, para poder hacer un reparto a domicilio cuando termine mi turno. Mientras atiendo la caja cuento los minutos que faltan para salir y cuando se acerca la hora, los nervios comienzan a agarrarse a mi estómago.

A las ocho de la tarde ya he cargado el maletero con seis bolsas llenas de la compra y estoy sentada en el coche comprobando en el espejo retrovisor el maquillaje que acabo de aplicarme. Aunque no soy muy habilidosa, al menos he conseguido disimular las ojeras y dar algo de color a mis mejillas. Estoy a punto de soltarme el pelo, pero me lo pienso mejor y lo dejo como está. Tengo una melena oscura, espesa y larga que se ondula hacia las puntas. Lúa siempre decía que podría protagonizar uno de esos anuncios de champú en los que la chica agita la melena a cámara lenta con una sonrisa. Pero es que yo nunca fui de esas chicas que tenían tiempo de vivir a cámara lenta. Pasé de niña a madre de un día para otro y saltándome la juventud por el camino.

Estoy arrancando cuando la puerta del copiloto se abre de

golpe y un bulto de pelo rubio platino se cuela en el asiento dándome un susto de muerte.

—Pero ¿qué haces? —espeto con brusquedad.

—Hablar contigo —responde Lúa sin inmutarse, como si nuestra relación fuera de lo más cordial.

—Tengo prisa.

—¡Por Dios! —Arruga la nariz y hace aspavientos con la mano—. ¿Te has bañado en colonia o qué?

—Fuera de mi coche.

—No, necesito hablar contigo.

—No puedo, y además no quiero. Bájate.

—De eso nada. —Se abrocha el cinturón de seguridad y se agarra al asidero del techo—. De aquí no me muevo hasta que hablemos.

—¿No te cansas de hacer el ridículo?

—Yo sí, es el ridículo el que no se cansa de mí.

—Pues no te bajes…, pero no pienso hablarte —le advierto.

Salgo del aparcamiento y conduzco por la carretera hacia las afueras del pueblo. El trayecto solo dura unos diez minutos; no obstante, no estoy dispuesta a llegar tarde a mi cita de los sábados por su culpa. Tampoco es que sea una cita, así me lo imagino yo, porque mis fantasías son mucho más interesantes que la realidad. Aunque soy incapaz de concentrarme en ellas porque Lúa empieza a ponerme de los nervios. No deja de toquetear la radio como si fuera suya y cambia de emisora cada diez segundos a la vez que tararea las canciones que suenan. Como mi paciencia con ella es nula, al final le aparto la mano y apago la radio.

—¿A dónde vamos? Eso me lo puedes decir, ¿no? —pregunta a los cinco segundos y yo resoplo—. Si no me hablas, pongo Radiolé y te canto bulerías todo el camino. Tú verás, porque escucharme es un castigo.

Lo sé, canta de pena. Y yo también. Eso nunca nos impidió desgañitarnos en este viejo coche, con Alba en el asiento de atrás, y destrozar los éxitos del verano y un montón de canciones infantiles. Siento una punzada de nostalgia por ese recuerdo y lo dejo de lado, como tantos otros que compartimos.

—Llevo la compra a un cliente.

—¿No hay repartidores para eso?

—Yo soy la repartidora.

—Pero ¿cuántos empleos tienes? Eres cajera, haces repartos y también trabajas para Guillermo Luna.

—¿Y tú cómo sabes eso? —La miro de reojo.

—Soy periodista, tengo mis fuentes… Y hablando de fuentes, me vendría bien tu ayuda.

—¿Qué quieres, Lúa? Y espero que no sea lo que me estoy imaginando.

—Una entrevista con él.

—Ni lo sueñes.

—Oye, no te pido que lo convenzas, yo me encargo de eso. Solo que hagas de intermediaria. Necesito esa entrevista más de lo que puedes imaginar.

—Lo tuyo es muy fuerte. —Niego con la cabeza, indignada—. Así que para eso fuiste a verme el otro día, para utilizarme.

—No, intenté acercarme a ti como amiga, sin doble intención, y me mandaste a comprar bragas. ¿Qué quieres que haga?

—Desaparecer, que se te da de lujo.

Pongo el intermitente y giro a la izquierda para adentrarme en un camino de tierra que se abre en medio de un bosque de pinos.

—Me confundes con tu amigo Óliver. Yo no me borré del mapa de un día para otro.

—No, tú lo hiciste poco a poco… Me parece muy hipócrita por tu parte que te creas mejor que él.

—Y a mí me parece que odiar al tío que hizo daño a tu mejor amiga es algo así como un mandamiento no escrito.

—Tú y yo ya no somos amigas —le recuerdo—. ¿Y de quién fue la culpa?

—La amistad es una calle de doble sentido, Cova. Has tenido mi dirección y mi teléfono todos estos años.

No respondo, dejo de escucharla en cuanto veo de lejos la cabaña de piedra en la que desemboca el camino. Mi corazón se anticipa y empieza a bombear más fuerte. Este es el mejor momento de la semana. Y dura muy poco, así que no voy a consentir que ella me lo estropee.

Aparco a escasos metros de la entrada. La propiedad se encuentra apartada del resto de las viviendas de pueblo y ni el olor a mar la alcanza. El aroma de este lugar se desprende de la leña cortada que siempre está perfectamente apilada en un lateral y de la tierra húmeda del bosque que la rodea.

Antes de salir le ordeno a Lúa que me espere en el coche. Hace lo contrario de lo que le pido, por supuesto, y se baja detrás de mí. Abro el maletero y empiezo a coger las bolsas de la compra. Ella intenta ayudarme, pero se lo impido. Empezamos a discutir y a dar tirones a las bolsas como dos niñas peleando por un juguete. Oigo el sonido de la puerta abriéndose y a continuación sale ÉL. Mis latidos, ya acelerados por el esfuerzo, se vuelven frenéticos.

—Esperad, que os ayudo —nos avisa acercándose rápidamente y me entran ganas de tirar las bolsas al suelo solo para dejar mis manos libres y que estas puedan enterrarse en ese pelo castaño y rizado.

—Hola, Aitor —saludo con una sonrisa bobalicona.

—Hola, Cova. —Me devuelve la sonrisa y ese simple gesto le marca unas arruguitas muy sexis alrededor de sus ojos verdes.

Coge mis bolsas como un perfecto caballero y sus dedos rozan ligeramente los míos, lo suficiente para que un hormigueo se extienda por mi cuerpo, haciéndome consciente de cada poro de mi piel.

Y por eso, este es el mejor momento de la semana.

—Bonita casa —interrumpe una voz molesta a mi lado. Juro que por un segundo había olvidado que Lúa estaba aquí.

—¿Eh? Gracias. —Se sorprende él, parpadeando un par de veces.

También parece haberse olvidado de la presencia de Lúa. Y es raro, porque cuando los hombres reparan en ella no suelen apartar la mirada. Con ella no vale eso de que la belleza es discutible. La suya es rotunda, apabullante, como una ola tumbándote de frente.

—Hola, encantada, soy Lúa —se presenta y enseguida arruga la nariz con interés—. ¿Eso que huelo es café?

—Sí, de puchero. Acabo de hacerlo.

—Me gusta el café de puchero. ¿Tienes para tres?

—Claro, sí. Entrad conmigo.

Aitor se dirige hacia su casa con la compra y Lúa y yo caminamos unos cuantos pasos detrás de él. Ella hace un comentario por lo bajini sobre lo bien que le sientan los vaqueros y le doy un codazo para que sea discreta. No sirve de nada, ya que antes de entrar, tira de la goma que me sujeta el pelo y me la arranca de un tirón tan fuerte que mi cabeza se dobla hacia atrás bruscamente, haciéndome pegar un grito de dolor.

—¿Estás bien? —me pregunta Aitor, dándose la vuelta alarmado.

—Qué torpe soy. Se me ha enganchado el reloj a su goma del pelo y se ha roto —le explica Lúa guardándose la prueba del delito en el bolsillo trasero de su pantalón.

Dedico una sonrisa de labios apretados a él, que asiente conforme antes de meterse en la casa; a ella, una mirada asesina.

—Estás más guapa con el pelo suelto —susurra.

Pongo los ojos en blanco y cruzo la puerta. La entrada de la casa da paso a un amplio salón con chimenea y vigas de madera en el techo, de aspecto rústico pero acogedor, y al fondo, una cocina americana.

—Está todo un poco desordenado. Normalmente no tengo muchas visitas —se disculpa Aitor sin necesidad. Todo está en su sitio, como siempre. Hasta los trapos de cocina están perfectamente doblados.

—Si esto te parece desordenado, deberías ver la leonera que tiene mi hija por habitación —comento acercándome a la cocina.

—No sabía que tuvieras una hija.

—Sí... —No sé muy bien qué más añadir a eso.

—Es madre soltera —aclara Lúa, como si fuera necesario dejarlo claro.

—Vaya, no tiene que ser nada fácil educarla tú sola —opina él.

—Los primeros dieciséis años no lo han sido, pero dicen que cuando cumplen los treinta la cosa ya remonta —bromeo.

—Aitor, ¿a qué te dedicas? —se interesa Lúa desde el salón inspeccionando su zona de trabajo, compuesta por un escritorio con dos monitores, un teclado y unos cuantos libros de un grosor considerable colocados en una pequeña montaña.

—Soy ingeniero informático. Estoy especializado en ciberseguridad.

—O sea, que eres un cerebrito.

—Un estudiante aplicado más bien —señala mientras saca un cartón de leche del frigorífico—. Y es un trabajo bastante cómodo. Me permite trabajar desde casa y organizar mis horarios con libertad. ¿Tú trabajas en el supermercado con Cova?

—¿No sabes quién soy?

—No, lo siento. ¿Debería?

—No —responde ella con su sonrisa encantadora de chica de la tele—. Y solo por eso ya me caes bien.

¿Está tonteando con él? Probablemente no, es solo que lo consigue sin esforzarse.

—Deberías meter el besugo en el frigo —lo aviso—. Es fresco.

—Ah, sí, claro.

Lúa menea la cabeza como si lo mío no tuviera solución y Aitor saca el pescado de la bolsa y lo mete en la nevera. Luego se dispone a servir los cafés en una bandeja mientras que mi examiga, a la que pienso estrangular en cuanto salgamos de aquí, se pasea por la estancia sonoramente con sus zapatos de tacón.

Juro que no envidio su pelo rubio ni sus ojos azules ni sus labios gruesos; ni siquiera su cintura estrecha y caderas proporcionadas. Pero ojalá me prestara una pizca de la seguridad que posee en sí misma. En menos de un minuto se ha metido en casa de Aitor y se ha autoinvitado a tomar café. Yo llevo dos años trayendo la compra y no me he atrevido ni a usar el cuarto de baño. Él y yo hemos tenido algunas conversaciones breves y educadas en esta cocina, eso sí, combinadas con un montón de caídas de ojos y sonrisas tímidas. Y por mi parte, nos he imaginado tumbados sobre la alfombra, cerca de la chimenea encendida, con la lluvia golpeando la ventana al ritmo de nuestros cuerpos desnudos haciendo el amor, aunque no es algo que vaya a comentarle. En fin, si vas a meterte en mi cabeza, hazlo con un cubo grande de palomitas, porque soy experta en montarme películas.

—Tienes la colección completa de *Harry Potter* —señala Lúa echando un vistazo a una pequeña estantería con libros.

—Sí, es mi saga favorita. He perdido la cuenta de las veces que la he leído.

Creo que esa frase acaba de provocarme un orgasmo mental.

—Qué casualidad, también es la saga favorita de Cova.

—¿En serio? —Levanta las cejas como si fuera la mejor noticia que ha escuchado en todo el día y yo respondo asintiendo y colocándome un mechón detrás de la oreja. Sé que no tiene mucho sentido, pero con el pelo suelto me invade una sensación rara, como de desnudez.

—¿Gryffindor? —intenta adivinar él, aludiendo a una de las cuatro casas en las que se dividen los estudiantes de Hogwarts.

—La verdad es que siempre me he considerado más una Hufflepuff.

—Leal y sin prejuicios. No había conocido a ninguna.

—¿Y tú?

Entrecierra los ojos pensándoselo y coge la bandeja ya preparada con los cafés.

—Ravenclaw, creo.

—Entonces sí que eres un cerebrito.

Él sonríe, yo sonrío, y ambos nos quedamos atrapados en la mirada del otro.

—He visto que reponen las películas en el cine. Es el aniversario o algo así —interviene Lúa—. Podríais ir mañana, por ejemplo.

La sonrisa de Aitor desaparece de golpe ante el burdo intento de la celestina aquí presente y el momento se desvanece.

—Yo... es que no... No puedo ir... Lo siento. —Rehúye mi mirada con un gesto de lo más incómodo.

—No, si yo tampoco puedo. Y además me tengo que ir ya.

—¿No vas a tomarte el café? —me pregunta, supongo que por pura educación.

—Es tarde y si tomo café luego no duermo. Te veo el sábado que viene —farfullo de camino a la puerta y salgo de la casa sin mirar atrás.

Enseguida escucho los pasos de Lúa a mi espalda.

—Pero ¿qué has hecho? —inquiere en cuanto las dos estamos montadas en el coche con las puertas cerradas—. Era yo la que estaba a punto de irme para dejaros solos.

—¿A qué juegas? ¿Intentas humillarme o qué?

—¿Yo? —Abre los ojos atónita—. Intentaba ayudarte... Rezumáis tensión sexual, pero también una timidez que, aunque adorable, no os va a llevar muy lejos.

—Deja de opinar de lo que no sabes.

—Ese tío es muy mono y te gusta.

—Pues si crees que me gusta, acuéstate con él. Es lo que sueles hacer, ¿no?

—Eso es un golpe muy bajo —dice mientras me apunta con el dedo—. Y no me voy a enfadar porque tú y yo ya cargamos con bastante historial y porque es evidente que te gusta mucho.

—No me gusta.

—Venga, conociéndote te habrás imaginado en ese salón bailando con él canciones de Adele.

—Tú ya no me conoces.

No me imaginado bailando canciones de Adele con Aitor. Son canciones de Ed Sheeran y no pienso darle el gusto de reconocerlo.

—Solo intentaba daros un empujón, Bella.

—No me llames así.

Hace años, cuando éramos amigas, lo único que me interesaba hacer con el poco tiempo libre del que disponía era leer, así que Lúa me puso el mote de la protagonista de *La bella y la bestia*.

—Mira, no sé por qué ha dicho que no a lo del cine, pero estoy segurísima de que tú también le gustas.

Suelto un bufido y arranco el motor. Esta vez hacemos el camino de vuelta en silencio y en cuanto llegamos al puerto, detengo el coche y le pido que se baje.

—¿No me vas a dejar en el hostal? Si te pilla de camino.

—Tienes suerte de que no te haya dejado abandonada en el bosque con esos andamios que llevas por zapatos.

—Solo quería hacerte un favor —recalca al salir.

—Pues no necesito ningún favor de ti. No se te ocurra meterte en mi vida.

—Creo que voy a empezar a llamarte Bestia en lugar de Bella, porque menuda mala hostia que gastas —me espeta antes de cerrar la puerta con muy mala leche.

Vuelvo a casa cabreada y desilusionada. Así no tenía que ser mi sábado. Ya suponía que nunca iba a pasar nada entre Aitor y yo, pero una cosa era suponerlo y otra muy distinta tener que contemplar el rechazo en esos ojos que siempre han sido amables. Lo mío con él solo es una fantasía inocente, pero lo ha sido durante dos años, y Lúa ha tenido que aparecer y estropearlo todo en diez minutos, haciéndome sentir ridícula. Sabía que iba a complicarme la vida. Y también a Óliver. Tengo que hablar con él.

14

Óliver

Quiero a Cova, lo juro. Los años y unas circunstancias que nadie podría haber previsto la convirtieron en mi mejor amiga y en mi mayor apoyo, por muchos kilómetros y zonas horarias que nos separasen. Pero ahora mismo me está sobrecalentando el cerebro. Comprendo sus miedos y la desconfianza hacia Lúa. La entendí cuando se presentó en casa hace una hora aporreando la puerta y me despertó. También la entendí mientras desayunábamos en la cocina y la he seguido entendiendo mientras se pasea de brazos cruzados de un lado a otro de mi salón, insistiendo sin parar en lo mismo. Lo que Cova no entiende es que yo no tengo motivos para no fiarme de Lúa. De hecho, fui yo quien se los dio todos a ella para que no volviera a confiar en mí.

—Óliver, ¿me estás escuchando?

—He desconectado un poco —respondo distraído y medio tumbado en el sofá—. Aunque no creo que tu discurso haya variado sustancialmente desde que has llegado.

—Es que quiero asegurarme de que estamos en la misma página. Ella y tú tenéis... vuestra historia.

—¿Y qué me quieres decir con eso?

—Que espero que pienses con la cabeza de arriba y no con la del pene.

—Si me hubiera dejado guiar por el pene, me habría ido mucho mejor.

—No te lo tomes a broma, por favor —me pide muy seria.

—No lo digo en broma.

—Lúa ya no es la misma de hace siete años.

—No, pero tampoco es Satán, que es como tú la estás pintando porque sigues cabreada después de todo este tiempo. Si hablaras con ella...

—No —me corta—. Hará lo que sea por recuperar su vida y su trabajo, y no le importa a quien se lleve por el camino. ¿Acaso no la has visto en la tele?

Todas las semanas. No me hace ningún bien, supongo, pero no lo puedo evitar. Y tampoco quiero. Lúa es una herida mal curada que procuro abrirme de vez en cuando para que no termine de cicatrizar.

El timbre suena y me extraña. Son las diez de la mañana de un lunes y cualquiera que me conozca sabe que no soy amigo de las visitas espontáneas. Aun así, me levanto dando gracias mentalmente por la interrupción. Abro la puerta y me encuentro de frente con mi herida.

—Hola... ¿Pasa algo?

—¿Tiene que pasar algo para que venga a verte? —pregunta Lúa con una inocencia que no se cree ni ella.

—Sí, y algo grave. Es mi día libre y el único que no tienes que soportar verme en el hostal. Pensé que ibas a celebrarlo.

No trato de ser un gilipollas, es que eso fue lo que me dijo ayer cuando me despedí de ella al salir de trabajar. Abre la boca para responder, pero Cova la interrumpe.

—Óliver, yo ya me voy. Luego te llamo. —Me da un beso en la mejilla y pasa delante de Lúa como si no existiera.

—Que tengas un buen día, simpática —le desea ella con un gesto de cabeza de lo más macarra y yo tengo que reprimir una sonrisa.

—¿Quieres pasar?

Adelanta el cuerpo para entrar, aunque su pie vacila en el último momento y su rostro se ensombrece. Después de tanto tiempo sigo siendo el causante de ese dolor. Comprendo que no es fácil para ella. La última vez que estuvo en esta casa la encontró vacía, a excepción de un trozo de papel que contenía unas pocas palabras escritas con rapidez y cobardía.

—O mejor damos un paseo —propongo—. Iba a salir a comprar el periódico.

—¿Sigues comprando el periódico en papel? —Levanta las cejas como si le hubiera propuesto ir a pillar crack a una esquina.

—Alguien tiene que hacerlo.

Le pido que me espere un momento y voy hasta mi dormitorio para cambiarme. Me visto con unos vaqueros y un jersey y cojo la primera cazadora que encuentro en el armario. Cuando salgo, la veo esperando de espaldas a la puerta.

—Cuéntame, ¿para qué querías verme? —pregunto ya caminando con ella a mi lado por la acera.

—He tenido tiempo, mucho tiempo, para pensar y he llegado a la conclusión de que podemos ser amigos.

—No es que me queje de un alto el fuego por tu parte, pero me parece un poco raro. Ayer todavía me odiabas.

—No te odio… Cuando te vi me revolviste un poco, pero ya está —finge con una serenidad que no le pega nada—. Los dos somos adultos. Y además necesito tu ayuda. Eres mi última opción.

—Eso me hace sentir superespecial.

—Tampoco hace falta fingir, ¿no? Cova ya te habrá contado lo que ando buscando.

—Entonces quieres que seamos amigos por interés.

—Todas las relaciones son interesadas.

—Antes no eras tan cínica.

—Antes era idiota y confiaba demasiado.

No le cuesta mucho hacerme sentir culpable. Se lo he puesto demasiado fácil.

—No tengo muy claro cómo puedo ayudarte yo.

—Tengo que hablar con Guillermo Luna. A lo mejor puedes convencer a Cova para que interceda.

—¿De verdad crees que voy a conseguir que Cova haga algo que no quiere hacer?

—Bueno, pues si no es a través de Cova, alguna forma habrá de encontrarlo. Este sitio es pequeño y alguien sabrá algo de él. Pero nadie va a hablar conmigo; contigo, sí. Necesito conseguir esa entrevista en exclusiva como sea. Es mi única oportunidad de volver a la tele.

Dicen que la guerra hace extraños compañeros de cama. La desesperación, también. Aunque no es la comparación más justa para nosotros.

Llegamos andando hasta la playa. El mar está embravecido y las olas chocan con estruendo en la orilla. Lúa se quita los zapatos y pisa la arena fría y húmeda.

—¿Por qué es tan importante? ¿Por qué quieres volver después de lo que te han hecho?

Puedo imaginarlo, pero quiero escucharla, quedarme a su lado un poco más. Ya no huele igual que antes, ha cambiado de perfume y hasta de champú. Lleva el pelo más claro y más corto. También viste diferente. Más sofisticada. Y, sin embargo, es ella.

Coge aire y lo suelta con fuerza mientras observa el mar. Sigue rugiendo hasta en sus silencios.

—Me niego a que mi carrera termine por ser el putón nacional.

—No lo eres.

—¿Te has metido en Twitter últimamente?

—Sí, y la única conclusión que saco de ahí es que a la gente cada vez se le da mejor odiar. Los que te critican y se ríen no te conocen. Ni siquiera eres real para ellos.

—Da igual lo que sea o lo que deje de ser, lo que cuenta es lo que parezco. No paran de repetirlo. Y una mentira repetida mil veces se convierte en verdad.

—Ya, ¿sabes quién dijo eso? Un nazi —le recuerdo—. ¿Por qué vas a actuar en función de lo que piense esa gentuza?

—Porque yo soy parte de esa gentuza. Me he dedicado

durante años a destripar las vidas de otros sin compasión y, si lo pienso fríamente, no debería sorprenderme que me paguen con la misma moneda. Puede que hasta tengan razón y me lo merezca. Me acosté con él y me importó una mierda todo lo demás.

—Hicieras lo que hicieses, todo el mundo, incluida tú, tiene derecho a arrepentirse de sus errores en privado.

Al menos en teoría, porque ese derecho no se sostiene del todo en la realidad, y como prueba hemos venido arrastrando unas cuantas miradas por el camino acompañadas de cuchicheos mal disimulados.

—No sé cómo pude ser tan imbécil. —Cierra los ojos y aprieta los dientes.

—¿Lo quieres? —La pregunta está de más, pero se desliza tan clara y tan precisa entre mis labios que sería absurdo recular.

—¿A quién? ¿A Alberto? —Abre los ojos sorprendida y yo asiento—. Era sexo, nada más. Cuando te lo propones, el sexo puede ser lo menos íntimo del mundo —afirma convencida—. No, no lo quiero. De hecho, sabía que no me iba a enamorar de él.

—Eso nadie lo puede saber con seguridad.

—Yo sí. Es lo que tiene el amor verdadero, que cuando lo vives, todo lo que viene detrás es... —Arruga la frente y se lo piensa—. Como los palitos de cangrejo.

—¿Los palitos de cangrejo?

—Sí, sucedáneos. A ver, nadie sabe de qué coño están hechos los palitos de cangrejo, pero seguro que no es cangrejo. Tú eres cocinero y seguro que no lo sabes.

Sonrío ante la comparación, aunque no le falta razón. Por otro lado, no me apetece plantearme si ese amor verdadero al que se refiere era Marcos.

—No quiero volver a trabajar haciendo telebasura y si consigo esa entrevista con Guillermo Luna, tendré una oportunidad de demostrar que puedo hacer muchas más cosas.

—Supongo que no has leído la trilogía de *El bosque maldito*.

—No... Me sigue costando un poco leer.

—¿Has probado con los audiolibros? Conocer la obra del autor puede ser útil.

—Entonces ¿me vas a ayudar? —me pregunta con impaciencia y esperanza a la vez—. Oli, ya me cuesta bastante pedírtelo.

Y ese diminutivo cariñoso que se le escapa de los recuerdos y que yo fingía odiar me mata. No puedo decirle que no. A ella no. Porque me vuelve loco. Su risa, su boca pintada de rojo o desnuda, el rubor que tiñe sus mejillas cuando se cabrea. Si hasta cuando me insulta quiero arrancarle la ropa. Aunque es muy probable que si me pusiera una mano encima me correría como un adolescente descontrolado. Porque he pasado siete años soñándola, haciéndole el amor en cada ciudad en la que he estado, en cada habitación de cada hotel o cuchitril en el que he dormido. Y siete años son demasiados para soñar con lo que podríamos haber sido, sobre todo porque fui yo quien nos impidió ser. Aunque tuviera mis motivos.

Quizá es muy tarde, quizá me estoy metiendo donde no

debo y seguramente, después de todo, sí estoy pensando con el pene. Pero me da igual. Ella ha llamado a mi puerta y quiero creer en las segundas oportunidades. Hasta para mí.

—Te ayudaré.

15

Óliver

Conoces esa historia. La del chico enamorado de la novia de su mejor amigo. Es clásica y la has leído y visto en un montón de series y películas. Pues bien, esa no era mi historia. Ni de lejos. Yo no estaba enamorado de Lúa. Ni siquiera me caía bien. Marcos y ella empezaron a salir a los doce años, pero nosotros sellamos mucho antes nuestra amistad eterna juntando las palmas con un pacto de saliva muy masculino y a prueba de chicas. Como yo lo veía, Lúa era la enemiga y había irrumpido en nuestras vidas con el objetivo de separar poco menos que a los Beatles. Como única defensa puedo alegar que, en lo referente a estupidez, no hay límites si eres un adolescente incipiente.

Cuando ella y yo coincidíamos, en la playa, en el cine, en un parque haciendo botellón o donde fuera, me esforzaba por ignorarla. Siempre tenía una opinión para todo, no callaba ni debajo del agua y era demasiado dramática para mi gusto. Cada vez que Marcos y ella discutían por cualquier chorrada, su onda expansiva me terminaba alcanzando y me tocaba bastante los huevos. Si no quería verla, menos aún escuchar hablar de ella. Nunca me molesté en disimular que no la tragaba y a Lúa le podía el orgullo incluso más que la boca, así que con el tiempo nos repelíamos de manera tan natural que no nos molestamos en hablar sobre ello.

Años más tarde, cuando me fui a estudiar a la universidad, descubrí que lejos de casa había un mundo mucho más grande e interesante esperando, con personas con las que tenía cosas en común y con las que podía discutir sobre política —aunque fuera entre risas mientras nos pasábamos un porro de mano en mano— y comentar cómo la Nouvelle Vague transgredió los cánones del lenguaje cinematográfico sin que arrugaran la nariz y se descojonaran en mi cara, como solía hacer Marcos.

Volver los veranos al pueblo mientras estudiaba se me empezó a hacer cuesta arriba. Después de trabajar en el restaurante, salía con mi mejor amigo y me costaba recordar qué era eso que tanto nos había unido en el pasado, aparte de aquel ridículo pacto infantil. No obstante, daba igual, porque consideraba a Marcos como un hermano. La familia no se elige, no siempre es la que quieres o la que necesitas, pero cargas con ellos y no los abandonas.

Ese mismo pensamiento fue el que me trajo de vuelta a casa después de acabar la universidad, cuando estaba a punto de ingresar en la New York Film Academy para estudiar Cinematografía. La fibrosis quística de mi padre había empeorado y su tiempo, que ya jugaba en su contra desde hacía mucho, se estaba convirtiendo en el de descuento.

Regresé para echar una mano a mi madre. Mi hermana trabajaba en Suiza y no podía desplazarse con facilidad, así que entendí que era mi deber, por poco preparado que estuviera para asumirlo. Siempre tuve buena relación con mis padres, aunque no una especialmente sentimental. Estaba acostumbrado a no dar explicaciones y ellos no me las pedían porque nunca les di quebraderos de cabeza. Al volver, necesité mi propio espacio más allá de mi habitación de la infancia, por lo que me instalé en la casa de mis difuntos abuelos. En aquella época, los pocos momentos en los que no estaba controlando la respiración irregular de mi padre, enganchado permanentemente al oxígeno, salía con Marcos para despejarme la cabeza.

El día que mi historia empezó a cambiar estaba con mi mejor amigo en un bar. Más bien, yo estaba en la mesa en la que él me había dejado tirado por irse a jugar una partida de billar con una chica con la que no paraba de tontear y rozarse en sitios que no debía. Aquello me puso de mal humor. No por el hecho en sí, sino porque ese parecía haberse convertido en mi estado natural.

—Llevas cinco cervezas —le advertí cuando volvió a la mesa para coger su botellín y terminárselo de pie.

—¿Y?

—Que no son ni las seis de la tarde.

—Ya tengo madre y no se preocupa tanto por mí.

—¿Y tu novia?

—¿Qué pasa con mi novia?

—Que a lo mejor tú sí deberías preocuparte por ella.

—¿Desde cuándo te importa a ti Lúa? —Arrugó la frente.

—A mí no me importa, pero debería importarte a ti.

—Solo me estoy divirtiendo. Tontear no es poner los cuernos.

—Si tú lo dices...

—Júzgame cuando lleves diez años con la misma persona.

Aparté la mirada y me concentré en arañar la etiqueta de mi botellín. No me apetecía seguir hablando. Además de la apatía que me acompañaba, no tenía nada que aportar al mundo de las relaciones de pareja.

—¿Sabes qué es eso? —Señaló la etiqueta cuando terminé de arrancarla—. Frustración sexual. ¿Cuánto hace que no echas un clavo? —quiso saber.

Hacía como un mes. Me había acostado con una compañera de clase antes de volver, aunque tal y como percibía el paso del tiempo en aquel momento, podrían haber sido tres años. No se lo conté a Marcos ni pensaba hacerlo.

—Vale, voy a ser un buen amigo. Puedes quedártela tú. —Apuntó con la cabeza a la chica que seguía esperando al lado de la mesa de billar.

—No es de tu propiedad para que la vayas regalando.

—En serio, ¿qué te han hecho en Madrid? Porque ya hablas como una tía. ¿No te habrás vuelto maricón? Que allí son muy liberales.

—No digas chorradas.

Bebí y la cerveza me dejó un regusto desagradable en la boca que tenía mucho más que ver con el asco que me estaba produciendo la conversación que con su sabor amargo.

—Eh, que yo lo respeto. Por mí todo bien mientras no intentes arrimarme el ciruelo.

Se rio de su gracia y me dio una palmada en el hombro antes de volver con aquella chica, momento que aproveché para largarme. No pintaba nada allí. Salí del bar sin despedirme y empecé a andar. No sé si el destino puso a Lúa en mi camino aquel día o si fue la simple casualidad de vivir en un sitio tan pequeño, pero al girar en la primera esquina nuestros cuerpos chocaron con fuerza.

—Joder, tú —gruñí al ver que era ella.

—Joder, yo —me imitó y se llevó la mano a la nariz con gesto de dolor.

—¿Estás bien?

—Pues no mucho. ¿Tienes la barbilla de acero o qué? —bromeó.

—La próxima vez mira por dónde vas.

—Nos hemos chocado en una esquina. ¿Crees que tengo visión de rayos X? —dijo con una sonrisa que nunca solía dedicarme.

—Puede ser. Ya tienes el poder de darme dolor de cabeza en menos de treinta segundos.

Su sonrisa se esfumó de golpe.

—Y tú el de ser un borde de mierda.

Prosiguió su camino y tenía intención de dejar que se fuera, pero deduje con rapidez que se dirigía al bar y me imaginé la batalla campal que se desataría si encontraba a Marcos haciendo el imbécil con aquella tía, así que di media vuelta y apresuré el paso para frenarla.

—Es verdad, soy un borde de mierda. Pero es que tengo

un mal día y de repente habéis aparecido tú y tu nariz gigante.

—¿Por qué tienes un mal día?

—¿Tienes libre toda la tarde? —Traté de bromear y ella frunció el ceño.

—Sí.

—¿Cómo?

—Que tengo tiempo para que me cuentes por qué tienes un mal día. Al menos un par de horas hasta que tenga que recoger a Marcos medio borracho en el bar —me explicó como si ya lo tuviera más que asumido.

—No hace falta, solo era una manera de hablar.

—Pues vamos a hablar de verdad —me propuso. Yo seguía sin estar convencido.

Nos habíamos servido de un lenguaje no verbal durante años para comunicarnos, consistente en ponernos malas caras, pero nunca habíamos cruzado más de tres frases. Iba a ser raro, muy raro, aunque por su gesto no parecía dispuesta a darse por vencida.

—Si pasas un rato conmigo, a lo mejor consigo que te estalle la cabeza con mi poder y acabo con tu sufrimiento —remató.

Caminamos un rato, uno al lado del otro, sin rumbo fijo y ella ralentizó su ritmo natural y se acomodó al mío. Pensé que me acribillaría a preguntas, pero no lo hizo. No sé qué me llevó a confesarle cosas que no le contaba a nadie. Puede que fuera porque no me importaba mucho lo que opinara de mí, o tal vez se debió a que fue la primera persona que se ofreció a escucharme. Y yo no había necesitado ser escuchado hasta ese momento.

Empecé hablándole de mi madre. De cómo lloraba constantemente y necesitaba salir de la habitación donde descansaba mi padre para que no la viera derrumbarse. Yo debía ser el hombre en el que dejara sus lágrimas, pero no era nada bueno gestionando mis emociones y no tenía ni idea de cómo cargar con las de los demás. Le confesé que, cuando estaba junto a mi padre, me sentaba callado en un sillón, sin saber qué decir, sintiéndome un inútil que ni siquiera sabía fingir una sonrisa y poner buena cara. Tenía la sensación de que era mi obligación mantener una conversación profunda y trascendental con él antes de que muriera, que terminara con lágrimas y un «te quiero», pero no me salía nada. Se acababa el tiempo y solo quería largarme, huir, volver a mi vida en lugar de irme después con esa imagen de él tumbado en una cama, agonizando los últimos días de su vida y luchando sin fuerzas por un último aliento.

Cuando la miré, tras soltar aquella especie de monólogo, seguía a mi lado, se abrazaba a sí misma a causa del frío y caminaba con la mirada clavada en suelo.

—Te estoy deprimiendo…

—No, no es eso —terció con rapidez y se detuvo en medio de la acera, obligándome a parar—. Es que estoy tratando de recordar cómo me sentía yo cuando se murió mi madre, pero la verdad es que solo recuerdo la rabia. Cómo me ahogaba y cómo la sacaba a puñetazos.

—¿Debería pegarme con alguien para sentirme mejor?

—No, tú no vales para meterte en una pelea. Te partirían la cara.

—Gracias, me estás animando mogollón —respondí con una mueca.

—¿Te apetece venir conmigo a un sitio?

No sabía si me apetecía y no entendía que ella quisiera llevarme a ningún lugar, porque yo no era la mejor compañía. Pero accedí.

Nos acercamos hasta la costa y tomamos un camino de medio kilómetro algo empinado y sin asfaltar hasta llegar a una pequeña concha de arena que se encontraba encajada en un estrecho y alargado cañón. Aquella cala no tenía más de veinte metros de ancho y unos trescientos de longitud y no disponía de ningún servicio cercano. Nunca había estado allí.

—A veces vengo aquí a gritar. Sobre todo cuando discuto con Marcos y necesito estar sola. En el hostal siempre hay demasiada gente.

—¿Has dicho que vienes a gritar?

—Sí, gritar sirve para liberar la tensión y no sé qué sustancias químicas que te ayudan a sentirte mejor. Lo vi en una peli. Prueba tú.

—Yo no quiero gritar. Voy a parecer un chalado.

—¿Y qué más da? Aquí solo te voy a escuchar yo. Bueno, y el Espumeru, que es un duende que vive en la orilla del mar. Pero mi abuela dice que es buena gente.

Sonreí. La chalada era ella.

—Qué raro, nunca me había dado cuenta de que tienes hoyuelos —declaró con los ojos entrecerrados.

—Para ser periodista eres muy poco observadora.

—Eso o es la primera vez en tu vida que sonríes, que también puede ser.

Me mordí el labio inferior y fingí que no me hacía gracia. La cabrona tenía respuesta para todo.

—Venga, Oli, grita. No pierdes nada por probar.

—Nadie me llama Oli. —Fruncí el ceño con desaprobación.

—Yo sí.

—No me gusta.

—Pues acostúmbrate. Además, te he llamado cosas peores en mi cabeza. Venga, desahógate —me pidió de nuevo.

—Paso, que no. Me siento ridículo.

Gritó ella. Sin más, sin avisar, proyectando su voz hacia el mar, con los ojos cerrados y los brazos abiertos en cruz. Y cuando terminó, parecía serena. Lo cual era curioso porque nunca la habría descrito con ese adjetivo. «Intensa» y «macarra» me cuadraban más.

Terminé gritando, sobre todo porque también era insistente y no me iba a dejar en paz hasta que lo hiciera. Grité con todas mis fuerzas, cerré los ojos y apreté los puños. Volví a gritar hasta sentir el corazón acelerado y el pulso en las sienes. Y volví a gritar hasta quedarme vacío y sin aliento.

—¿Estás mejor? —Me tocó el brazo y se me erizó la piel del cuello, aunque yo me convencí de que se debía al frío.

—No lo sé.

—Venga ya, seguro que sí. Te he ayudado, pero te niegas a reconocerlo porque no te caigo bien.

—Tienes razón. No me caes bien. —Pero sonreí al decírselo.

Me acompañó a casa como si fuera mi guardaespaldas. Pensé que debía ser al revés, por aquello de ser un caballero como me había intentado inculcar mi madre; no obstante, no era ninguna cita. Lúa era la novia de Marcos.

Nos despedimos en la puerta de mi casa y se fue. Vi cómo se alejaba y me quedé observando el balanceo de su minifalda más de la cuenta.

—Por muy mal que te caiga… —Se paró y se giró hacia mí—. Siempre me miras el culo cuando me voy.

—De eso nada —negué, aunque ambos sabíamos que mentía. Nunca me había gustado Lúa, pero no estaba ciego.

—¿Te has puesto rojo?

—Tú flipas.

—¿Y es una sonrisa eso que veo? Te he hecho sonreír tres veces hoy por lo menos —se jactó con chulería.

—Has visto mal.

—Ya, ya… Adiós, Oli.

—Adiós, Lúa.

Y volví a sonreír varias veces pensando en ella después de que se fuera.

16

Odiar a Óliver se me ha dado fenomenal durante años. Puedo hacerlo sin pensar ni dedicarle ningún esfuerzo. Es tan fácil y mecánico como lavarme los dientes. Y aun así, aquí estoy, sentada en el sofá de su salón mientras él prepara té. No quiero que el odio y el rencor sigan siendo una rutina, así que me he propuesto espantar a los fantasmas de golpe y sin anestesia. Ya les permití vivir gratis en mi cabeza durante mucho tiempo y necesito espacio libre para pensar cómo coño voy a recuperar mi carrera y largarme con viento fresco de este lugar.

Una parte de mí está aquí por interés, pero si rasco un poco, ni siquiera a un nivel demasiado profundo, sé que hay otra parte que se ha acercado a él movida por los celos. Cova era mi mejor amiga y parece haberme sustituido por él. Óliver era... A él no puedo ni encajarle en una definición.

Hace tres días, cuando vine a pedirle que convenciera a Cova para que me allanara el camino con Guillermo Luna, me di cuenta de que los años han fortalecido su amistad. No sé cómo ni por qué. Y duele por partida doble, ya que la única que parece sobrar en la ecuación soy yo.

Óliver regresa de la cocina con dos tazas de cerámica y me ofrece un té matcha más verde que el césped iluminado de un campo de fútbol. Se sienta en el otro extremo del sofá marrón oscuro, coloca el pie sobre la rodilla contraria y se lleva la bebida a los labios. Me lo imagino fácilmente en una foto en blanco y negro, sosteniendo una taza de café solo, tipo artista solitario y torturado, pero me choca verlo tomándose una de las bebidas más instagrameadas de todos los tiempos. No le pega. Claro que tampoco hay nada que lo represente en esta estancia.

No esperaba que su salón pudiera ocupar la portada del *Architectural Digest*, aunque sí que hubiera cambiado algunos de los muebles que heredó de sus abuelos. Son antiguos, toscos y no combinan entre sí ni por casualidad. La mesa de comedor para ocho se merienda buena parte del espacio; el sofá de piel marrón oscuro no aporta mucha luminosidad que digamos y prefiero no hablar de la mesa de centro con patas torneadas y ángeles tallados a mano.

Renata me ha dicho que Óliver lleva trabajando algo más de un año en el hostal, pero parece vivir aquí de prestado y no veo ninguna intención por su parte de hacer de esta casa su sitio. Claro que no es mi problema.

—¿Desde cuándo sois tan amigos Cova y tú?

—Hablábamos bastante cuando yo estaba lejos. Fue la distancia la que nos acercó, aunque suene paradójico.

—Ya veo…

—No hablábamos de ti —me aclara adivinando mi

duda—. Una vez le pregunté cómo estabas y me respondió que si de verdad quería saberlo, tuviera huevos y te llamara.

—No los tuviste.

—Es evidente que no —responde impasible.

Me muerdo la lengua y trato de no cabrearme con él. La ira es una elección. Nace del miedo, y este de un sentimiento de debilidad. Me lo dijo un coach espiritual al que acudí una vez buscando un poco de paz interior. Aunque lo único que terminó en mi interior fue él. Y encima me cobró la sesión, el muy mamón. «Vale, Lúa, céntrate, que tiendes a la dispersión».

—¿Cova te ha contado algo sobre Guillermo Luna? ¿Algún cotilleo?

—No, ¿por qué iba a hacerlo?

—Pues no sé, se ocupa de su casa y debe de saber hasta de qué color son sus calzoncillos. ¿Tú nunca le has preguntado por curiosidad? Me cuesta creerlo.

—Lúa, la periodista eres tú. Yo me dedico a cocinar.

—¿Y qué pasó con tu sueño de ser director de cine?

Me desvío del tema otra vez. De todos los escenarios posibles, y proyecté muchos en mi cabeza, en ninguno imaginé a Óliver regresando aquí.

—Dejó de ser mi sueño. —Se incorpora para apoyar la taza en la mesa y yo hago lo mismo—. Comprendí que no había experimentado lo suficiente en mi vida como para tener algo relevante que mostrarle al mundo.

—Eso es muy pesimista.

—Me considero más bien nihilista. Todos tendemos a creer que somos el centro del universo, pero la verdad es que si nunca hubiésemos nacido, a nadie le importaría un carajo.

—Tu vacío existencial me deprime… O puede que sean tus muebles.

—Eh, que son vintage. —Se ríe.

—Una cosa es ser vintage y otra es el asesinato decorativo de este salón. Si el *feng shui* entra aquí, se suicida de un tiro en esa alfombra tipo persa y la sangre llega hasta el gotelé de la pared. No me puedo creer que no hayas cambiado nada.

—¿Has venido a insultar a mis muebles?

—No, he venido buscando ayuda, pero esto va a ser más difícil de lo que pensaba —me quejo.

Por lo visto, Óliver también se ha chocado contra un muro estos días al preguntar a los vecinos por Guillermo Luna. Algunos afirman haberlo visto paseando por el pueblo alguna vez, y todos coinciden en que es muy reservado, lo cual me hace pensar que no me va a dar una entrevista sin un motivo de peso. Además, solo contamos con un par de datos fiables sobre su apariencia. De complexión media, moreno con algunas canas y de unos cuarenta y tantos. Vamos, como la mitad de los habitantes de este país.

—¿Qué más puedo hacer? —quiere saber Óliver.

—Me vendría bien que me ayudes a leer lo que haya sobre él en prensa. Tú irás más rápido que yo.

—¿Qué necesitas que busque exactamente?

—Algo que nos dé una pista de dónde puede estar. He pasado por su casa varias veces y no he visto a nadie. Puede que solo viva aquí durante una época del año.

—Cogeré mi portátil.

Mientras Óliver se encarga de los medios, yo me propongo revisar los perfiles de redes sociales, aunque antes de ponerme a ello echo un vistazo a los míos. Parece que la gente se está cansando de insultarme. Supongo que debería considerarlo una buena noticia, pero he trabajado lo suficiente para saber que hay algo peor que ser insultada, y es ser olvidada. Conozco una larga lista de juguetes rotos de la televisión que estarían de acuerdo conmigo.

«No, esa no soy yo», me digo. A lo Mari Trini. Mis referentes musicales son anticuados —es lo que tiene haberme criado con mi abuela—, pero efectivos. Me vengo arriba con la investigación y me creo que Óliver y yo somos Woodward y Bernstein, los periodistas que destaparon el Watergate. No lo somos. Lo único que destapo es la anilla de una Coca-Cola que me tomo porque el té de Óliver sabe a rayos. En apenas una hora, él concluye su búsqueda y lo único que descubrimos son algunas preferencias literarias de Guillermo Luna y un par de retazos de su personalidad sacados de unas cuantas notas de prensa y algunas entrevistas filtradas por su propia editorial. Cabe destacar que es tan celoso de su intimidad que ni la gente de su entorno sabe quién es. Justo lo que necesitaba, un autor metido en el armario, literariamente hablando.

Tras revisar sus tuits de los últimos tres años y llegar a la conclusión de que ha contratado a alguna agencia de medios para que un *community manager* gestione su cuenta, examino minuciosamente su perfil de Instagram. Tiene un centenar de publicaciones, compuestas por fotos sin una línea gráfica clara, citas de libros y alguna que otra referencia a su famosa trilogía.

Cuando estoy a punto de abandonar, mis ojos se detienen

en su primer post publicado. Es la foto de una cafetería. Se ve una mesa con un ordenador portátil encima, un cuadro de una terraza parisina en la pared y parte del suelo, que parece una especie de ajedrez, solo que con baldosas de color granate y hueso en lugar de blancas y negras. Soy mala para las letras, pero mi memoria visual es fantástica. Conozco ese sitio. Está en la ciudad. Se lo digo a Óliver con una sonrisa de oreja a oreja, aunque él no acoge mi descubrimiento con el mismo entusiasmo. De hecho, parece bastante despistado.

—Vale, tienes una foto de una cafetería… ¿Qué quieres hacer con eso?

—Pues para empezar, voy a ir a esa cafetería ahora mismo —respondo levantándome a la vez del sofá.

—Te prometo que ahora no intento ser pesimista, pero en el hipotético caso de que Guillermo Luna esté allí, ¿cómo lo vas a reconocer?

—No creo que esté allí ahora —le aclaro—, aunque quizá sea cliente habitual y vaya de vez en cuando a escribir. Si es así, algún camarero avispado podría conocerlo. No sabes la cantidad de cosas que la gente está dispuesta a contar por cincuenta euros.

—Lúa…

—Sí, ya lo sé, Óliver —le corto porque me molesta su tono condescendiente—. Seguramente me estoy agarrando a un clavo ardiendo porque no tengo nada, pero necesito hacer algo aparte de limpiar habitaciones y servir desayunos o me voy a volver loca. Así que olvídate de tu lógica un segundo y déjame creer que… —Exhalo y dejo escapar el aire por la boca—. Déjame creer y ya.

—Solo iba a decirte que no puedes ir ahora.

—¿Por qué no? Está a media hora en coche.

—Pues porque tenemos que ir a trabajar ya.

—Mierda. —Me dejo caer en el asiento otra vez. Me había emocionado de más.

—Si sirve de algo, no tengo ninguna duda de que vas a encontrar a Guillermo Luna. —Sus ojos me dicen que no miente—. Y si quieres, puedo acompañarte a esa cafetería mañana.

—Vale.

—Y esta noche después de trabajar salimos a tomar algo.

En este caso no es una propuesta, lo afirma con rotundidad.

—¿Qué? —Arrugo la frente—. No.

—Se supone que somos amigos, y yo salgo con mis amigos.

—No me apetece. Aquí me conocen todos y ya has visto cómo me miran.

—Ya te conocían antes y te miraban igual. Tú destacas, Lúa —declara como si fuera un hecho inevitable—. Además, ¿desde cuándo agachas la cabeza?

Me gusta que me vea así. Valiente. Yo también creía serlo, aunque ya no estoy tan segura. Llevo casi un mes escondiéndome del mundo. Desde que llegué aquí no he salido con nadie que no sea Renata, y por divertido que sea acompañarla al bingo —no es sarcasmo—, echo de menos salir con amigos. De esos de los que ya no me quedan, me recuerdo.

—Vale, una cerveza.

17

Antes de irme, aviso a mi abuela de que voy a salir un rato. No le cuento con quién y ni falta que hace. Me lanza una mirada recelosa que en mi cerebro se traduce como: «a mí no me engañas, sé muy bien lo que está pasando aquí», y estoy por pedirle que me lo explique porque estoy perdidísima así en general, pero al final le doy las buenas noches y me voy.

Óliver me está esperando en la puerta del hostal. Se ha puesto una camisa vaquera y pantalones negros. También se ha tomado la molestia de peinarse, pero un mechón rebelde de su pelo rubio oscuro le cae sobre la frente. Conozco a unos cuantos que pagan una pasta a peluqueros y estilistas por conseguir ese estilo descuidado. Es decir, relajado y atractivo, pero sin que parezca que se lo han currado. A él le sale gratis. Será capullo.

Dejo que me guíe y vamos andando hasta el puerto. Me cuestiono si es buena idea cuando lo veo dirigirse al mismo bar al que solía ir con Marcos. Supongo que se me nota en la cara porque me informa de que el establecimiento cambió de dueño y ya no se parece en nada al de antes. Cuando entramos, me doy cuenta de que es cierto. Ya no conserva el nombre ni la decoración. Sigue manteniendo su estilo portuario; no obstante, el ambiente es cálido, casi hogareño. Redes de pesca adornan las paredes, las mesas son de madera rústica y oscura, dando una sensación de efecto mojado, como en los barcos. Y me gusta el detalle de los farolillos náuticos en las mesas.

Al ser jueves, el ambiente está muy animado y solo queda una mesa libre al fondo del local. Me acerco a ella a toda prisa para que no nos la quiten mientras Óliver va a pedir a la barra. No llevo ni dos minutos sentada cuando escucho una voz chillona.

—¡Pero bueno, si tenemos una cara famosa por aquí! ¡Cuánto tiempo sin verte!

«No el suficiente», pienso al ver a Maite observándome con esos ojos verdes y gélidos.

Le pregunto cómo está, por educación y porque hace años que no nos vemos. Si yo no soy la misma de antes, con mucha suerte ella ya no será tampoco la cerda que me hacía bullying en el instituto y se dedicaba a insultarme e inventarse cosas sobre mí.

—No me puedo quejar, la verdad. La peluquería me va fenomenal —me explica con una sonrisa impostada, dando por hecho que debo saber a lo que se dedica—. Pásate cuando quieras y hacemos algo contigo.

Me lo dice la que lleva el pelo chamuscado de tanto tinte y las uñas como percebes.

—Un día de estos…

—¿Has venido sola? —me pregunta moviendo la cabeza, oteando alrededor como un búho.

—Con Óliver.

—A rey muerto, rey puesto, ¿eh? Aunque te entiendo. Es de lo mejorcito que hay por aquí. Yo lo sé bien.

—Te iba a otorgar el beneficio de la duda, pero ni tiempo me has dado... Déjame en paz y lárgate a molestar a otra.

La máscara de falsedad desaparece y sonríe como la bruja de un cuento.

—Siempre te creíste mejor que yo.

—Maite, ni me esforzaba en pensar en ti. Te lo digo de verdad.

—Nunca fuimos tan distintas, ¿sabes? Ahora sí, claro, porque yo no voy por ahí perdiendo las bragas —puntualiza—. Pero teníamos en común mucho más de lo que crees. Hasta teníamos el mismo gusto para los hombres.

—¡Aj, por Dios! —Echo la cabeza hacia atrás—. Éramos unas crías y yo no intenté liarme con tu novio. Supéralo ya.

—Me refería a Marcos —añade con malicia y una oleada de ira me recorre y me vibra hasta la punta de los dedos.

—Te partí la boca una vez y pienso volver a hacerlo como no desaparezcas de mi vista.

No voy a pegarle, no tengo doce años, que es la edad mental en la que parece haberse quedado Maite, pero se acojona lo bastante como para salir por patas. Lo hace justo antes de que aparezca Óliver con dos cervezas y se siente frente a mí.

—Nos ha invitado la dueña, dice que es tu fan y que Astrid Vargas se puede ir a la mierda con el impotente de su marido. Por lo visto, también está segura de que no es el padre de la criatura.

Escucho sus palabras como si estuviera lejos, igual que la música que suena bajito por los altavoces.

—¿Estás bien? —me pregunta ante mi mutismo.

—¿Tú sabías que Marcos estuvo con Maite?

Parpadea con lentitud, sin embargo, su gesto no se altera. Tampoco es que se altere con facilidad.

—A Maite le encanta inventarse cosas. Y siempre ha estado celosa de ti.

—¿Sabes si estando conmigo estuvo con alguien más?

Abre la boca para hablar, pero se queda ahí y decide beber.

—Tus silencios siempre han sido de lo más elocuentes —apunto cuando deja el botellín sobre la mesa.

—Puede que sí, puede que estuviera con alguien más, pero si lo hizo, a mí no me lo contó. Y él tampoco está aquí para defenderse.

—¿Y tú? ¿Estuviste con ella alguna vez? —Esta vez sí abre los ojos con sorpresa—. Da igual, no contestes. No quiero saberlo. Ni siquiera tendría derecho a enfadarme.

Su silencio es expresivo, pero también lo es la velocidad con la que cambia de tema. Decido olvidarlo porque no es cosa mía y supondría seguir agarrándome a un pasado que murió sin llegar a pertenecernos.

La hora siguiente la pasamos bebiendo y hablando de asuntos menos comprometidos. Por ejemplo, de cómo terminé trabajando en la tele. De cómo pasé de llevar cafés en la redacción de un programa a hacer reportajes porque un director de casting consideró que era lo bastante guapa y descarada. De cómo algunos de mis compañeros me odiaron por ello. Y de que, a pesar de considerarme una persona impulsiva, siempre fui lo bastante precavida como para rechazar la cocaína que desfilaba alegremente por los camerinos.

Por su parte, Óliver me cuenta anécdotas de sus viajes. De la decepción que supuso Nueva York, tal vez demasiado idealizada gracias a las películas que había visto toda su vida, y de lo mucho que le fascinó Tokio, la cual recorrió dos veces, una como viajero y otra a través de las novelas de Murakami, uno de sus escritores favoritos.

—¿Tú has viajado mucho estos años? —se interesa.

—Sí, todos los veranos. Sobre todo a islas en las que ponerme morena.

—¿Palawan?

Si existiera una palabra maldita...

—No —respondo apretando los dientes para amarrar otra vez el pasado—. ¿Y tú?

—No.

—¿Por qué volviste? En fin, viajar por el mundo era otro de tus sueños —hablo en singular, pero a ninguno se nos escapa que podría haber utilizado la primera persona del plural.

—Y me encantó. Conocí culturas muy diferentes y gente increíble que hoy considero amigos. Lo malo es que, con el tiempo, viajar se convirtió en una especie de obligación.

—No lo parecía en tu perfil de Instagram. Daba la sensación de que disfrutabas.

—¿Me seguías?

—No, yo… bueno, de vez en cuando… Tenías contenido interesante y eso.

—No pasa nada por admitirlo, Lúa. Yo me conozco la vida amorosa de todos los toreros gracias a ti. —Sonríe.

—De nada. —Le devuelvo la sonrisa.

—El caso es que detrás de la cámara no era todo tan idílico.

—Sí, suele pasar.

—Mi cuenta empezó a crecer y había marcas que me pagaban mucho dinero por fotos y vídeos, pero… —Se levanta la manga del jersey y me enseña la cicatriz de unos diez centímetros que recorre la parte interior de su brazo derecho—. Esta me la hice con una roca en los rápidos de un río cerca del Tíbet. Y poco después fui a Vietnam y pillé el dengue.

—Uf, eso no hay filtro de belleza que lo arregle.

—No, en absoluto. —Se pasa los dedos por su barba de pocos días—. Empecé a hacer el idiota, a arriesgarme más por conseguir mejores vídeos, mejores tomas, y hace algo más de un año tuve un accidente. Casi me mato escalando en el desierto de Mojave. Por unos pocos segundos pensé «ya está, aquí se termina todo. Voy a morir». —Su gesto se endurece al recordarlo—. Me hice polvo la espalda, eso sí, y en el hospital tuve un momento de lucidez cuando se me pasó el efecto de los calmantes. Básicamente, me pregunté qué mierda hacía allí jugándome la vida. Así que volví.

Aunque está aquí sentado delante de mí y es evidente que goza de buena salud, solo pensar que podría haber muerto me provoca una sensación de opresión en el pecho y hace que se me seque la garganta. Doy un trago a mi cerveza para recomponerme y al verlo mirarme con esos ojos, recuerdo que a su tristeza le sentaba bien mi frivolidad.

—Entonces ¿qué, viste la luz al final del túnel? ¿Viste toda tu vida pasar y esas cosas?

—No, no vi mi vida pasar —responde con un hilo de voz—. Vi la vida que no iba a vivir. Te vi a ti.

Me echo hacia atrás en la silla y mis piernas se tensionan.

—Óliver, no.

—No, ¿qué? Tú has preguntado y yo he respondido.

—No me mientas. Al menos me debes eso.

—No te estoy mintiendo.

—No. —Niego con la cabeza—. Tú y yo… no fuimos tan importantes. El tiempo lo ha demostrado.

—Sí lo fuimos.

—¿Ah, sí? ¿Y qué coño fuimos exactamente? Explícamelo porque sigo sin entenderlo.

Se muerde el labio inferior y se queda callado unos segundos.

—Un bonito intento.

—Solo que no fue bonito porque mentimos, y ni siquiera fue un intento, al menos por tu parte.

Me levanto dispuesta a irme, pero él se adelanta y me coge de la muñeca. Su calor me envuelve. Me quema. Me abrasa. Tengo que apartarme.

—No puedo ser tu amiga si dices cosas así de repente.

—Sé que no debería haberlo dicho. —Se pasa una mano por la nuca visiblemente incómodo—. Habrá sido el alcohol, que me suelta la lengua.

—Has bebido una cerveza y media.

—Pues mejor no me dejes acabármela o terminaré desnudo encima de la mesa —bromea intentando aliviar la tensión.

—No vuelvas a hacerlo.

—Vale.

Parece arrepentido, aunque intuyo que esto no termina aquí. Porque Óliver también tiene sus propios fantasmas y el pasado parece no querer soltarnos a ninguno de los dos.

18

Hay personas que son inamovibles, que permanecen a tu lado incluso cuando no están cerca. Sus raíces están enlazadas con las tuyas de tal manera que es imposible separarlas. Y hay otras personas que, simplemente, te acompañan durante un tiempo. Son importantes durante una etapa determinada de tu vida y luego vuestros caminos se separan. No hay raíces que os mantengan atados.

Con los años acepté que Óliver era una persona del segundo tipo para mí. Sin embargo, esa aceptación está dando pasos atrás en momentos como este, cuando termino de vestirme en mi habitación y él me espera en su coche para acompañarme a la ciudad a seguir jugando a los detectives.

Me echo un vistazo en el espejo antes de salir. Llevo puesto un pantalón oscuro negro, un jersey color cámel de manga abullonada y unos botines *animal print*. Mi primera opción era un vestido negro de canalé, pero una ladrona adolescente con buen gusto se lo ha llevado de mi armario esta misma mañana.

En el último momento decido pintarme los labios. Mientras lo hago pienso en la extraña armonía en la que nos mecemos Óliver y yo desde hace unos días. Es un estado agradable pero frágil, y se tambalea a causa de mi mala leche acumulada durante años, guardadita en una caja con su nombre escrito en mayúsculas. Y comentarios como el de ayer consiguen abrir la tapa de esa caja. Ese maldito «te vi a ti». Pues debió de verme cabreada de cojones. Lo peor es que no paré de darle vueltas después en la cama. No sé qué significa, si es que significa algo después de tanto tiempo, pero no estoy dispuesta a consentir que Óliver me remueva los cimientos con una sola frase.

Vuelvo a mirarme en el espejo, esta vez con los labios perfectamente pintados de rojo mate y me doy cuenta, muy a mi pesar, de que lo he hecho por él. O para él, que es aún peor. Sé cuánto le gusta este color. Cierro los ojos y me pierdo en ese recuerdo. Hasta puedo sentir el hormigueo que me recorrió la piel cuando me lo dijo. Vuelvo a abrir los ojos y, por un instante, veo el reflejo de una chica enamorada el día que cumplió veintitrés años. Me deshago de ella rápidamente. Voy al baño y me limpio la boca con una toallita húmeda. Me la restriego con tanta fuerza y mala hostia que al terminar no hay rastro de color en mis labios y aun así parece que me he enrollado con un cactus.

Salgo de la habitación y me dirijo a las escaleras. Un peldaño de madera se mueve de su sitio cuando apoyo el pie en el tercer escalón y me agarro al pasamanos en un gesto instintivo que me salva de caer rodando. Esta vez no culpo al vudú. Es este sitio, que se cae a cachos. Termino de bajar las escaleras con cuidado y busco a mi abuela por el hostal. La encuentro en la sala común, disfrutando de la sobremesa y jugando a las cartas con Abuela Sauce.

—Tienes que llamar a alguien para que arregle la escalera principal —le advierto—. Hay un tablón suelto.

—Vale, ya lo miraré luego —me dice sin apartar la vista de sus cartas.

—No deberías mirarlo luego, deberías hacer algo ya. Es un peligro.

—¿Quieres un licorcito de hierbas? —me pregunta señalándome la botella que tiene en la mesa—. Te ayudará a relajarte. Tienes el aura más roja de lo habitual.

—Será porque casi me rompo la crisma en la escalera.

—Hija, has sido siempre de un exagerado…

—No exagero. Si alguno de tus huéspedes tiene un accidente, te podría denunciar. Y ya que estamos, la escalera no es lo único que necesita una reparación. He visto humedades en algunas habitaciones y esta mañana mientras me duchaba me he quedado sin agua caliente, otra vez. Por no mencionar que la página web no funciona bien y no se puede ni reservar.

—No te preocupes, lo tengo todo controlado.

Blanca resopla fuerte y Renata le da una patada mal disimulada por debajo de la mesa.

—¿Qué me estoy perdiendo?

—Nada.

—Nada… Solo que si tu abuela cobrara a los huéspedes, le iría un poco mejor.

—¿Cómo? —inquiero estupefacta—. ¿No cobras a los huéspedes?

Renata fulmina a Blanca con la mirada antes de posar las cartas sobre la mesa y clavar sus ojos en mí.

—Pues claro que les cobro. Es solo que, de vez en cuando, hago algún descuento a los peregrinos —admite—. Los pobres vienen con lo justo.

Así es ella: bruja, protectora de los desamparados y seguramente de algunos cuantos jetas.

—Esto es un negocio, no una ONG —le recuerdo—. El hostal ya está medio vacío y debes de estar perdiendo dinero.

—Vamos a ver, soy mayorcita y he regentado este hostal durante más años de los que tú has vivido, así que no vengas a darme lecciones. Además, ¿a ti qué más te da? Solo estás de paso.

—Sí, pero...

—Pues ya está —me corta levantando la mano—. No te preocupes por mí, me las apaño perfectamente. Lo he hecho siempre y lo seguiré haciendo cuando te vayas.

Abuela Sauce hace un mohín con los labios. No está conforme, aunque esta vez no se atreve a intervenir.

—Ya hablaremos luego.

—Si vas a volver con el mismo tema ni te molestes. —Vuelve a coger sus cartas—. Aunque si es para contarnos qué tal van las cosas con tu novio...

—No es mi novio —replico con hostilidad—. Y no tengo quince años.

—Pues estás igual de impertinente que cuando los tenías.

—Renata, no incordies a la chica —la riñe Blanca meneando la cabeza.

—No te preocupes, si yo ya me voy... Por cierto, ojito con la Vieja Bruja, que siempre hace trampas.

—¡Si ya lo sabía yo! Es imposible que ganes tantas veces.

Doy media vuelta y mientras me alejo escucho a la cuentista de Renata jurar que eso es mentira. Ya podía emplear un poco de esa picardía para remontar el negocio.

No pienso dejar aquí el tema. Hablaré con ella en otro momento. Mi abuela es una de esas personas que considero inamovibles; lo que pasa es que nuestras raíces se enredan a menudo y tropezamos la una con la otra. Y ya que estoy, también me encargaré de arreglar la escalera cuando vuelva.

Salgo del hostal, cruzo la calle bajo un cielo plomizo que parece presagiar un apocalipsis inminente y me subo al coche de Óliver. Antes de arrancar, me dedica una sonrisa amplia que no le devuelvo. Putos hoyuelos que la genética le concedió. Me limito a apretar los dientes. «Muy bien, Lúa, ponte todo lo digna que quieras», me susurra esa voz en mi cabeza que va por libre, pero las dos sabemos que cuando se trata de él te tiemblan hasta las pestañas.

Óliver conduce tranquilo y callado, no es de esas personas que necesite llenar el silencio con conversaciones educadas. Yo intento mirar hacia delante, literal y figuradamente, pero no me lo pone fácil. Cuando salimos del pueblo acelera la velocidad y me fijo en cómo coloca la mano sobre la palanca de cambios para meter la siguiente marcha. Aunque es un gesto trivial, consigue desatar un recuerdo al que le hice un nudo triple años atrás. Una noche de tormenta. Sus manos recorriéndome las costillas, bajando por mi cintura y enganchándose a mis caderas. Sus dedos recorriendo el arco de mi espalda y sus labios incendiándome la piel. No llegó a conocer cada línea, curva y recoveco de mi cuerpo y, aun así, dejó su huella en él, como un tatuaje de los que al final terminas arrepintiéndote.

Y ojalá mi mente traicionera solo se dedicara a incordiarme con los recuerdos. Cuando nos hemos encontrado esta mañana en la cocina, no he podido evitar preguntarme si nuestro presente podría haber sido distinto. Si de haber hecho las cosas de otro modo, él me prepararía el café por las mañanas en nuestra casa o si lo compraríamos de camino al trabajo. O si nos lo tomaríamos cada semana en una ciudad. En Venecia, en Buenos Aires o en las puñeteras islas de Palawan. Aunque para eso tendría que haber cumplido su promesa: la de convertir el mundo en nuestra casa.

El coche que va delante de nosotros me saca de mis desvaríos cuando reduce drásticamente la velocidad, lo que obliga a Óliver a pisar el freno para no chocar con él. Al mismo tiempo estira el brazo y coloca la palma de su mano sobre mi pecho en un gesto de protección. Lo hace sin pensar y, obviamente, no serviría de mucho en caso de accidente, pero el contacto consigue acelerar mi corazón a lo bestia. Eso o estoy sufriendo una arritmia. Con la suerte que tengo últimamente, no descarto nada.

Una vez pasado el susto, aparta la mano y vuelve a concentrarse en el volante. Ninguno de los dos dice nada al respecto. El tráfico se ralentiza y suponemos que se debe a un accidente en la carretera. Unos minutos después lo comprobamos al pasar delante de dos vehículos detenidos en el arcén junto a una grúa y un coche de la Guardia Civil. No hay heridos y parece un pequeño choque sin importancia, pero las manos de Óliver se tensan y su mandíbula también. Sé en lo que está pensando. En lo mismo que yo. En ese jodido punto de la carretera en el que Marcos perdió el control de la moto y su propia vida.

Nuestro silencio deja de ser cómodo para volverse denso, así que lo rompo contándole que he empezado a escuchar el primer audiolibro de la trilogía *El bosque maldito*. Insistió bastante y las noches en el hostal se hacen largas.

—¿Qué te parece? —se interesa.

—Por las descripciones se nota que Guillermo Luna conoce bien toda esta zona. El tema de los asesinatos rituales es bastante macabro, pero me tiene enganchada. Y los dos polis protagonistas funcionan muy bien juntos. Saltan chispas cada vez que se encuentran.

—Mi parte favorita es la historia de amor entre ellos dos cuando eran niños. Se agradece entre tanta oscuridad.

—Sí, pero no creo que acabe bien.

—¿Por qué no?

—Han pasado muchos años y muchas cosas entre ellos, supongo. Todavía no lo sé. Y son muy distintos. Todo eso de que los polos opuestos se atraen está genial, pero nunca funciona en la vida real.

—La gente lee para evadirse y porque está cansada de tanta realidad —opina él—. La magia de la ficción radica en que todo es posible.

Lo observo entrecerrando los ojos.

—Como al final esos dos acaben juntos y me hayas hecho

un spoiler, te voy a arrastrar hasta ese bosque del libro y te voy a dar una paliza.

Un carcajada ronca y profunda emerge de su garganta y su sonido me recorre el cuerpo hasta alcanzar el vértice de mis muslos. Es un cosquilleo suave, caliente e inoportuno. Junto las piernas y mi excitación se dispara. ¡Será posible! Me recoloco con incomodidad en el asiento y doy gracias interiormente por no tener pene.

—Estamos a punto de llegar —me avisa Óliver.

«Ojalá», me respondo, pero no es momento de pensar en guarradas, y menos en un espacio tan pequeño con él a mi lado. Le bastaría con alargar la mano y… ¡Basta ya! Pero ¿qué me pasa? Para distraerme pienso en cosas que me dan miedo: los payasos, el dentista, depilarme las cejas demasiado finas…

Llegamos a la ciudad cinco minutos más tarde y, por suerte, imaginarme a mi dentista vestido de payaso ha conseguido tumbar mi libido. Aquí el tráfico es más ruidoso, las aceras son más anchas y el ritmo de la gente moviéndose de un lado a otro me recuerda a Madrid. En una versión reducida, claro. Hace que lo eche un poco de menos.

Conseguimos aparcar en pleno centro, cerca de nuestro destino, y nos dirigimos caminando hacia la cafetería donde espero que Guillermo Luna sea cliente habitual.

La fachada de El Café de las Letras, así es como se llama el local, es clásica, de madera de color marrón oscuro y cuenta con tres grandes ventanales. En su interior, las paredes también están recubiertas de madera y adornadas con cuadros. Reconozco el de la terraza parisina que aparecía en la foto de Guillermo Luna. También es inconfundible el suelo de baldosas blancas y granates.

Nos sentamos en la barra y pedimos un par de cafés. Miro a mi alrededor preguntándome si alguno de los aquí presentes podría ser Guillermo Luna, aunque la mayoría son mujeres de la edad de mi abuela. El camarero que nos atiende me cuenta que solo lleva una semana trabajando aquí y no conoce a nadie. Otro me explica que hay unos cuantos clientes asiduos que vienen con sus ordenadores a trabajar porque disponen de wifi gratis, pero ninguno es escritor. Y un tercer camarero no tiene ni idea de quién es Guillermo Luna, aunque me reconoce y me pide que nos hagamos una selfi.

Un cuarto de hora después, cuando ya he llegado a la conclusión de que estoy perdiendo el tiempo, salimos de la cafetería. Óliver lo hace con cara de circunstancias y yo, cabreada y frustrada.

—Es como buscar una aguja en un puto pajar. Así no voy a conseguir nada… —Me planto en medio de la acera con los brazos en jarras—. ¿Estás seguro de que Cova no va a ceder?

—Dudo mucho que quiera ayudarte.

—Pues tendré que hacer algo un poco más drástico.

—¿Como qué?

—Como colarme en casa de Guillermo Luna.

—No lo dices en serio. —Me mira ceñudo.

—Estoy pensando sobre la marcha, pero dime tú qué más opciones tengo.

—No lo sé, pero cualquiera será mejor que esa.

—Necesito recuperar mi vida, Oli.

—¿Y crees que la vas a recuperar cometiendo un delito? —espeta en un tono demasiado alto que llama la atención de los que pasan delante de nosotros.

—¿Quieres bajar la voz? —le susurro entre dientes—. Tampoco me voy a poner a hacer un butrón en su casa a la hora de misa. No me van a pillar.

—Eso no lo sabes y sigue siendo allanamiento de morada. No sé cuál es la pena exactamente, pero no creo que quieras volver a salir en la tele de camino a la cárcel.

—Ni que fuera yo la Pantoja. Si no tengo ni dinero para blanquear...

—Lúa, no tiene gracia.

Resoplo sonoramente.

—Porque tú se la estás quitando.

—Escúchame, buscaremos la manera de que consigas esa entrevista, pero prométeme que no te vas a colar en casa de Guillermo Luna.

—Te prometo que no me voy a colar en casa de Guillermo Luna —repito con desgana.

Técnicamente, no me estaré colando en su casa si tengo las llaves para entrar, ¿no? Quizá haya un vacío legal ahí. Y si no, al menos en la cárcel me darán cama y comida gratis.

19

Cova

Antes de irme a trabajar llamo a la puerta de la habitación de Alba para despedirme, pero «Blank Space», de Taylor Swift —canción que ya escucho hasta en mis pesadillas—, suena a todo volumen al otro lado y es imposible que me oiga. Abro la puerta y lo primero que veo es un montón de ropa desperdigada sobre su cama, como si hubiera montado un rastrillo y se lo hubiera llevado por delante un tornado. Ella está colocada de espaldas al espejo, pero con el cuello girado para mirarse. Lleva un vestido negro ajustado con abertura lateral que le sienta como un guante y con el que aparenta por lo menos cinco años más de los que tiene. Está claro que hay cosas que no cambian para las mujeres ni de una generación a otra. Qué prisa más tonta por crecer. Y cuando por fin lo hacemos, nos dicen que aspiremos a ser jóvenes otra vez. Nunca estamos donde debemos.

Cuando Alba me ve, arruga la nariz y antes de bajar la

música en su móvil me reprocha que no haya llamado a la puerta.

—¿Y ese vestido? —le pregunto.

—¿A que es una fantasía?

—¿De dónde ha salido? Yo no te lo he comprado.

—Me lo ha prestado una amiga.

—¿Qué amiga? Y antes de que me mientas que sepas que he visto a Lúa con uno idéntico.

—Si ya lo sabes, ¿para qué me preguntas? —se queja de camino al armario y saca unos botines de tacón.

—No quiero que lleves su ropa. De hecho, preferiría que no te relacionaras con ella.

Bastante tengo con que haya vuelto como para vivir en esta casa con su aspirante a clon.

—Lúa es mi amiga, mamá. —Se sienta en el único hueco libre de la cama y se calza el botín izquierdo—. Y también era la tuya.

—La gente cambia…

Normalmente a peor.

—Es verdad. Tú antes eras más divertida. Cuando salías con ella —añade cogiendo el otro botín.

—Si tú ni te acuerdas de eso.

—Claro que sí. Recuerdo que íbamos con ella a la playa los domingos y me comprabas helado aunque hiciera frío. También organizábamos fiestas de pijamas en casa, con pelis y palomitas. Vosotras me decíais que bebíais zumo de naranja, pero yo sabía que era alcohol. Lo probaba sin que os dierais cuenta —se jacta mientras se sube la cremallera.

Aparte de nuestra cuestionable supervisión como adultas

responsables, es verdad que nos divertíamos por aquel entonces. A nuestra manera. A la mía, más bien. Lúa siempre tuvo que adaptarse a mí y mis circunstancias.

—Si quieres podemos hacer algo tú y yo esta noche —le propongo—. Vemos una película y nos ponemos hasta arriba de guarrerías. ¿Qué te parece?

—Mamá… —Ladea la cabeza y me sonríe con ternura—. Quedarse el sábado en casa es de pringadas.

Se levanta, unos siete centímetros más alta, y vuelve a mirarse en el espejo.

Doce horas de parto, cinco dolorosos puntos de episiotomía para que su cabezón saliera por mi vagina, grietas en los pezones por darle de mamar, una mastitis, casi dos años sin dormir por las noches y otros catorce en los que la maternidad me ha quitado el sueño por múltiples razones. Y todo para que esta repelente me llame pringada.

—Quítate ese vestido —le ladro antes de irme.

Mi tarea en la caja del supermercado es bastante mecánica y después de catorce años trabajando aquí no tiene mucho misterio, así que durante mi turno puedo cobrar y sonreír a los clientes mientras estoy en mi mundo rumiando lo que me ha dicho Alba. Por muy repelente que se haya vuelto mi hija, tiene razón en dos cosas. Soy una pringada y antes era más divertida.

Si tuviera que describir mi presente, diría que desprende un tono gris ceniza, como el del cielo que cubre este pueblo casi todos los días. Trabajo muchas horas y mi concepto de socializar consiste en salir los martes a tomar café con otras madres del colegio, la mayoría primerizas angustiadas cuyos temas de conversación giran en torno al color de las cacas de sus bebés. En el pasado, mi vida tampoco era una locura, pero supongo que mi actitud ante la misma sí era otra. Lúa siempre se esforzaba por recordarme que era joven. Cuando se fue, dejé de molestarme en intentarlo.

Comprendí su dolor, por Marcos, cuando murió, y por Óliver, cuando se fue. No obstante, mi dolor terminó por eclipsar al suyo cuando ella también se marchó. Me sentí abandonada. Era mi centro de apoyo. Más de lo que habían sido mis propios padres. Mi relación con ellos ha mejorado con el tiempo, aunque cuesta olvidar que no manejaron muy bien la situación cuando me quedé embarazada del primer imbécil que me dijo «te quiero». Tampoco estuvieron muy presentes en la vida de Alba durante sus primeros años y me las tuve que arreglar sola. Del proveedor de esperma —que no padre—, mejor ni hablamos. De hecho, poco hay que decir. Al contarle que estaba embarazada, me dio trecientos euros para abortar y esa fue la última vez que nos vimos. El dinero lo utilicé para comprar pañales y una cuna.

Cuando termino el turno, guardo el pedido de Aitor en el maletero y conduzco hasta su casa. El sábado solía ser el mejor día de la semana y ahora solo deseo que nuestro encuentro sea lo más rápido e indoloro posible. Cada vez que cierro los ojos, veo su gesto de rechazo. Y sí, ya soy mayorcita para asumirlo, pero... ¿te acuerdas de que soy una pringada con una vida gris y amigas que solo hablan de cacas?

Nada más aparcar en la entrada decido tomarme un momento. Apoyo la cabeza en el asiento y resoplo. Saco todo el aire de mi cuerpo hasta desinflarme. En ese mismo instante, Aitor sale de su casa y no me da tiempo ni a recomponerme. Me bajo del coche y curvo los labios en un amago de sonrisa, tratando de disimular que no soy la resentida que sí soy.

—Hola —me saluda con su sonrisa amable y gentil de siempre. De esas que te hacen pensar que es la clase de hombre que se ofrece a ayudar a las ancianitas con sus bolsas de la compra.

—Hola —respondo y trato de evitar su mirada mientras abro el maletero. Su olor a espuma de afeitar se encarga de alterarme el pulso.

—Ya lo hago yo. —Se adelanta y coge todas las bolsas mientras yo me quedo inmóvil con las manos vacías—. ¿Te apetece entrar a tomar algo? Tengo té si no quieres café.

—No, no puedo. —Cierro la puerta del maletero—. Tengo prisa.

—Cova… —Toma aire antes de hablar—. Siento mucho lo del otro día. Lo del cine —me aclara.

—No hace falta que te disculpes.

—Sí, sí hace falta.

Deja las bolsas en el suelo. Lo de que esto fuera rápido e indoloro no va a ser posible.

—No, no tienes por qué, en serio. Lúa es una bocazas. A mí ni se me habría pasado por la cabeza invitarte a ninguna parte.

—Entonces ¿no quieres salir conmigo?

—Bueno… A ver… No sé… —replico algo descolocada—. Tú no quieres salir conmigo.

—Yo no dije que no quisiera, dije que no podía. Hay una gran diferencia.

—Pues no lo entiendo.

—Ya... —Agacha la cabeza y se mira los zapatos.

—Si es porque tienes mujer o algo así, yo no quiero...

—No, no estoy casado —se apresura a responder—. Llevas dos años viniendo aquí. ¿Dónde crees que la iba a esconder? —Se ríe nervioso—. ¿En el congelador?

—No se me había pasado por la cabeza que fueras un psicópata. Al menos hasta que lo has dicho.

—Puedes mirar mi congelador si te quedas más tranquila.

Lo haría, pero en las películas eso suena a la excusa que utilizaría un asesino en serie para hacerme entrar en su casa voluntariamente y luego despiezarme como a un cordero, así que...

—No hace falta.

Él suspira mirando hacia arriba antes de volver a observarme con esos preciosos ojos de color aguamarina. Dios, si es un psicópata, es el más adorable de todos.

—Soy agorafóbico.

—¿Eh?

—Por lo menos es mejor que ser un psicópata —bromea encogiéndose de hombros.

Joder. ¿Qué leches se dice en estos casos? ¿Qué es lo apropiado?

—No sé qué decir —admito segundos después sintiéndome una idiota integral.

Tiene sentido. Aitor y yo jamás hemos coincidido fuera de su casa y eso que lo busco a menudo entre la gente como si este pueblo fuera un gigantesco *¿Dónde está Wally?*

—Solo quería que lo supieras. El otro día al decirte que no podía ir al cine me sentí fatal… Quería decir que sí. —Y ese «sí» suena bonito y triste a la vez—. Me encantaría ir al cine contigo, Cova. O a cenar o a tomar un café. —O podríamos tatuarnos cada uno el nombre del otro para sellar nuestro amor eterno, se me ocurre—. Pero ir más allá del bosque no es posible para mí en este momento.

Pues es un problema, y de los complicados, supongo. No sé mucho sobre la agorafobia, aunque sí sé que ninguna relación es perfecta.

—¿Y si me invitas a cenar en tu casa?

—¿Quieres? —Alza las cejas tan sorprendido que me entran ganas de besarlo.

—Llevo haciéndote la compra y alimentándote los últimos dos años. Creo que ya me merezco una cena.

—Claro que sí. —Asiente muy rápido—. ¿El jueves a las nueve te va bien?

—Sí, perfecto —afirmo sin dudar. No me voy a hacer ahora la interesante, entre otras cosas porque no se me da bien y me parece una pérdida de tiempo.

Nos despedimos hasta el jueves y Aitor se lleva las bolsas de la compra mientras yo me quedo unos segundos observándolo como una mema. Justo cuando voy a entrar en el coche me llama desde su puerta.

—Puede que tu amiga Lúa sea una bocazas, pero cuando la veas, dale las gracias de mi parte. De no ser por ella, no me hubiera atrevido a invitarte a cenar.

—En realidad, me he invitado yo.

—Entonces tú también deberías darle las gracias.

Me sonríe y yo ya estoy flotando en una nube de purpurina con forma de unicornio. Sí, ese es mi nivel de enchochamiento.

Me coloco en el asiento y me entran ganas de chillar. Si no lo hago es porque él todavía me está mirando desde la puerta. Arranco el motor y le digo adiós con la mano antes de tomar el camino de vuelta.

Mientras conduzco por la carretera mis fantasías vuelven y hasta Ed Sheeran regresa para cantarme mientras me imagino bailando con Aitor. Miro hacia arriba a través del parabrisas. Un rayo de sol acaba de colarse en mi cielo gris.

20

Marzo de 2015

Hay cambios tan sutiles que no te das cuenta de ellos hasta que son muy evidentes. Luego hay otros que son puñetazos en la cara. Y esos cuesta ignorarlos. Aquella noche habíamos salido los cuatro: Marcos, Cova, Óliver y yo. A Marcos lo había perdido entre la multitud hacía rato, pero era lo habitual. Aquel bar era como su segunda casa y se paseaba por él, copa en mano, hablando con todo el mundo. Cova estaba en el baño y tardaba mucho en volver, así que yo me dedicaba a bailar en la pista al ritmo de la música y a observar disimuladamente a Óliver, apoyado en una pared y situado a escasos metros de distancia. Que estuviera hablando con una petarda que le sonreía y le sobaba el brazo no era asunto mío. En aquel momento, estaba segura de que lo único que me molestaba de aquella escena era que la petarda en cuestión fuese Maite. La odiaba.

En cambio, mi relación con Óliver había mejorado bastante ese último mes. En realidad, pasó de inexistente a existir. No éramos íntimos ni nada parecido, pero la tensión entre nosotros se había rebajado mucho. Hasta podíamos mantener una conversación con normalidad y sin apuñalarnos mentalmente.

—Me voy a casa —me avisó Cova nada más volver del baño.

—¿Tan pronto?

—Son las dos —me informó dando un par de toques a su reloj—. La niñera de Alba me sale por un pico y ya llevo fuera tres horas.

—Pero te has pasado una entera haciendo cola en el baño, así que no cuenta.

—Sí que cuenta porque de camino he tenido que esquivar a dos borrachos. Uno me ha tirado media copa en la camiseta y otro ha intentado lamerme la oreja. Ya he cumplido por esta noche y tengo sueño.

—Sé que te vas a casa con algún duque buenorro del siglo diecisiete.

—Es vizconde y del siglo diecinueve —me corrigió—. Es que me he quedado en lo más interesante. Además, en mis novelas los tíos son mucho mejores que en la realidad.

Miré a Marcos y apreté los labios. Estaba en la barra pidiendo otra copa. Ya debía ser la quinta o la sexta de la noche. Esa era mi realidad.

—Mándame un mensaje cuando llegues a casa.

—Eh, que la madre soy yo.

—Alguien tiene que cuidar de ti para variar.

Me dio un beso en la mejilla y se abrió paso entre la gente.

La vi despedirse de Óliver y en cuanto se fue, él escaneó la sala hasta que sus ojos tropezaron con los míos. Sentí una oleada de calor en el estómago que no me gustó. En realidad, sí me gustó. Ese era el problema. Óliver apartó la mirada con rapidez y siguió hablando con Maite. De repente, ya no me apetecía estar allí. Me acerqué a la barra para decirle a Marcos que me iba a casa y lo encontré discutiendo con Esteban, el dueño.

—¿Qué pasa?

—Nada —respondió Marcos en tono áspero.

—Pasa que no voy a fiar más a tu novio y no le voy a servir nada hasta que me pague lo que me debe —me aclaró Esteban.

Miré a Marcos, que se limitó a tensionar la mandíbula.

—¿Cuánto te debe?

—Ochenta y siete euros.

Era una pasta. Mi sueldo en el hostal no era para tirar cohetes, pero al menos podía hacerme cargo de la deuda. Marcos no trabajaba desde hacía un par de meses y no le sobraba el dinero.

—No los tengo aquí —le dije a Esteban—, pero no te preocupes, mañana te los traigo.

Él se quedó conforme mientras que Marcos giró el cuello hacia mí y me miró como si acabara de insultarlo y de mancillar su honor.

—De puta madre, Lúa.

Se largó mascullando y salí detrás de él. Lo perseguí por el bar hasta que pude agarrarlo del brazo.

—Pero ¿a ti qué te pasa? —Tuve que gritar para hacerme

oír por encima de la música y el bullicio—. ¿Ahora vas por ahí dejando a deber?

—Es problema mío. No te he pedido nada. Ya lo que me faltaba es que me mantengas tú.

—¿Te crees que es la ilusión de mi vida? Pero va a ser así si no buscas trabajo y solo te dedicas a beber.

—Pues si no te gusta lo que hay, lárgate.

—A lo mejor sí, a lo mejor debería largarme y muy lejos. Y que te quedes aquí tú solo, por gilipollas.

—¡Pues vete! —Estiró el brazo enseñándome la salida—. ¡Vete de una puta vez y déjame, que es lo que quieres!

—Oye, ¿te está molestando este tío?

Un chico moreno acababa de plantarse delante de nosotros. Los dos lo miramos; sin embargo, fue Marcos quien respondió.

—Pero ¿qué hostias dices tú? Pírate, anda.

—Eh, tranquilito, chaval —respondió el otro dándole un toque en el hombro.

No pensaba agradecerle al tipo su supuesta intención de defenderme. Vi en sus ojos que andaba buscando gresca. Y no era el único. Llevaba detrás un par de colegas a modo de guardaespaldas.

—Marcos, vámonos… —Lo agarré del brazo porque me temía lo que iba a pasar si nos quedábamos, pero no conseguí ni moverlo del sitio.

El otro imbécil miró a sus amigos y los tres se rieron con chulería. No hacían falta muchas provocaciones para empezar una pelea entre gallitos borrachos.

Marcos adelantó un pie y echó la mano hacia atrás. Cuando estaba segura de que iba a pegarle un puñetazo, apareció Óliver cortándole el paso.

—No lo hagas —le advirtió en tono gélido.

—Quítate de en medio. No tiene ni media hostia —dijo Marcos, levantando la barbilla desafiante.

—Y la que te mereces tú no voy a dejar que te la dé porque es justo lo que estás buscando.

Era cierto. Marcos solo sabía descargar su frustración de una manera y ni siquiera se planteaba salirse del camino que le había marcado su padre, literalmente, en la piel. E iba a convertirlo en una tradición familiar.

Su mano estaba cerrada en un puño. La cogí con suavidad y conseguí entrelazar mis dedos con los suyos. No me miró, pero dejó salir el aire que estaba reteniendo en los pulmones y su ira pareció aplacarse.

—Vete a casa, Marcos —le pidió Óliver, esta vez más suave.

—Eso, Marcos, mejor haces caso a tu novio y te vas —terció el que seguía con ganas de romperse los dientes aquella noche.

Su mano se soltó de la mía y apartó a Óliver con el hombro. Un puño chocó contra una mandíbula y Marcos y el otro tipo empezaron a golpearse. Sus amigos no dudaron ni un segundo en meterse y, lejos de apaciguar, jalearon más el ambiente. Óliver embistió a uno cuando intentó agarrar a Marcos por detrás y a partir de ahí los golpes y los gritos se multiplicaron por la sala. La mayoría de la gente se apartó asustada, otros observaban entretenidos como si hubieran pagado entrada por el espectáculo y algunos espontáneos envalentonados decidieron participar. Yo intenté parar aquella locura, lo cual fue imposible entre tanta testosterona descontrolada, y me llevé un empujón contra la barra que me cortó la respiración.

La pelea se saldó finalmente con unos cuantos golpes visibles, en el ojo de Óliver y en la ceja de Marcos, y todos los implicados fuimos expulsados del bar. Marcos de por vida, especificó Esteban, aunque no nos lo tomamos muy en serio. No era la primera vez. Los otros tres imbéciles involucrados se llevaron algún que otro labio partido y un par de brechas. Salieron zumbando de allí en cuanto escucharon a alguien gritar que iba a llamar a la policía.

Marcos, que resultó estar bastante más borracho de lo que aparentaba, se negó a ir a su casa a dormir. Y casi mejor, porque si se encontraba con su padre cabía la posibilidad de asistir a un segundo asalto. El hostal, y que mi abuela lo viera en semejante estado, quedaba descartado, así que lo llevamos a casa de Óliver. Tras ayudarlo a subir a trompicones hasta la planta superior, lo dejé acostado en una de las habitaciones. Antes de salir, me cogió la mano y farfulló un «te quiero». Me pidió que lo perdonara y que por favor no lo dejara nunca. No respondí y él se quedó dormido al momento.

Cuando llegué al salón, Óliver estaba sentado en el sofá, con la cabeza apoyada en el respaldo y los ojos cerrados. Me dejé caer a su lado sin mucha ceremonia.

—¿Te duele mucho?

Abrió los ojos y me miró. Tenía el parpado izquierdo algo hinchado.

—Nah, solo un poço... Y eso demuestra que no tenías razón y que sí sirvo para pelear —bromeó, pero yo no estaba de humor.

—Cada día se parece más a su padre.

—Anda un poco perdido —trató de suavizar Óliver.

—Todos lo estamos. No es una excusa para ir por ahí dándonos de hostias —argumenté. Yo lo había aprendido por las malas; no obstante, lo había aprendido—. Solo se preocupa de sí mismo, y ni siquiera lo hace bien. —Resoplé cansada—. Siempre hemos discutido mucho, pero antes al menos tenía algo por lo que… —Chasqueé la lengua.

Óliver me observaba con atención y parecía querer decir algo, aunque se contuvo.

—No debería desahogarme contigo, perdona. Es tu mejor amigo.

—No pasa nada. Ahora mismo no me quedan muchas ganas de defenderlo —aseguró entrecerrando el ojo con una mueca de dolor.

Miré a mi alrededor. Nunca había estado en el salón de Óliver. Sabía por Marcos que ahora vivía en aquella casa enorme de dos plantas que perteneció a sus abuelos. Los muebles viejunos asustaban al miedo. Estuve tentada de burlarme, pero me lo pensé mejor. No tenía tanta confianza con él.

—Menuda biblioteca tienes —señalé al ver una estantería llena de libros que cubría toda una pared—. ¿Los has leído todos?

—Todos no, pero muchos sí. La mayoría eran de mi abuelo. Le recuerdo casi siempre leyendo aquí.

—Leer no es lo mío —admití—. Aunque siempre me encantaron los cuentos. Sobre todo porque me los sabía de memoria de tantas veces que los leía con mi abuela. Así era más fácil.

—¿Cuál es tu favorito? —se interesó.

—*La Cenicienta*, por supuesto. Tenía esos zapatos super-molones de cristal y acabó viviendo en un castillo. A eso lo llamo yo prosperar.

—¿Sabes que en la versión original de los hermanos Grimm las hermanastras de Cenicienta se cortaron los dedos de los pies para intentar que les entrara el zapato?

—Uf, qué asco, Oli. —Arrugué la nariz con desagrado—. No me estropees el cuento.

—Sigue sin gustarme que me llames Oli.

—Sí te gusta, es que todavía no lo sabes.

Parpadeó y apartó la vista. Se perdió en su mundo y yo hubiera pagado lo que me pidiera en ese momento por saber en qué estaba pensando. No se lo pregunté. De alguna forma supe que no me lo iba a contar, así que solo solté la primera chorrada que se me ocurrió.

—Deberías salir con Cova, ella vive en sus libros. —Me arrepentí en el acto—. Claro que ella prefiere la novela ro-mántica y nada de dedos cortados.

—Me gusta Cova. Pero no en ese sentido.

Aquello no debería de haberme aliviado. Para nada.

—¿Y te gusta Maite? —pregunté con una mueca que fui incapaz de disimular. Total, ya estaba metiéndome en jardín ajeno.

—Puede. —Se encogió de hombros—. ¿Te parece mal?

—Un poco.

—¿Por qué?

—Porque somos amigos y yo quiero lo mejor para mis amigos. Y ella no lo es.

—No somos amigos.

—Eh, te llevé a mi sitio especial a gritar —argumenté.

—Vamos a necesitar algo más que eso para ser amigos. Nos conocemos de toda la vida y no sabemos nada el uno del otro.

Sopesé si seguir por ese camino o no. Y sin más, tuve la extraña certeza de que podría confesarle un secreto a Óliver y él no se lo contaría a nadie.

—No soporto el olor del esmalte, por eso nunca me pinto las uñas. Ya sabes algo de mí que no le he dicho a nadie. Eso nos convierte automáticamente en amigos.

—No me parece algo muy personal. —Movió la cabeza poco convencido.

Estiré mi mano derecha y la examiné. Había heredado los dedos largos y finos de mi madre. Ya no era capaz de recrear su rostro en mi mente, para eso necesitaba ayudarme de fotos. Sin embargo, recordaba perfectamente sus manos.

—A mi madre le encantaba pintarse las uñas. A veces llevaba cada una de un color. Yo siempre le pedía que me las pintara y ella siempre me decía que no, que ya habría tiempo para eso. Antes de irse al hospital para que la operaran me prometió que cuando volviera me las pintaría por fin. Pero no volvió a los dos días, como me había prometido. —Óliver giró levemente su cuerpo hacia mí y apoyó el brazo en el respaldo—. Me enfadé muchísimo con ella, así que cogí todos sus pintaúñas y los abrí para pintarme yo. Manché la mesa del salón, el sofá, la alfombra… Puse todo perdido. —Sonreí sin ganas—. Cuando mi abuela llegó a casa, tuvo que abrir las ventanas porque el olor casi no nos dejaba respirar. Ni siquiera me riñó. Solo me cogió las manos, manchadas de tropecientos colores, y me dijo que mi madre no iba a volver nunca. —Expulsé el aire por la nariz con fuerza—. Mi madre se equivocó. No siempre hay tiempo... Y por eso odio el olor del esmalte.

Óliver me observaba fijamente y sin pestañear. Hubiera jurado que casi sin respirar. Con el tiempo comprendí que sus silencios no eran forzados, ni una falta de consideración hacia la otra parte. Los necesitaba para poder procesar sus pensamientos antes de hablar.

—Por el bien de nuestra amistad debería contarte yo algo a ti que nadie sepa —declaró por fin.

—Sí, por el bien de nuestra amistad —recalqué.

—Mejor te lo enseño.

Caminamos de madrugada por las calles desiertas, subimos hasta el cementerio y lo cruzamos. Cuando ya pensaba que estaba a punto de descubrir que Óliver era un rarito macabro al que le gustaba profanar tumbas en sus ratos libres, llegamos a una iglesia abandonada. Era el punto más alto del pueblo, el edificio estaba en ruinas y la maleza crecía a su alrededor. Nadie se molestaba en subir allí. Para contemplar las vistas estaban los miradores, perfectamente acondicionados para los turistas.

A pesar de la oscuridad podía verse perfectamente que el estuco de la fachada se caía a trozos. Óliver entró en la iglesia delante de mí y me advirtió que tuviera cuidado al pisar. No me lo pensé dos veces y no le pregunté si aquello era seguro. Sentía demasiada curiosidad. Lo seguí caminando por un suelo plagado de malas hierbas que crujía a nuestro paso y subimos por la escalera lateral que llevaba al campanario. Apoyé la mano en la pared, llena de humedades, y oí el viento silbar. Al llegar a la parte más alta, vi la campana, oxidada por el paso del tiempo. Óliver se acercó hasta una ventana en arco que contaba con dos aberturas.

—Por un lado puedes ver el mar —me dijo señalándolo y cruzó la estancia hasta el lado contrario, donde había otra ventana idéntica—. Y por el otro, las montañas.

—Yo voy a la cala a gritar y tú vienes aquí —deduje.

—Vengo cuando me agobio, sí. Hay veces que este pueblo se vuelve demasiado pequeño y necesito… Necesito que el mundo sea más grande.

Le sonreí porque lo entendí y él me sonrió a mí. Se le marcaron los hoyuelos y, de repente, me pareció el chico de ojos tristes con la sonrisa más bonita del mundo. Aunque siendo precisa, en aquel momento era más bien el chico de un ojo triste y otro bastante hinchado. Pero seguía teniendo una sonrisa preciosa.

Nos quedamos observando el mar durante un rato. A esas horas de la madrugada parecía un agujero negro, gigante, capaz de engullirte, y a la vez resultaba tranquilizador.

—He estado pensando en aparcar un tiempo lo de la escuela de cine. Cuando me vaya de aquí… —Óliver dejó la frase suspendida en el aire unos segundos. Supuse que se refería a cuando su padre muriera—. Quizá sea para recorrer el mundo con una mochila.

—Suena bien, eso de que el mundo sea más grande. A mí me da miedo que mi mundo sea solo esto —reconocí y él me miró, esperando que continuara—. Estudié a distancia porque así era más fácil seguir el ritmo de las clases. Pero muchas veces me preguntaba cómo sería irme de aquí y conocer gente nueva. La vida universitaria y esas cosas.

—Es como el instituto, pero con el doble de alcohol y el doble de fiestas —resumió simplemente—. Aunque te entiendo. Hay que experimentarlo por uno mismo. Vivir en la teoría no sirve.

—Me he perdido cosas y creo que no quiero seguir perdiéndomelas —confesé, amparada por la oscuridad.

—Entonces, vete.

La frase salió de sus labios con tanta ligereza que hasta la decisión que implicaba pareció sencilla.

—Me encantaría... la mayor parte del tiempo. Después pienso que tampoco es para tanto, que puedo quedarme donde estoy y eso no cambiará nada. Yo no voy a cambiar el mundo.

—¿Por qué no? —Arrugó la frente—. Puedes cambiarlo. O puede que el mundo te cambie a ti. En serio, ¿por qué no te vas?

Me mordí la lengua. Me imaginé el resto de mi vida allí con Marcos. Yo trabajando en el hostal y él... Él, a saber. Nos habíamos querido mucho, pero ya no era así. No nos besábamos con ganas, no nos escuchábamos. Apenas nos mirábamos. Y yo no había vivido lo suficiente la vida como para sentirme cómoda aplastada por nuestra rutina.

—Si vamos a ser amigos, Lúa, es mi obligación decírtelo. Tú no eres responsable de Marcos —sentenció y me pregunté cómo podía adivinarme el pensamiento alguien que me conocía tan poco—. Solo eres responsable de ti misma.

—No sé, ya veremos…

—Tienes razón en lo que dijiste antes. No siempre hay tiempo.

Podría decir que Óliver me hizo ver las cosas de otra forma, aunque solo verbalizó lo que yo sabía desde hacía tiempo y me negaba a reconocer. Debía irme. Y debía hacerlo sin Marcos.

21

Sentada en una terraza frente al puerto, con los auriculares puestos y sosteniendo una taza de café con leche entre las manos, escucho atentamente otro capítulo del segundo audiolibro de la trilogía de *El bosque maldito*. Me encuentro tan absorta en la narración que no me fijo en la vista privilegiada que tengo delante. Ni en el mar ni en el suave balanceo de las embarcaciones amarradas. Siempre me gustó contemplarlo. Es relajante, casi hipnótico. Pero estoy demasiado atrapada por la historia.

En este momento, un hombre corre por el bosque en plena noche mientras jadea aterrorizado. Serpentea entre los árboles y apenas puede ver a causa de la niebla. Unos susurros flotan en el aire, y con ellos se aproximan unas luces parpadeantes. Intenta correr más rápido, pero le falta el aliento. Los susurros y las luces se acercan y comienzan a rodearlo. Exhausto, desorientado y con la respiración entrecortada, el hombre mira en todas direcciones buscando una salida que no encuentra. En un intento desesperado, prueba a trepar por un viejo roble. Los brazos no le responden, por lo que solo consigue arañar el tronco y clavarse astillas bajo las uñas hasta hacerse sangre.

Enderezo la espalda por la tensión y poso la taza de café en la mesa en cuanto aparecen los asesinos en busca de su siguiente víctima. Se trata de esa procesión misteriosa que recorre el bosque cuando hay luna de sangre, todos ellos vestidos con túnicas blancas y capuchas del mismo color, iluminando el camino con lámparas de parafina. Son seis y ya tienen al hombre acorralado. Se acercan a él mientras siguen susurrando, pero esta vez entiende sus palabras. No paran de repetirlas: «Matar o morir. Matar o morir. Matar o morir». Uno por uno empuñan sus dagas y las levantan en el aire. Él cae de rodillas al suelo y suplica llorando por su vida.

Me cubro la boca con la mano. Joder, lo van a acuchillar hasta dejarlo como un bloody mary.

Un grito estalla en el aire. No es de muerte, pero sí de sobresalto. Y no proviene de la novela, sino de mí, al sentir una mano posarse en mi hombro por detrás.

—¡Hostia puta, Alba! Vaya susto.

Se sienta en la silla de al lado riéndose de mí mientras yo me quito los auriculares y me recupero de la amenaza de infarto masivo.

—Igual no tienes tú mucha sangre fría para dedicarte a robar en una casa —reflexiona tocándose la barbilla con dos dedos.

—No pienso llevarme nada, así que no puede considerarse robar. ¿La tienes?

Mete la mano en el bolsillo de su cazadora y saca una llave. La llave de la casa de Guillermo Luna. La llave que puede ayudarme, con un poco de suerte, a recuperar mi carrera y por extensión, mi vida.

—Tienes que devolvérmela mañana sin falta —me avisa al entregármela—. Mi madre siempre la lleva en el bolso y no tardará en darse cuenta de que ha desaparecido.

—Puedo ir a hacer una copia ahora y te la devuelvo.

Lo último que pretendo es causarle problemas con Cova. Se la está jugando al robarle a su madre esa llave. Tampoco la niña lo hace de manera altruista, que conste. Me he visto obligada a prometerle un viaje de fin de semana a Madrid en el que, básicamente, accederé a ser su esclava y a llevarla donde se le antoje.

—Ni se te ocurra hacer una copia. En este pueblo todo el mundo se entera de todo. Mi madre siempre se entera de todo —puntualiza y se recuesta en la silla, elevando la barbilla para que el sol le dé en la cara unos treinta segundos, que es lo que tardará en desaparecer otra vez tras las nubes.

—No puedo colarme hoy en la casa así sin más.

—¿Por qué no?

—Porque estas cosas requieren planificación. Como en *Ocean's Eleven*. —Arruga la nariz sin saber de qué hablo—. Deberías ver esa peli. Aunque solo sea por George Clooney y Brad Pitt.

—Uf, ¿esos abuelos? —espeta mientras se atusa el flequillo.

No la estrangulo porque la quiero.

—No puedo ir hoy —insisto—. ¿Y si aparece tu madre?

—Hoy seguro que no. Ha quedado. En plan cita.

—¿Con quién?

—No lo sé, a mí no me cuenta nada. Pero la he dejado en casa probándose ropa, y mi madre nunca se prueba ropa. Además, antes de irme le he dicho que había quedado con Johnny y ha sonreído.

Estoy casi segura de que esa cita misteriosa es con Aitor. Y me encantaría que me lo contara ella misma, aunque, tal y como están las cosas entre nosotras, eso no va a ocurrir en un futuro próximo.

—Tengo una cosa para ti.

Me inclino y cojo la bolsa que he dejado junto a mi silla. Le he comprado un vestido de canalé. Es de color azul celeste y resaltará sus ojos. Puede que el regalo se deba a que me siento un poco culpable. No por el delito que voy a cometer en sí, sino más bien por haber convertido a Alba en mi cómplice. En realidad, la culpa de todo la tiene la rencorosa de su madre. Ella trabaja para Guillermo Luna y no le costaría nada ayudarme a encontrarlo. Así evitaríamos posibles penas de prisión que van de seis meses a dos años. Lo he buscado.

—Es chulísimo —comenta Alba nada más sacar el vestido de la bolsa, pero el entusiasmo se apaga rápido en sus ojos.

—¿No te gusta?

—Sí, sí. Es solo que… parece un poco ajustado.

—¿Desde cuándo eso es un problema? Es tu talla y te quedará bien.

—Ya. —Se muerde el labio inferior nada convencida.

—Si no lo quieres, puedo devolverlo. No te preocupes.

—¿No crees que me sobra algo de peso para llevarlo?

—No, ni un gramo. ¿A qué viene eso?

—Pues... el otro día Johnny me dijo que si pesara unos kilos menos estaría más guapa —susurra agachando la cabeza.

—¿Sí? Pues si a Johnny el cerebro le pesara un poco más, también estaría más guapo.

—Solo fue un comentario.

—Un comentario que sobra —tercio seca.

Porque así se empieza, con un comentario que no resulta inocente ni en apariencia. Sé bien lo que la presión externa puede hacerle a un cuerpo que va de la mano de una autoestima frágil. No es mi caso, pero he visto a unas cuantas compañeras de profesión obsesionadas por su peso matarse de hambre, vomitar y atiborrarse de laxantes para purgarse. No se lo cuento, lo último que quiero es darle ideas.

—Alba, eres perfecta tal y como eres, pero a tu edad basta cruzarse con un imbécil para que nunca lo entiendas.

—Es una tontería, en serio. —Niega con gesto incómodo—. No tenía que haberte dicho nada.

Una moto se detiene en seco a un par de metros de distancia. La conduce un chico de pelo negro que considera el casco un elemento decorativo no obligatorio. Mira a Alba y le hace un gesto con la cabeza.

—Me voy.

—Espera, ¿ese es tu novio?

Sí, ¿qué pasa? —Me mira extrañada ante mi ceño fruncido—. ¿Lo conoces?

Solo desde hace un par de semanas, pero después de casi

atropellarme con esa moto y pedirme que le comiera la polla, considero que ya hay cierto nivel de confianza.

Si es que tengo un sexto sentido para los gilipollas. Aunque no siempre lo escucho y, claro, así me va.

—De vista, nada más.

—¿A que es guapísimo? —susurra y debería darle la razón, pero no me apetece nada—. Es que me encanta.

—Escucha… —La agarro del brazo en cuanto se levanta—. A mí también me encanta el sol, pero no viajaría hasta el sol. Porque por dentro es una bola gigantesca de gas que arde a tropecientos mil grados y me fundiría los órganos. ¿Comprendes?

—Pues no.

Las metáforas no se me dan muy allá. ¿Cómo le explico que su novio es un mierda, que tiene la profundidad de un charco y que no merece de ella ni recibir los buenos días?

—Alba, tienes que saber alejarte cuando algo o alguien no es bueno para ti. Y un tío que se cree con derecho a decirte qué hacer con tu propio cuerpo ya es una alerta roja.

—Que sí, que vale —responde impaciente yéndose ya hacia él. Estoy segura de que olvidará lo que acabo de decirle en aproximadamente cinco segundos.

Él se limita a esperarla apoyado en la moto, con una sonrisa de mojabragas de manual. Marcos tenía una así. Aunque su mirada era más dulce.

Se saludan con un beso. Con lengua. Con mucha lengua. Y Alba ya se ha olvidado de mi advertencia. También del vestido que le he regalado y supongo nunca se pondrá gracias a él.

Pienso vigilar a ese capullo. Aunque, de momento, tengo que ocuparme de un asunto más urgente.

Finjo una jaqueca horrible ante Óliver y Renata en mitad del turno de la cena. Les digo que me voy a acostar y subo a mi habitación. Me entretengo un minuto pensando si es buena idea —como parte de mi improvisado plan— meter unos cojines bajo la colcha, simulando un cuerpo humano. Solo por si a Óliver o a mi abuela se les ocurriera subir para ver cómo me encuentro. Enseguida me doy cuenta de que ninguno de los dos es idiota y se trata de una técnica de lo más infantil. Además, solo un par de horas me separan de cumplir treinta años. Se presupone cierta madurez en mí.

Salgo del hostal sin ser vista —un punto para mí— y camino en dirección a la casa de Guillermo Luna. Mis pasos son relajados, aunque mi corazón debe de estar en una clase de *spinning*. No estoy acostumbrada a saltarme la ley ni a colarme en propiedades ajenas. Bueno, una vez me colé en el camerino de Henry Cavill. Yo asistía como público a un programa de entrevistas —lo hacía a menudo por si algún director de casting se fijaba en mí— y él era el invitado estrella. No tuvo importancia porque él no estaba en su camerino, así que me llevé unos cuantos aperitivos del catering y me fui. En todo caso, yo tenía una defensa clara y cualquier juez lo habría comprendido. Era el jodido Henry Cavill.

Tardo unos veinte minutos en llegar a la casa. Por suerte, no es de las más céntricas y la calle está despejada. Lo primero que compruebo es que no hay luces encendidas. Ni rastro de Guillermo Luna y ni rastro de Cova. La construcción se compone de dos plantas y es de un suave color amarillo, con los marcos de las ventanas pintados de azul. La primera vez que la vi no me pareció muy lujosa para un escritor de éxito, pero está bien cuidada y es bonita en su sencillez.

Me pregunto cómo será por dentro antes de meter la llave en la cerradura y girar la muñeca. La puerta se abre y la empujo con suavidad. Entro y noto un leve olor a flores en el recibidor. Y eso es todo lo que puedo averiguar de la casa de Guillermo Luna, ya que antes de encontrar ningún interruptor, la luz de un flash me da en la cara y me deja medio ciega. Acto seguido, una alarma empieza a sonar estrepitosamente.

¡Joder! ¡Joder! ¡Joder!

Mi cerebro me ordena correr y no pierdo tiempo ni en cerrar la puerta. Salgo disparada como si me estuviera persiguiendo un oso, pero en cuanto avanzo unos cuantos metros tengo que frenar y quitarme los zapatos a trompicones. Está empezando a llover, es una cuesta empinada y puedo resbalar. Sí, llevo tacones. Soy anormal. Insúltame luego que ahora tengo mucha prisa.

Echo a correr otra vez con los zapatos en la mano y no me detengo hasta llegar al hostal. Subo a mi habitación entre jadeos y cierro la puerta de un golpe seco. Una vez dentro, me cuesta un rato recuperar el aliento. También influye que no paro de moverme y cruzar la estancia de un lado a otro. Juro que aún escucho en mis oídos el terrible soniquete de la alarma sonando a todo volumen. Voy a matar a Alba. No me avisó de que hubiera ningún sistema de vigilancia. Aunque imagino que no lo sabía. Ya podían haber colocado una plaquita disuasoria en la entrada. Es lo mínimo.

Me siento en la cama y decido no levantarme hasta que mis latidos vuelvan a ser los de una persona que goza de buena salud. Cuando transcurren unos minutos y ya me encuentro mejor, me tranquilizo a mí misma. Si no salgo hasta mañana de aquí todo irá bien.

«Nada va a ir bien», me contradigo mentalmente una hora más tarde. Mi abuela entra en la habitación y me informa con cara de pocos amigos de que ha venido la policía preguntando por mí. Camino con un paso inquietantemente sereno hasta la entrada y allí me encuentro con un agente esperándome. Solo uno, bastante joven, con pinta de haber salido de la academia antes de ayer. Podría ser peor.

—¿Es usted Lúa Medina? —me pregunta con mucha formalidad.

—Sí.

—Me han informado de que ha entrado en una propiedad privada sin permiso.

—¿Tiene pruebas de eso? —espeto muy digna y a mi abuela la cara se le pone casi del mismo color que el pelo.

Para rematar, Óliver aparece también en escena. Aunque evito mirarlo, siento sus ojos traspasándome hasta el cráneo.

—Una persona testifica que la vio salir de la propiedad en cuestión.

—Es su palabra contra la mía.

—Otras cinco la han visto correr con algún tipo de arma puntiaguda en la mano. Incluido mi primo José María.

—¿Y qué importa que sea tu primo? ¿El testimonio familiar vale doble en este pueblo?

—También lo ha confirmado el padre Simón. Y ese no miente.

—¿El cura? Si lo sé, no le regalo una tarta. —Chasqueo la lengua—. ¿Y qué arma ni que nada? No llevaba ningún arma. Eran mis zapatos.

—Pues póngaselos, que nos vamos a comisaría.

22

Cova

Aparco el coche en la entrada de la casa de Aitor y compruebo en el espejo retrovisor el estado de mi pelo, como si no lo hubiera hecho veinte veces antes de salir de casa. Me lo he dejado suelto, un gesto atrevido tratándose de mí. Si fuéramos a cenar en un restaurante del puerto al aire libre no se me habría ocurrido, por aquello de no parecer una oveja electrocutada a causa de la humedad. Pero supongo que eso no es posible, ya que Aitor sufre agorafobia. O lo que es lo mismo: un miedo intenso a estar en lugares abiertos. Aunque la definición puede ser bastante más amplia. Busqué información en Google el mismo día que me lo contó. Leí un rato sobre datos estadísticos, causas y síntomas variados como mareos, dificultad para respirar o ataques de pánico. Y también llegué a la conclusión de que Google no me iba a aportar nada sobre él ni sobre su historia personal.

Al bajar del coche lo encuentro esperándome con una media sonrisa que se vuelve más amplia mientras me acerco. Está apoyado con la mano en el marco de la puerta y su postura es relajada. Ojalá a mí no se me note el esfuerzo que estoy haciendo para que no se me doblen las piernas. Lleva puesta una camisa color azul cielo y un pantalón chino oscuro. Claramente, ropa de cita. Está guapo y yo tan absurdamente colada por él que puede vestirse con bolsas de basura si le apetece. Además, siempre compra de las perfumadas.

Debajo del abrigo llevo una camisa negra entallada y mis vaqueros favoritos. Solo he tardado tres horas en decidirme. También traigo una botella de vino blanco. No entiendo mucho de vinos, así que elegí el más caro. Todo lo caro que puede ser un vino de supermercado. Vendemos un total de cinco marcas.

Nos saludamos en la puerta con dos besos en las mejillas, ambos algo dubitativos, por lo que mi boca acaba un poco más cerca de la comisura de la suya de lo debido. Mi pulso se desboca y mi cerebro le ordena un poquito de autocontrol.

Aitor me pide el abrigo y lo cuelga en el perchero de la entrada. Acto seguido, me dice que me ponga cómoda y procede a abrir la botella de vino. Huele bien. La casa y él. Por suerte, cuando abro la boca para comentárselo solo me refiero al olor procedente de la comida. Me informa de que ha cocinado lubina al horno y espera que me guste. Yo le respondo que me encanta la lubina con un entusiasmo desmedido. A nadie le gusta tanto la lubina. A nadie le gusta tanto nada.

La mesa está preparada para dos en el salón, bajo una luz tenue y cálida. Aitor sirve los platos y me hace un gesto con la mano, indicándome que tome asiento. Tan caballeroso como siempre, espera a que lo haga yo antes de sentarse enfrente. Yo sonrío y parpadeo coqueta mientras me coloco la servilleta en el regazo. O al menos esa es la intención. En técnicas de seducción soy más de teoría que de práctica.

Nos cuesta un poco arrancar la conversación. Cada uno espera que sea el otro quien lleve la iniciativa. Vaya dos inocentes. Al principio, algunos silencios nos envuelven, más a causa de los nervios que de la incomodidad. Él mueve la pierna por debajo de la mesa y yo me aliso el pelo insistentemente con la mano. Y Cupido debe de andar por ahí partiéndose de risa con su broma de haber juntado a semejantes panolis.

Lo único que sé del hombre que tengo enfrente, además de que me encantaría nadar en sus ojos, son cosas como que toma leche semidesnatada o que le gustan las galletas de limón, así que nos enfocamos en temas bastante generales. No obstante, entre medias afloran algunos detalles íntimos.

Aitor me cuenta que es el tercero de una familia numerosa compuesta por cinco hermanos muy brutos, que tiene cicatrices de guerra que lo demuestran y que siempre se sintió muy acompañado, aunque también algo perdido entre tanto ruido. Yo le explico que mi familia se reduce más o menos a Alba, que la maternidad es maravillosa y a la vez desafiante y angustiosa. Que hay días que estamparía a mi querida hija contra la pared y otros en los que me gustaría atarla a la pata de la cama para mantenerla a salvo de todo.

También charlamos sobre nuestros respectivos trabajos —más bien él me explica en qué consiste el suyo— y nos contamos lo que nos gusta de ellos y lo que no. Coincidimos en que a ninguno nos interesa demasiado la tele convencional, pero nos encanta maratonear series y somos fans de *Peaky Blinders*.

Tras el postre, aprovecho el momento en que él se levanta para llevar los platos al fregadero y me desabrocho el botón superior de la camisa. No lo hago de manera insinuante, es que el vino me ha acalorado un poco. Y algo me dice que ni sacando las tetas y sirviéndoselas encima de la mesa, se atrevería a tocarme. No obstante, al regresar sus ojos se detienen en mi escote un par de segundos y se humedece los labios antes de apartar la vista y mirarme con... ¿deseo? Sí, el deseo brilla en sus ojos, y debe de ser muy evidente para que yo lo note. Esa mirada es suficiente para que mi mente se dispare y nos trasporte hasta su dormitorio. Nunca he estado en él, pero me cuesta muy poco imaginarlo, así como la noche de pasión desenfrenada que viviríamos, seguida de una mañana perezosa en la que podríamos alargar el placer en la cama. Él desayunaría sirope de chocolate en mi ombligo y yo me comería su...

—¿Nos terminamos el vino en el sofá? —sugiere Aitor, todavía de pie.

—Vale.

No tengo intención de beber ni una gota más de alcohol, mi cabeza ya da bastantes vueltas ella solita sin ayuda. Aun así, cojo mi copa y la poso sobre la mesa baja situada frente al sofá. La lluvia empieza a golpear suavemente la ventana y su sonido provoca que el ambiente se vuelva más íntimo. O tal vez influye que nos hayamos sentado cerca, con nuestros cuerpos lo bastante girados para quedar colocados uno frente al otro y nuestras rodillas casi rozándose.

Reprimo una sonrisa al ver en su estantería la colección completa de *Harry Potter*. Al final voy a tener que darle las gracias a Lúa por traernos hasta aquí.

—¿Qué sueles leer? —me intereso—. Aparte de *Harry Potter*.

—Me va todo lo que sea suspense, misterio y crímenes por resolver. Novela negra, sobre todo. Camilla Läckberg, Benjamin Black, Gómez Jurado...

—¿Has leído a Guillermo Luna?

—Todavía no.

—Vaya, hombre... —Hago una mueca—. Y yo que iba a fardar un poco y decirte que puedo conseguir que el autor te firme un ejemplar.

—¿Conoces a Guillermo Luna?

—Sí. Vive en el pueblo. Bueno, más o menos. Por temporadas. Yo me encargo del mantenimiento de su casa cuando no está.

—No tenía ni idea de que viviera aquí.

Porque Aitor no sale y, por tanto, no se relaciona con los vecinos. En este lugar es casi imposible guardar un secreto.

—¿Y cómo es Guillermo Luna? Si puedo preguntar...

—Pues es... introvertido. Celoso de su intimidad. Bastante observador. Un pelín huraño. —Tuerzo la boca—. Y tiene una mente muy sádica. Para los libros, me refiero. Sus descripciones hacen que tengas que tomarte un antiácido.

—Suena muy a escritor. O al menos al estereotipo de escritor que tengo en la cabeza... ¿Qué sueles leer tú?

—De todo. Aunque la novela romántica es mi favorita sin duda.

—Nunca he leído ninguna novela romántica. ¿Qué es lo que te atrae tanto de ellas? —me pregunta pasándose por la mejilla una mano que desearía que fuese la mía.

—Cuando una historia me llega de verdad, la vivo intensamente. Me enamoro de los protagonistas. Los entiendo. Sufro con ellos. Me cabrean. Pueden hacerme reír y llorar en un mismo capítulo y casi al mismo tiempo. Y cuando termino, se quedan conmigo un tiempo. Nunca me abandonan del todo, en realidad —añado apretando los labios y sintiéndome algo expuesta por la revelación—. Ningún otro género es capaz de provocarme tantas emociones.

—¿Me recomendarás alguna?

¿Sería raro que lo besara ahora? Dios, me muero por hacerlo.

—Claro, te pasaré unas sugerencias. Pero te aviso de que solo leo las que terminan bien.

—Pensaba que el final feliz era un requisito.

—Casi siempre, pero hay excepciones. Por eso yo me aseguro antes. —Me mira sin comprender a qué me refiero—. Lo primero que me leo de una novela es el final. Y hago lo mismo con las películas. Necesito saber que acaban bien.

—Pero eso le quita toda la gracia —razona.

—No para mí. Si yo no voy a tener un romance de esos que hacen historia, al menos me garantizo poder vivirlo de otra forma.

—¿Por qué estás tan segura de que no vas a vivirlo?

—Porque en circunstancias normales no hay declaraciones de amor épicas ni besos de película mientras suena la canción perfecta. La realidad es mucho más… corriente.

—Tendemos a infravalorar lo corriente. Lo damos por hecho. No deberíamos —asegura—. A mí me gusta tener una noche corriente para variar. Hace mucho tiempo que no estaba así con nadie. Hablando sin más, y sin que me acribillen a preguntas sobre por qué no salgo de casa. —Toma aire antes de seguir—. Ya supondrás que no suelo tener muchas citas.

—Pero podrías. Afortunadamente para ti vives en la era de Tinder.

¿En serio le estoy animando a acostarse con otras? Alguien debería cerrarme la boca. A ser posible él, presionando suavemente sus labios contra los míos.

—Quedar en una cabaña aislada en medio del bosque no le parece muy atrayente a ninguna mujer. Hasta tú por un momento pensaste que era un psicópata.

—Al menos tú tienes la excusa de ser un psicópata. Yo ni eso... —Suspiro—. Y aun así, llevo tres años sin sexo.

Aitor abre mucho los ojos. Madre de Dios. ¡Madre de Dios! Pero ¿qué coño acabo de decir?

—¡No me lo puedo creer! —exclamo con un jadeo ahogado y me cubro la cara con las dos manos—. ¡Qué vergüenza, por favor!

Mantuve una relación de año y medio con un hombre estupendo que terminó porque yo no veía más hijos en mi futuro y él sí. Hace tres años de aquello. Exactamente el mismo tiempo que llevo sin acostarme con nadie. Y no me creo que se lo haya contado a Aitor. Solo me falta explicarle que no concibo tener un pene en mi interior si no hay una conexión emocional previa con su dueño y que por eso tengo explotado sexualmente a mi Satisfyer.

El calor se arremolina en mis mejillas cuando noto sus manos sobre las mías. Me las aparta de la cara y las baja hasta mi regazo, sin soltarlas.

—No tienes que avergonzarte de nada, Cova.

—Te prometo que normalmente soy mucho más comedida. Estoy nerviosa. O demasiado cómoda —me contradigo—. No lo sé... —Me río por no llorar—. Soy idiota.

—Si nos ponemos a confesarnos, yo llevo unos dos años y medio sin sexo. Y tú no eres idiota. Me pareces muy inteligente. Y ahora mismo, también eres bastante adorable.

Me mira con una sonrisa de lo más tierna y creo que estoy a punto de evaporarme en el aire. Joder, Cupido, a lo mejor no lo hiciste tan mal.

—Puedes seguir regalándome el oído todo lo que quieras. No creo que me canse de escucharte —bromeo, deseando en el fondo que continúe.

—Entonces debería añadir que esta noche estás muy guapa —afirma con timidez, bajando la mirada hasta nuestras manos, que se niegan a soltarse—. Lo pensé en cuanto te vi, pero me puse nervioso y no encontré las palabras.

Ambos nos quedamos en silencio unos segundos, conteniendo la respiración. Nos acercamos despacio. Muy despacio. Tanto que tengo tiempo de preguntarme cómo besará. Será dulce pero también firme. Puede que con un punto salvaje al final. He fantaseado tantas veces con ello... Estamos muy cerca y veo sus pupilas dilatarse. El corazón me galopa en el pecho con anticipación. Vale, no me puedo desmayar ahora, porque vamos a besarnos ya y será apoteósico. Lo sé. Simplemente, lo sé. Nuestras narices se rozan y un cosquilleo viaja por toda mi piel. Su aliento se funde con el mío, los labios están a punto de tocarse y…

Y mi teléfono suena. Suena mi maldito teléfono y me acuerdo hasta de la madre de Graham Bell. Pero enseguida recuerdo que es tarde y podría ser Alba.

—Perdona, tengo que contestar.

—Sí, sí, claro —carraspea en cuanto me aparto para coger el móvil de la mesa.

No conozco el número.

—¿Dígame?

Un hombre se identifica como trabajador de una empresa de seguridad y me informa de que me está llamando desde la central receptora de alarmas. Me levanto del sofá y tardo un par de segundos en ubicarme, pero le dejo seguir hablando. Alguien ha intentado entrar en el domicilio que está asociado a mi teléfono y la alarma se ha activado. Me pide que le confirme si soy yo quien ha accedido a la vivienda. Evidentemente no, y me informa de que va a dar aviso a la policía. Como tiene acceso a las imágenes de las cámaras de seguridad me asegura que se trata de una mujer. Ha dejado la puerta abierta y se ha ido corriendo. Me llevo una mano a la frente mientras le escucho y mi cabreo crece por segundos. Cuando cuelgo, le cuento a Aitor la historia por encima y le digo que tengo que irme.

—¿Alguien ha entrado en tu casa? —exclama preocupado.

—No en mi casa, en casa de Guillermo… Pero da igual, tengo que irme.

—Te acompañaría, pero… —Deja la frase en el aire y veo la impotencia que siente mortificando su rostro.

—Lo sé, no puedes. No pasa nada.

Me acerco hasta el perchero para coger el abrigo y no me molesto en ponérmelo. Ahora mismo mi piel desprende fuego.

—Espera, Cova. ¿No hay nadie que pueda acompañarte? —me pregunta con apuro cuando ya estoy en la puerta—. Puede que no sea seguro.

—No te preocupes, estoy bastante convencida de que conozco a la intrusa. Es ella la que debe preocuparse por su seguridad.

Me pide que le llame más tarde y prometo hacerlo. Salgo con prisa y me calo bajo la lluvia mientras farfullo entre dientes. La noche no termina con un beso de película romántica, aunque vamos a tener argumento para una de terror, porque pienso asesinar a Lúa.

23

No hay celda. Ni rejas. Solo una habitación pobremente iluminada, fría y vacía, a excepción de una colchoneta delgada y una manta raída. Yo estoy de pie, a un metro de la puerta más o menos. Y me entra la risa. Una similar a esas absurdas que te dan cuando fumas porros o llevas muchas horas sin dormir y estás pasada de rosca.

El policía que me ha traído a esta comisaria minúscula y me ha leído mis derechos me pregunta desde el otro lado de la puerta si, visto mi estado, va a ser necesario someterme a un test de drogas. Como respuesta solo puedo reírme más fuerte.

No es que mi situación sea precisamente cómica. Estoy preocupada, incluso un poco asustada, pero prefiero evadirme de la realidad un rato más con este giro almodovariano que ha dado la noche. Y no hablo del Almodóvar serio de los últimos años, no. Me refiero al exagerado, al *kitsch*, al del gazpacho con Orfidal de *Mujeres al borde de un ataque de nervios*.

—Una cosa, Felipe… —El policía me mira a través de la

ventanilla de la puerta, arrepintiéndose de haberme dicho su nombre—. No puedo quedarme aquí. Es treinta y uno de marzo y son las doce menos cuarto de la noche.

—¿Y?

—Dentro de quince minutos será uno de abril, lo que significa que será mi cumpleaños. Nadie debería pasar su cumpleaños en prisión. Y menos al cumplir los treinta. Deberías concederme el indulto.

—No estás en la prisión, estás en una comisaría. Y nadie puede concederte ningún indulto porque no estás cumpliendo condena.

—Pues que sepas que en mis memorias esto va a ser muchísimo más dramático y tú no vas a salir bien parado.

Felipe bufa. No empatiza con mi situación y además le estoy tocando un poquito los cojones. Unos minutos más tarde me informa de que tengo derecho a hacer dos llamadas. Le digo que no las necesito. No dispongo de abogado, aunque debo buscar uno cuando salga, y mi abuela ya sabe dónde estoy. A juzgar por lo cabreada que estaba cuando me ha dicho que la policía me esperaba en la puerta, casi prefiero pasar aquí la noche, por mi propia seguridad.

Me siento sobre la colchoneta y apoyo la cabeza en la pared con un suspiro largo. Sin nadie con quien distraerme, con tiempo para pensar y privada de libertad —incluso de mis zapatos, no vaya a ser que intente cortarme el cuello con ellos—, la realidad me golpea. A mi descrédito profesional ahora hay que añadir antecedentes policiales. Soy una periodista nefasta y un mal chiste. Cuando creía que había tocado fondo, alcanzo nuevas cotas de ridiculez. He perdido el norte. Y el sur. Y el este y el oeste. Ya no sé ni por dónde coño me da el aire.

Es Cova quien me saca poco después de mi bucle de auto-flagelación. No puedo verla, pero reconozco su voz a lo lejos. Me levanto, voy hasta la puerta y me pego a ella para poder escuchar mejor. Su tono parece tranquilo. Hasta dulce. Intuyo su sonrisa cuando habla con Felipe y se interesa por el estado de su madre. Al parecer, la operaron de cataratas hace dos semanas. Según él tuvo unos problemas de cicatrización, aunque ya se encuentra mucho mejor.

Cova le explica a Felipe que ya ha hablado con la empresa de seguridad y que todo el asunto conmigo ha sido un malentendido. Me pidió el favor de recoger la correspondencia de Guillermo Luna porque ella no podía ir a su casa, pero se olvidó de darme la combinación de la alarma. Yo debí de asustarme cuando saltó y, como no pienso ni dos veces, salí corriendo. Así que solo pueden acusarme de ser idiota perdida, dicho así, literalmente.

No veo la cara de Felipe para saber si se cree o no la historia; no obstante, como aquí parecen resolver los asuntos entre vecinos como si estuviéramos en una corrala y no en una comisaría, Cova se marcha y poco después yo también estoy en la calle y libre de cargos. Sin embargo, mi alivio dura poco. Lo que tardo en caminar veinte metros y girar en la primera esquina.

—¡¡Túúú!!

Ese «tú» sale de la garganta de Cova, aunque suena como un graznido espeluznante del infierno. Está esperándome en la acera de enfrente, con pelos de loca y mirándome como un toro preparado para cornear.

—Vale, estás cabreada y lo entiendo.

—¿Cómo se te ocurre meterte en su casa? —grita y viene hacia mí.

—Tú no querías ayudarme y no se me ocurrió otra manera. —Retrocedo sobre mis pasos y me coloco detrás de un Ford Fiesta como escudo de protección.

—¿Y te das cuenta de los problemas que eso me puede traer a mí? —vuelve a gritar.

—No lo pensé, tienes razón. Es todo culpa mía. Dame el teléfono de Guillermo Luna y ya se lo explico yo todo.

—¡Te voy a matar! —ruge e intenta abalanzarse sobre mí.

Me muevo rápido y ella comienza a perseguirme alrededor del Ford. Damos vueltas sin parar y esto parece el juego de las sillas, pero en plan violento y con pinta de terminar en comisaría otra vez.

—¿Has entrado en mi casa también?

—Claro que no.

—¡No me mientas!

—No voy por ahí asaltando casas por deporte.

—¿Y de dónde sacaste la llave?

—Ehm… Me acojo a mi derecho a no declarar.

Cova se para de golpe frente al capó del coche y yo me detengo también, sobre todo para coger aliento. Parpadea varias veces seguidas hasta llegar a la conclusión evidente.

—¿Alba? —inquiere horrorizada—. ¿Has usado a mi propia hija?

—Lo siento, no tenía que haberla metido en esto —admito arrepentida y subo a la acera para intentar mantener una conversación con ella sin ahogarme ni marearme.

—Quieres volverla contra mí, ¿verdad? —me acusa entrecerrando los ojos a medida que se acerca.

—Cova, venga ya. Quiero a Alba y lo sabes. Y también te quiero a ti.

—Tú no quieres a nadie —escupe con desprecio.

—Vale, lo que tú digas.

—Escúchame bien. No quiero que le mandes regalos de cumpleaños, ni que le prestes ropa. De hecho, te prohíbo que hables con ella. Eres la última persona de este mundo que quiero cerca de mi niña.

—Tu niña ya no es tan niña.

—Y con tu mala influencia dejará de serlo pronto, eso seguro.

—Pero bueno, ¡¿qué crees que le voy a enseñar yo?! ¡¿A comerse pollas a pares?! —suelto perdiendo la paciencia.

A mi derecha escucho una especie de grito ahogado y veo a una mujer de mediana edad parada frente a nosotras, sujetando la correa de su perro. El pobre animal quiere seguir con su paseo, pero ella está ocupada mirándome con cara de ofendida.

—¿Qué, señora? ¿Quiere que le explique la técnica? La veo a usted muy interesada.

Levanta la barbilla, me llama «arrabalera» y se marcha con su perro.

—¿Cómo puedes ser tan burra?

—Pues que no escuche conversaciones que no le importan. Estoy harta de que todo el mundo se crea con el derecho de meterse en mi vida.

—Claro, como tú nunca te has metido en la mía, ¿verdad? —responde sarcástica.

—Oye, lo siento, ¿vale? No quería causarte problemas. Ni tampoco a Alba.

—No me vale que lo sientas. Deja a Guillermo Luna de una vez. No vas a encontrarlo y, si sigues acosándolo, me encargaré yo misma de filtrar a la prensa la foto de tu ficha policial... Lady Braga, en el banquillo de los acusados, ¿qué te parece?

—Un pelín sensacionalista como titular, pero efectivo. ¿De verdad me estás amenazando?

—Por lo visto, sí. Consigues sacar lo peor de mí. —Se lleva los dedos al puente de la nariz con cansancio y deja salir el aire por la boca—. En serio, Lúa, ¿por qué no nos haces un favor a todos y te largas otra vez?

—Porque no tengo a donde ir.

—Te lo has buscado tú solita. No haber dejado tirados a los que te querían.

—Por Dios, ¡ya vale! —Echo la cabeza hacia atrás y resoplo—. ¿Qué querías que hiciera? No podía quedarme aquí por ti. Este sitio estaba lleno de recuerdos y era como vivir dos duelos. Por Marcos primero y después por Óliver. Necesitaba irme. Era una cría y lo gestioné todo mal. Lo reconozco y lo siento, ya no sé ni cómo decírtelo. Sé que no fui la mejor amiga, pero tú tampoco.

—¿Yo? —Alza las cejas—. ¿Qué te hice yo?

—No soportaba estar aquí y no volví, pero te llamé. Te pedí que fueras a verme varias veces y nunca podías.

—Tenía una hija de la que ocuparme.

—No utilices a Alba como excusa. No me fui a vivir a Marte. ¿No pudiste viajar a Madrid ni una sola vez? Dices que te dejé tirada, pues tú me dejaste tirada a mí, así que bájate de tu torre de moralidad de los cojones, porque lo hiciste mal también.

—No me lo eches en cara… ¿Sabes cuántas veces me he acordado de ti? ¿Cuántos mensajes te he escrito y he dejado sin enviar? ¿Y lo sola que me he sentido mientras tú vivías tu vida estupenda?

—Mi vida no era tan estupenda, y no ha hecho otra cosa que empeorar. Soy un puto desastre, he hecho el ridículo más absoluto, en televisión y hasta en comisaría. Y me gustaría que los últimos siete años hubieran sido de otra forma, pero no puedo borrarlos. —Levanto los brazos en el aire y los dejo caer a continuación—. Tengo muchísimos defectos, pero ¿sabes una cosa? Tú eres mi mejor amiga y, en lo que a mí respecta, siempre lo vas a ser. Si hubieras llamado a mi puerta, cualquier día, a cualquier hora, y me da igual los años que pasaran, yo nunca te habría despreciado como tú a mí. Y si me hubieras pedido que te acompañara a enterrar un cadáver, habría ido con una pala y sin hacer preguntas… Bueno, tendría muchas preguntas, pero habría estado a tu lado igualmente.

Cova me observa ceñuda y no abre la boca. Decido darme por vencida e irme. Estoy cansada y el día ha sido demasiado largo.

—Espera —me pide en un susurro tan suave cuando ya me estoy alejando que solo me doy la vuelta para comprobar si ha sido cosa de mi imaginación—. Supongo que también hay un duelo… por las amistades perdidas. Necesitaba que estuvieras ahí para mí, como siempre. Y puede que yo no supiera estar para ti —admite a regañadientes—. He estado enfadada contigo mucho tiempo. No sé cómo dejar de estarlo.

—Pues si lo averiguas alguna vez, llámame. Yo siempre voy a estar para ti.

Se balancea ligeramente en el sitio. Se queda pensativa. Necesita tiempo. Espero.

—No somos amigas. Todavía no, al menos —puntualiza—. Pero tengo que contarte algo. En realidad no tengo que hacerlo, pero solo te lo quiero contar a ti.

—Sigo aquí.

—Esta noche he quedado con Aitor. —Su gesto se suaviza en cuanto pronuncia su nombre.

—Te dije que le gustabas.

—Sí. Y estaba teniendo una noche maravillosa con él hasta que tú te has puesto en plan Lupin y nos has interrumpido.

—Ya… —Arrugo la nariz—. Lo siento. Otra vez.

—El caso es que me gusta mucho… muchísimo. Pero lo nuestro podría ser complicado a la larga.

—Complicado…, ¿cómo?

—Es agorafóbico.

—Uf, parece complicado, sí… —admito—. No sé mucho sobre la agorafobia, pero imagino que se puede superar con el tiempo y terapia.

—Supongo, sí. No sé… Todavía no me he atrevido a preguntarle nada. No quiero agobiarlo con el tema.

—Y a cambio la que se va a empezar a agobiar eres tú.

—Probablemente.

—Sabes de sobra lo que te voy a decir.

—Necesito escucharlo.

—Inténtalo. Arriésgate. Tírate a la piscina. ¿Qué coño? Tíratelo a él, si no lo has hecho ya.

—Una sola cena nos ha costado dos años, ¿tú qué crees?

—Pues creo que tú debes de tener telarañas en el chichi y él, el rabo como para enyesar una pared. Poneos ya a chuscar como conejos y lo demás se verá con el tiempo.

—¿Ese es tu consejo? —inquiere arqueando una ceja.

—¿Qué quieres que te diga? La romántica de las dos eres tú. —Me encojo de hombros—. Mi consejo es que hagas lo que te salga del corazón o de los bajos, lo que tú prefieras. Mi consejo es que además de leer sobre las vidas de otros, vivas la tuya. Mi consejo es que seas la protagonista de tu propia vida, Cova. ¿Eso te parece lo bastante profundo para que me hagas caso?

Me pone los ojos en blanco, algo que no percibo como una mala señal. Solía ser su respuesta a muchos de mis comentarios cuando éramos amigas.

Nos despedimos sin más. Sin intenciones de vernos mañana u otro día. Nos sostenemos sobre una cuerda tan fina que, por una vez, no me atrevo a decir nada. No quiero romperla por nada del mundo.

Entonces ella mira su reloj y curva los labios en una sonrisa.

—Ya son las doce y media. Feliz cumpleaños, Lúa.

—Gracias, Bella.

24

Óliver

Abril de 2015

Cuando somos niños nos enseñan que existe el bien y el mal, el cielo y el infierno y que todo en la vida se reduce a blanco o negro. Sin medias tintas. Y nadie nos libra de esa visión maniquea mientras somos tan impresionables. Nadie nos cuenta que la realidad se pinta con matices de todos los colores, que los buenos también la joden, que existen versiones de una misma historia, tantas como implicados en la misma, y que todas ellas son verdad a su manera.

El día que Lúa cumplió veintitrés años fui dolorosamente consciente de que estaba enamorándome de ella, y volví a sentirme como un niño con un claro sentido del bien y del mal. Tuve la certeza, aun sin ser creyente, de que iba a ir derecho al infierno. Lo pensé en cuanto puse un pie en el jardín del hostal. Me quedé parado justo en la entrada. Lo habían decorado con globos blancos y una guirnalda rosa en la que podía leerse BIRTHDAY BITCH. Muy de su estilo. Lúa se había organizado su propia fiesta e incluso los huéspedes del hostal estaban invitados. Porque así era ella; hablaba hasta con las piedras.

Sonreí al verla bailando con Alba al lado de una mesa llena de aperitivos. Y sonreí todavía más porque sonaba un tema de One Direction. Era uno de sus grupos favoritos y la semana anterior me había burlado de que le gustara una *boyband* de guapitos y pop facilón. Después de acusarme de ser un capullo sin criterio —y con razón puesto que no había escuchado ni una sola canción de ellos—, me obligó a pasar una tarde entera en su habitación escuchando sus discos para poder opinar con conocimiento. Aunque siguieron pareciéndome una *boyband* de guapitos y pop facilón, me regalaron tiempo con ella.

—Cierra la boca, chato, que se te va a caer la baba —me susurró Renata pasando delante de mí con una bandeja de copas de plástico.

No necesitó utilizar sus dotes adivinatorias conmigo, fue mi cara de pasmado mirando a su nieta, que era demasiado evidente. No recuerdo lo que respondí, probablemente un balbuceo nervioso y sin sentido, pero sí lo que ella me dijo antes de irse a la cocina. Que a las personas se las podía juzgar por sus actos, pero no por sus sentimientos.

Agradecí su intento de aliviar mi conciencia, aunque fuera inútil. Me quedé allí congelado como una estatua, ajeno a la fiesta, hasta que Marcos me vio y se acercó. Llevaba en la mano una Coca-Cola y mi gesto de sorpresa me delató.

—Le he prometido que voy a beber menos. Entre otras muchas cosas… —comentó con una mirada resignada—. ¿Qué le has comprado? —Señaló con la cabeza el paquete envuelto en papel de regalo que sostenía en la mano.

—Un libro.

—Joder, tío —la risa se le escapó por la nariz—, no la conoces mucho.

Me entraron ganas de darle un puñetazo. Incluso mis dedos se doblaron sobre sí mismos con tensión, a pesar de que yo nunca respondía con violencia.

Conocía a Lúa mejor que él. Al menos aquel último mes. Ella y yo habíamos hablado todos los días, sin excepción, conjugando todos los tiempos verbales del pasado, del presente y del futuro en nuestras conversaciones. Algunas las mantuvimos en la iglesia por la noche, otras por teléfono y por mensajes. Habíamos hablado de mi padre, quien se apagaba con una lentitud angustiosa. También de la ausencia del suyo. De cine, de música, de lo loco que estaba el mundo en general, de nuestras ganas de viajar, y hasta nos habíamos apostado cuál sería el resultado de España en Eurovisión. Al final gané yo, porque siempre fui el menos optimista de los dos.

—Por cierto, hablando de regalos… —comentó Marcos—. He pensado en regalarle a Lúa una noche romántica. Ya sabes, currarme una cena con velas y todo eso. He sido un novio de mierda últimamente, la verdad, y está muy mosqueada conmigo.

Lo sabía. Lúa había tenido la intención de terminar con Marcos, pero en el último momento él la convenció para darse una oportunidad. Le prometió que iba a cambiar, aunque eso no se lo creían ni él ni ella. Comprendí que Marcos no quisiera perderla y supongo que en el caso de Lúa todavía pesaba más lo vivido con él que lo que le quedaba por vivir por sí misma. Cuando ella me lo contó, le dije que me alegraba por ambos. Eso tampoco nos los creímos ninguno de los dos.

—Lo que pasa es que no tengo un chavo y un hotel decente para pasar la noche está descartado —continuó explicándome Marcos—. Así que necesito que me prestes tu casa mañana.

—¿Qué? —Parpadeé como queriendo despertar de un mal sueño.

—Que necesito que me prestes tu casa mañana. A la mía no podemos ir y aquí tampoco me parece muy buena idea. Te juro que estoy harto de follar en silencio pensando que su abuela nos escucha a través de las paredes. Esa señora me ha acojonado siempre.

—¿Quieres ir a mi casa con Lúa? —Volví a parpadear.

—Pues sí, es lo que llevo diciéndote un rato. ¿Qué te pasa, tío? Estás medio empanado. —Arrugó la frente con preocupación—. Espera, ¿le ha pasado algo a tu padre?

—No, no, mi padre está… igual. Es que… —Carraspeé—. Tengo la casa muy desordenada. Está hecha un cristo.

—Ah, eso da igual, tú dame las llaves y yo me encargo. Puedes quedarte en casa de tus padres una noche. No te importa, ¿no?

Lúa en mi cama, entre mis sábanas y con Marcos. Aquello era un castigo kármico, una venganza cósmica. Pensé que me lo merecía por ser un cabrón desleal que no dejaba de pensar en la novia de su mejor amigo. Y como no tenía motivos para negarme, al menos ninguno que pudiera confesar, accedí a prestarles mi casa para su noche romántica, dudando de si quemaría las sábanas cuando se fueran o me ahorcaría con ellas.

Después de eso, no tardé ni dos minutos en buscar una excusa para salir de allí. A Marcos no le extrañó mi espantada porque no sospechaba ni de lejos lo que rondaba por mi cabeza. Y si se hubiera metido en ella, ni se lo habría creído.

Antes de irme me acerqué a la cumpleañera para despedirme, ya que lo contrario hubiera resultado sospechoso, y en el mejor de los casos me habría hecho parecer un maleducado.

—Hola —me saludó ella con una sonrisa en su boca pintada de rojo.

—Feliz cumpleaños.

—Gracias.

—Me tengo que ir ya —solté sin más.

—Pero si acabas de llegar —se quejó entre confusa y triste.

—Ya, es que hoy entro en el restaurante un poco antes.

Aún faltaban dos horas para empezar mi turno, pero no podía quedarme allí, porque lo único que deseaba era estar con ella y que todos los demás desaparecieran. Por lo tanto, el único que sobraba era yo.

—Me has comprado un regalo —apuntó con los ojos muy abiertos.

—Sí, pero no lo abras ahora.

—¿Por qué no?

—Porque… da igual. En serio, es una tontería.

Una tontería que me había llevado a recorrer cinco librerías en la ciudad hasta que encontré lo que buscaba. Sin embargo, el esfuerzo no me lució porque prácticamente le lancé el paquete en lugar de dárselo y me largué como un cohete, dejándola allí plantada sin darle oportunidad de responder.

Aquella noche fue especialmente movida en la cocina del restaurante, puesto que las vacaciones de Semana Santa habían traído muchos turistas al pueblo. Estuvimos completos los dos turnos de la cena, cosa que a mí me vino bien para distraerme y no pensar en nada que no fuera cortar, freír, saltear o lo que tocara. Porque era evidente que tenía dos problemas. El primero era que Lúa había dejado de ser la novia de mi mejor amigo para ser ella por completo. El segundo problema era que seguía siendo la novia de mi mejor amigo.

Cuando terminó la jornada, bien pasada la medianoche, y tocaba irse a casa, casi agradecí que mi jefe fuera un jeta y me entretuviera un poco más para apilar las sillas de la terraza, por mucho que aquel no fuera mi trabajo.

La vi en cuanto salí. Más bien, la intuí en la penumbra. Lúa estaba bajo el toldo de la terraza, apoyada en el borde de una mesa. Me estaba esperando. El estómago me dio un latigazo. «Perfecto», masculló con ironía. Otra oportunidad que me brindaba el día para hacer el imbécil.

Me acerqué hasta ella y me quedé parado a un par de pasos de distancia.

—¿Qué haces aquí?

Lúa se apartó un poco de la mesa y redujo aún más el espacio entre nosotros.

—Como te tomaste la molestia de comprarme un regalo, he pensado que debería abrirlo contigo.

Bufé. Solo bufé.

—Oli, ¿estás bien? —Entrecerró los ojos queriendo ver más allá de lo que la oscuridad le permitía—. Esta tarde parecías nervioso y me dejaste un poco preocupada.

—Estoy bien, no te preocupes. —Me recompuse, traté de comportarme como un ser humano funcional y le sonreí—. Abre tu regalo.

Ni se lo pensó. Rasgó el papel y en menos de dos segundos sujetaba entre sus manos un libro de tapa dura cubierto de ilustraciones femeninas y lo observaba con atención.

—*Mujeres que cambiaron el mundo* —leyó el título.

—Dijiste que tú no ibas a cambiar el mundo, pero de ellas seguramente nadie lo esperaba y lo hicieron. Pensé que podrían inspirarte.

Continuó mirándolo y le dio la vuelta para observar la contraportada.

—¿A partir de ocho años?

—Me dijiste que te gustaban los cuentos… Está adaptado como si lo fuera. Cada personaje viene con una ilustración y su biografía. La letra es grande y pensé que así te resultaría más fácil. —Negué con la cabeza y enterré las manos en los bolsillos—. Te dije que era una tontería.

—No, no lo es. Me encanta. —Lo abrazó contra su pecho como haría una niña con un oso de peluche y sonrió—. Es el mejor regalo que me han hecho hoy.

Era preciosa. Joder, sí que lo era. ¿Cuántas veces la habría visto a lo largo de los años? Miles, seguramente. Y en aquel instante me pareció como si fuese la primera. Porque todo lo que sabía de ella, incluso lo que siempre me había molestado, dejó de existir. Ya no me parecía una bocazas, sino sincera y espontánea. Ya no era demasiado intensa; sentía y no le daba miedo demostrarlo. Ya no era infantil. Bueno, lo era. A veces. Pero también me encantaba. Y aquella cadena de pensamientos me llevó rápidamente a la conclusión de que me estaba convirtiendo en un moñas. No en un moñas de los que dicen moñadas, porque cualquiera puede decirlas y mentir en un momento dado. Pensarlas, en cambio… Pensarlas era lo malo.

—¿Tengo algo en la cara? —Se llevó una mano a la mejilla—. Me miras rarísimo.

—No tienes nada raro. Estás guapa como siempre.

—Está claro que algo te pasa. Como mínimo tienes fiebre y deliras, porque es la primera vez que me haces un cumplido —me vaciló.

—Es posible. Pero tú no necesitas que ni yo ni nadie te diga que eres guapa. Lo sabes de sobra.

—A lo mejor me gusta que me lo digas tú —musitó con una timidez nada propia de ella—. No siempre es fácil saber lo que piensas.

—Es que yo no soy como tú. No me gusta decir todo lo que pienso —respondí brusco.

Torció la boca y agachó la mirada en lugar de insultarme, que era lo que merecía.

—Mejor me voy ya. No quiero entretenerte más.

Antes de que diera un paso, mi cuerpo se puso en tensión a modo de protesta. No quería que se fuera triste o enfadada conmigo. No quería que se fuera y punto.

—Cuando te pintas los labios de rojo como hoy... Me encanta ese color y no puedo dejar de mirarte. En realidad, nunca puedo dejar de mirarte. Lo intento, pero no puedo —reconocí con una mueca—. Por eso no me gusta decir todo lo que pienso, Lúa.

Abrió la boca con intención de hablar, pero la cerró y tragó saliva. Creo que esa fue la primera vez que la dejé sin palabras. Seguramente, era la primera vez en su vida que no sabía qué decir. Sin dejar de mirarme se inclinó y me dio un beso en la mejilla que duró más de lo amistosamente esperable y menos de lo que me habría gustado. Cerré los ojos. La punta de su nariz estaba fría y sus labios, calientes.

—Gracias por mi regalo —me susurró al oído.

Cuando se movió para apartarse, llevé mi mano a su cintura y la retuve. Solo quería alargar el momento un poco más. No pensaba hacer nada, no tenía intención de hacer nada, pero ella emitió un suave jadeo y su aliento me rozó el cuello. Nuestros ojos se encontraron en la oscuridad y el resto del mundo se difuminó.

Lúa posó el libro sobre la mesa que tenía detrás, y lo hizo sin dejar de mirarme. Después colocó las dos manos sobre mi pecho y las dejó ahí unos segundos, haciéndose consciente del movimiento. Sus dedos serpentearon hacia arriba por mi sudadera hasta terminar entrelazados rodeando mi cuello. Escuchamos nuestras respiraciones, acompasadas aunque cada vez más agitadas. Mi mano libre fue a parar al otro lado de su cintura y tiré de ella, pegando nuestras caderas. No sé quién dio el paso definitivo. Llegados a ese punto, qué importaba si era su boca o la mía la que tomaba la iniciativa.

Nos besamos, muy despacio, tanteándonos con los labios y midiéndonos las ganas el uno al otro. Nuestras lenguas se abrieron paso poco después, con avidez y a la vez un poco sorprendidas por su propio deseo. Ella gimió sin poder evitarlo y su sonido vibró desde su garganta hasta mi boca, haciéndome olvidar que éramos dos personas no destinadas a besarse. Me disparé y la estreché contra mi cuerpo. Ella me agarró del pelo con fuerza. Nos besamos hasta quedarnos sin aire, literalmente, porque respirar en ese momento fue secundario.

Nos apartamos obligados cuando escuchamos a mi jefe llamarme a voces desde el interior del restaurante. Iba a cerrar ya. No supe si acordarme de su puta madre o darle las gracias por la interrupción. Por suerte, estábamos resguardados de cualquier mirada.

—Me voy —terció Lúa con bastante serenidad dadas las circunstancias.

—Vale.

—Deberías limpiarte antes de entrar —me advirtió e hizo un gesto señalando su propia boca, manchada de pintalabios por los bordes.

—Sí, tú también.

Cogió su regalo de la mesa y comenzó a alejarse de mí. No fui capaz de moverme del sitio. La vi caminar seis pasos antes de darse la vuelta.

—Marcos me ha dicho que nos vas a prestar tu casa mañana.

—Sí.

—Mañana yo me voy a encontrar fatal y no voy a poder ir.

Y entonces respiré. Aquello estaba mal de tantas formas... Pero respiré.

—Vale.

—Adiós, Oli.

—Adiós, Lúa.

No pestañeé hasta verla desaparecer girando en una esquina.

¿Puede un beso dinamitar una vida? No lo creo. Un beso es solo un beso. A no ser que vaya acompañado de mucho más. El nuestro había sido la demostración física de unos sentimientos que amenazaban con quemarnos si no los dejábamos salir. Así que lo hicimos. Y con ello reventamos tres vidas.

25

Óliver

Salimos del bar con la risa floja. Ambos estamos algo perjudicados tras las copas y los chupitos que hemos tomado para celebrar su cumpleaños, aunque Lúa conserva su habilidad innata para caminar en línea recta con esos zapatos que elevan diez centímetros su altura. Y a mí me da por pensar que quiero que el repiqueteo de sus tacones forme parte de la banda sonora de mi vida.

Comprobado: cuando se trata de ella, sigo siendo un moñas. Además, beber no me ayuda. El alcohol y yo nunca hemos resultado una buena combinación. Si tu mejor amigo se mata borracho en un accidente de moto, quieras que no eso te deja tocado para siempre.

Dejamos tras nosotros el bullicio de los bares del puerto y la brisa nocturna se lleva parte de mi atontamiento etílico. Lúa aprovecha el momento para hacer sangre de mi torpeza al bailar. Y eso que cuando estuve en Cuba lo intenté todo: la rumba, el son, el mambo, el guaguancó...

—Olvídate, no tienes ritmo. Ni lo hueles. Eres el hombre de hojalata.

Supongo que lo soy, aunque yo nunca anduve por ahí buscando mi corazón como él. Siempre lo tuvo ella.

Joder, pégame. De verdad que soy un puto moñas.

—Tengo ritmo para las cosas importantes —me defiendo.

—Sí, menos mal que no follas igual que bailas —remata como si mi comentario necesitara aclaración.

Caminamos por el medio de la calle, nuestros brazos se rozan de vez en cuando aunque tenemos espacio de sobra, y no decidimos ningún destino en voz alta. En mi caso, porque no quiero decir nada que dé pie a una despedida.

Mira su reloj y refunfuña arrugando la nariz. Es la una y cuarto de la mañana y su cumpleaños ha terminado oficialmente, pero ella no quiere que se acabe.

—Entonces has tenido un buen cumpleaños —le digo.

—Sí —asegura con los ojos todavía brillantes por el último vodka tonic.

—Y eso que ha empezado con una bronca. Los gritos de tu abuela se escuchaban esta mañana desde la cocina.

—Lo de que me detuvieran le sentó regular, pero después me invitó a desayunar chocolate con churros, como cuando era pequeña, y me dio el día libre. La Vieja Bruja se está ablandando.

—Te advertí que era mala idea.

—Ti idvirti qui iri mili idii —se burla y a mí me entra la risa.

—¿Has cumplido treinta o trece?

—Déjame ser joven y absurda un rato más —responde

y no puedo evitar pensar en una noche como hoy, cuando fuimos jóvenes y absurdos, y nos dimos nuestro primer beso—. Además, no todo ha sido malo. Si no me hubiera colado en casa de Guillermo Luna, no habría podido hablar con Cova. Me parece que a ella también voy a conseguir ablandarla.

—¿Y conmigo? ¿Vas a intentar algo?

Gira el cuello y me mira con una ceja arqueada. Te digo que el alcohol no me sienta bien.

—Pues no. Contigo no tengo intención de nada —resuelve y vuelve a mirar al frente.

—Si lo sé, no te hago una tarta de croquetas para merendar.

—Fea como ella sola.

—Pero estaba buena.

—Espectacular —admite—. Y Abuela Sauce me ha regalado un ramo de flores hecho por ella también. —Niega con la cabeza y se muerde el labio—. Es curioso. Pensé que precisamente hoy la echaría de menos.

—¿A quién?

—Pues a mí misma. A mi vida. Es el primer año que no hago una fiesta. En Madrid organizaba unos saraos tremendos por mi cumpleaños. Una discoteca, muchos invitados y ríos de Moët & Chandon. Me encantaba. —Suspira—. Pero no lo he echado de menos.

—¿Y eso es bueno o malo?

—No lo sé… ¿Sabes que ni siquiera he mirado el móvil? Es el primer día que no leo nada sobre mí en redes sociales. Se me ha olvidado —admite sorprendida.

«No te hagas ilusiones, capullo», le advierte la parte racional de mi cerebro a la parte emocional, que todavía anda flotando en tequila. Ha tenido un buen día, pero eso no significa nada. No ha dicho que esté pensando en quedarse ni mucho menos.

Lúa se detiene en la acera y yo lo hago por imitación, no porque sea consciente del espacio en el que me encuentro. Tardo un par de segundos en darme cuenta de que estamos frente a la puerta de mi casa.

—Debería ser yo el que te acompañara —razono—. Tenemos la extraña costumbre de hacerlo al revés.

—Por favor, si uno de los dos tiene que defender al otro, no vas a ser tú. Mejor te dejo sano y salvo en casa.

—Aunque te estás poniendo muy tontita, voy a ser educado y te voy a invitar a entrar.

—Es tarde y mañana trabajamos —responde un segundo antes de abrir los ojos horrorizada—. Joder, no me creo que esa frase haya salido de mi boca... Son los treinta, ¿verdad? Es la madurez —sentencia con tono grave—. Está empezando a alcanzarme.

—Estoy seguro de que tú corres más que ella —me burlo y saco las llaves del bolsillo—. Puedes decidir ser una adulta responsable e irte a casa o puedes entrar y te doy tu regalo de cumpleaños.

—Ya estás tardando en abrir.

Le ofrezco algo de beber en cuanto se sienta en el sofá, pero rechaza el ofrecimiento con la cabeza y coloca las palmas hacia arriba, expresándome sin palabras lo que ha venido a buscar.

Subo a mi habitación y vuelvo al salón con dos paquetes. Me siento a su lado y le doy primero el más pequeño. Lo desenvuelve entusiasmada, aunque su sonrisa desaparece de golpe al encontrar un pasamontañas negro y unos guantes del mismo color.

—Para que no te pillen tan fácilmente la próxima vez.

—Ja, ja, ja. Podrías al menos haberme comprado unos zapatos a juego —declara quitándome el otro regalo de la mano y abriéndolo también al momento.

—Pensaba que ya los tenías todos —respondo, pero ya no me está escuchando. Tiene la mirada prendida en el libro que sujeta.

—*Mujeres que cambiaron el mundo* —susurra casi para sí misma, perdiéndose en los recuerdos.

—Es el segundo volumen. Para que tengas la colección completa.

—Pues espero que estas no hayan muerto entre terribles sufrimientos —suelta unos segundos más tarde, volviendo de golpe al presente.

—¿Cómo?

—Después de leer el primero, investigué sobre todas ellas —me explica—. Juana de Arco murió quemada en la hoguera. Marie Curie quedó hecha polvo por la radiación. Virginia Woolf se suicidó metiéndose piedras en los bolsillos y ahogándose en un río...

—Vale, la próxima vez te compro unos zapatos.

—No, no pasa nada. Me gustó leerlo. Y este también me va a gustar. Es solo que... al final yo tenía razón. —Posa el libro sobre la mesa y se recuesta en el sofá, hundiéndose un poco en él—. No cambié el mundo para mejor. Puede que hasta lo haya hecho un poco peor.

—Claro que no, Lúa. En lo que a mí respecta, el mundo es mejor contigo.

—Sí... —Chasquea la lengua—. Tanto que te dio por salir corriendo en dirección contraria.

—Ojalá hubiera sabido hacer mejor las cosas. —Estiro el brazo y acaricio su mejilla con la mano.

—Óliver, para... —jadea cuando paso mi pulgar por el contorno de su labio inferior. Yo no soy muy de impulsos, pero ella siempre ha sido mi excepción.

—¿Por qué?

—Porque esa puerta está cerrada y sellada. —Me aparta la mano, despacio pero con firmeza, y se incorpora.

—Quiero abrirla.

—No, no quieres. Saldría un montón de mierda de ella.

—Lo acepto. Abrámosla. Dime todo lo que no te di la oportunidad de decirme.

—No.

—¿Por qué no?

—Porque no quiero hablar de nada que tenga que ver con nosotros y el pasado.

—Y yo no quiero tener que andar con pies de plomo siempre contigo. Dime lo que me tengas que decir —insisto—. Así, a lo mejor, dejas de enfadarte conmigo cada vez que abra la boca.

—¿De verdad crees que así ajustamos cuentas? —Me mira como si fuera gilipollas—. Pero ¿tú tienes idea de cómo funcionan las relaciones humanas?

—No, no tengo ni idea. Suponía que eso ya estaba claro. ¿Qué quieres que haga, Lúa? —Me llevo los dedos a la frente—. Te quiero y no sé cómo hacer esto bien.

Cierra los ojos y aprieta los párpados con fuerza antes de volver a abrirlos.

—¿Que me quieres?

—Sí, te quiero. Y sé que tú…

—No —me corta seca—. Tú no sabes nada de mí. No lo has sabido durante años y tampoco te ha interesado. Dejé de quererte hace mucho. Y desde luego tú no me quieres a mí. Nunca lo hiciste.

—Te quiero. Es la verdad.

—Deja de decirlo. —Se levanta del sofá impulsada por la rabia—. Te fuiste. Me dejaste en uno de los momentos más difíciles de mi vida y cuando más te necesitaba. ¿Que me quieres? —bufa incrédula—. Si dudo que hayas pensado alguna vez en mí en estos siete años.

Me fui, es cierto. Porque quedarme quieto solo me servía para tomar conciencia de que Lúa se me había quedado atascada entre las costillas, y la sentía en cada respiración. Intenté olvidarla. Viajé por todo el mundo y me convertí en un nómada. Pero por mucho que me alejara, era a ella a quien imaginaba cuando otras piernas me envolvían la cintura y otras voces se corrían en mi oído con diferentes acentos. Encontraba alivio en determinados momentos, eso sí. Ya fuera lanzándome en paracaídas sobre el Gran Cañón, en los rápidos de un río o escalando hasta que mis músculos ardían por el esfuerzo. La adrenalina se convirtió en una forma de vida. Y la busqué con tanto empeño que casi me mato.

—¿Puedes esperar un momento? —le pido mientras me levanto.

—¿A qué? ¿A que se te ocurra una excusa decente? Porque ya te digo que no la hay.

—Tú espera aquí. —Salgo de la habitación sin tener muy claro si voy a escuchar un portazo en los próximos diez segundos.

Subo las escaleras de dos en dos y voy hasta la habitación que utilizo como despacho para coger el portátil y el disco duro. No confía en mí ni en ninguna explicación que pueda darle. Pero no tengo que explicárselo si puedo demostrárselo.

Cuando regreso, sigue de pie junto al sofá. No se ha movido, aunque su postura es tensa y menea la cabeza, probablemente preguntándose por qué no se ha largado todavía. Me doy prisa antes de que gane su orgullo, coloco el portátil sobre la mesa y conecto el disco duro. El cacharro se lo piensa más de la cuenta. La tecnología nunca está de tu lado ante una urgencia.

—¿Pretendes ver una película o qué? ¿Hago palomitas para la ocasión?

—¿Puedes darme un puto segundo?

Me fulmina con la mirada. No obstante, sus ojos se centran finalmente en la pantalla, concretamente en una carpeta llamada LÚA. La abro y aparecen varias carpetas divididas por años. Desde 2016 hasta 2021.

—Ódiame si quieres. Me lo merezco —admito—. Pero deja de cuestionar si te quiero o si he pensado en ti, porque lo he hecho cada día durante todos estos años.

—¿Y qué se supone que tengo que hacer? —pregunta confundida sentándose de nuevo en el sofá—. Hay varias carpetas.

—Elige las que quieras. Da igual —le aseguro antes de abandonar el salón.

26

Los dedos de mi mano derecha tiemblan sobre el teclado del ordenador. Cojo aire, me echo hacia atrás y lo dejo salir lentamente mientras restriego las palmas contra la tela de mi falda. Es de lentejuelas, así que no es buena idea. Pero necesito un momento. O dos. Yo, que nunca he hecho uso de la paciencia, ahora dudo si abrir esas carpetas a pesar de que me muero por saber qué contienen.

«Elige las que quieras», me ha dicho Óliver. Aunque para elegir de verdad hay que hacerlo con conocimiento, y yo solo cuento con una sensación. Lo que tengo delante es importante. Al menos para él. Finalmente, decido empezar por orden cronológico y abro la carpeta de 2016. Encuentro más carpetas. Están divididas por meses y febrero es el primero. Hago clic y dentro descubro un archivo de vídeo. Pincho sobre él y la pantalla se cubre al momento con un primer plano de Óliver grabándose a sí mismo con el móvil. Lleva gorro, bufanda y un anorak con capucha. Es de noche y va tapado casi hasta las cejas, pero reconozco una versión más joven y desgarbada del hombre que acaba de salir cabreado de este salón.

Una estela de vaho abandona su boca cuando mira a cámara y dice: «Hola, Lúa». Estoy tentada de ir hacia atrás en el vídeo y reproducirlo de nuevo, por si he escuchado mal. Pero no. Me habla a mí y me cuenta que ha viajado hasta Noruega, a un pequeño pueblo de pescadores de las islas Lofoten. Cree que aquello me encantaría porque está todo nevado y parece un cuento de invierno. Sonríe con las mejillas rojas porque después de pasar tres noches congelándose con la intención de ver auroras boreales, por fin han aparecido. Me asegura que la espera ha valido la pena y levanta la mano para enfocar con el móvil un cielo oscuro pintado con leves destellos verdes. Entre el movimiento de la cámara y la falta de luz no consigo apreciarlo demasiado, aunque Óliver me describe el paisaje con tanta nitidez que lo hace brillar con fuerza en mi imaginación.

Un par de minutos después, cuando el vídeo termina, sigo sin entender por qué me cuenta todo eso a mí; no obstante, esta vez no dudo en abrir el siguiente. Es de marzo de ese mismo año. Óliver aparece otra vez en primer plano y sus primeras palabras vuelven a ser: «Hola, Lúa». Me muestra una sala alargada y muy ostentosa, de tipo barroco, con un techo altísimo y adornado con varias lámparas de araña. Me explica que está en el Palacio Real de Estocolmo, uno de los más grandes de Europa, y ha escuchado decir a uno de los guías que cuenta con seiscientas habitaciones. Bromea con que Cenicienta seguro que no tenía tantas. El recuerdo es como un bofetón de los que siguen picando en la piel un rato después.

Tras ese vídeo, no sigo con el mes de abril. Me salto el orden y mis dedos van directos hasta la carpeta de 2021. En el último vídeo también aparece él mirando a cámara. Es de noche y de fondo se ven un montón de edificios iluminados. Lleva el pelo más largo y una barba espesa. Su aspecto es más adulto, aunque algo desmejorado. Me saluda como en los vídeos anteriores y acto seguido suspira. Dice que se ha destrozado la espalda, que está cansado y que piensa volver a casa por un tiempo. Pero antes quiere enseñarme una vista del *skyline* de Las Vegas. Asegura que la ciudad es la mayor horterada que ha visto en su vida, aunque está convencido de que si hubiéramos viajado juntos hasta allí, habría terminado casándonos un primo lejano de Elvis. Entonces aprieta los labios y sonríe. «Ojalá estuvieras aquí conmigo», desea.

Y en ese momento, vuelve a ser el chico de ojos tristes con la sonrisa más bonita del mundo.

Una lágrima furtiva resbala por mi mejilla. Me la limpio de un manotazo. Me dan ganas de ir a buscarlo por la casa y pegarle un puñetazo por todo lo que nos quitó. Y al mismo tiempo, no quiero dejar de verlo, así que me torturo con un vídeo detrás de otro. Bangkok, Florencia, Johannesburgo, Machu Picchu, la Gran Barrera de Coral… Distintos escenarios, distintos años y la misma protagonista ausente: yo. Podría parecer un diario de viaje. No lo es. Es una jodida carta de amor en el tiempo. Una que nunca recibí. Una que nunca debió existir porque yo tendría que haber estado a su lado en todos esos lugares.

Cuando miro el reloj, son casi las tres de la mañana, y cuando me levanto del sofá, lo hago menos enfadada, aunque más triste y confusa. Recorro la planta baja de la casa hasta llegar a la cocina. La luz está apagada, pero lo veo a través de la ventana que da al patio interior. Está sentado en una silla, con los codos apoyados sobre las rodillas, las manos enterradas en el pelo y la mirada clavada en el suelo. Levanta la vista cuando salgo y me mira, despeinado y agotado. Cojo una silla libre y la arrastro ruidosamente por las patas hasta colocarla frente a él. Nuestras rodillas se tocan cuando me siento.

—Has tardado —murmura.

—Son muchos vídeos.

—Todos cuentan la misma historia.

—Sí, y he entendido lo que querías decirme, aunque creo que cada vez te entiendo menos a ti… —Me obligo a preguntar—. ¿Por qué?

—Ya te lo he dicho, Lúa. Porque te quise… —Hay una nota de dolor en su voz que consigue romperme—. Y porque te quiero.

—No, me refiero a por qué has tenido que abrir esa puta puerta. Te pedí que no lo hicieras —susurro antes de engancharle de la camisa y estampar mi boca contra la suya.

En cuanto nuestros labios chocan, Óliver parece despertar de golpe. Tira de mi cuerpo, me coloca a horcajadas sobre él y me besa colocando sus manos a ambos lados de mi cara. Explora mi boca con detenimiento, pero con hambre. Es tierno y salvaje a la vez. Y yo tengo que agarrarme a su cuello porque noto cómo pierdo el equilibrio: el físico y el mental. Siento de golpe todo lo que no he sentido durante siete años. Lo siento condensado en la humedad de nuestras bocas, en el pecho que parece a punto de estallarme, en las piernas que casi no me sostienen y en la erección que se abulta bajo mi sexo. Busco alivio levantándome la falda y frotándome contra sus vaqueros. Óliver baja las manos por mi espalda, me rodea el culo y se levanta llevándome con él. Me aferro a sus hombros y mis piernas se ciñen a su cintura. Entramos en la cocina, la cruzamos y salimos al pasillo sin dejar de besarnos.

—¡Espera, tu espalda! —le recuerdo cuando me doy cuenta de que pretende subir las escaleras cargando conmigo.

—Lo único que le interesa a mi espalda ahora mismo —gruñe en mi boca— son tus uñas clavadas en ella cuando te corras conmigo dentro.

Madre de Dios. No me caigo al suelo porque él me sigue sujetando. Y sigue haciéndolo hasta llegar al dormitorio, sin despegar nuestros cuerpos. Cuando caemos sobre la cama, yo de espaldas y Óliver sobre mí, el somier se queja. Su chirrido agudo y desagradable me saca del momento de pasión y me conecta con la realidad por un segundo. Debería parar esto ahora mismo. Antes de jodernos de todas las formas posibles. Pero mi cuerpo es inmune al tiempo y sigue respondiendo a sus caricias. La razón se larga de vacaciones en cuanto su lengua recorre el arco de mi cuello. Sabe que es mi debilidad, porque hay cosas que no cambian. ¿A quién quiero engañar? No voy a frenar. Voy a cederle el control.

Se desabrocha la camisa y la tira a un lado sin dejar de mirarme. La luz anaranjada de una farola alumbra la ventana a través del viejo visillo y me permite apreciar en su pecho definido y sus hombros anchos cómo el chico que conocí ha dejado paso al hombre. Aunque me muero por tocarlo, él se da más prisa y se deshace de mi jersey y mi sujetador. Sonrío al verlo tragar saliva ante la visión de mi cuerpo medio desnudo. También tiene que convencerse de que esto está pasando de verdad. Me mira y me devuelve la sonrisa justo antes de inclinarse y comenzar a bailar con sus labios sobre mis pechos.

—¡Joder, Oli! —jadeo cuando su lengua encuentra mi pezón.

—Me encanta que me llames así.

—Decías que lo odiabas.

—Era imbécil —responde sin despegar su boca de mi piel.

—Ahí te doy la razón.

Me muerde el pezón a modo de castigo y eso solo sirve para encenderme todavía más. Sigue descendiendo con la boca por mi abdomen y me quita la falda, las medias y las bragas en cuanto estas le estorban. Se cuela entre mis piernas y clava los dedos en mis muslos mientras lame el centro de mi sexo sin tregua, arañándome con la barba, hambriento, insaciable, sin que yo pueda hacer otra cosa que agarrarme a la sábana y retorcerme de gusto.

Me deshago en su saliva y estoy a punto de explotar, pero mi cuerpo lo reclama más allá del placer momentáneo. Lo quiero dentro. Lo necesito. Tiro de su pelo para hacérselo entender y vuelve a colocarse sobre mí. Empujo mis caderas y él se mueve restregándome la polla sin compasión. Le exijo que lo haga ya, aunque mi voz suena como una súplica. No puedo más.

Se aleja un momento para sacar un condón de la mesita y se lo coloca a toda velocidad. Me penetra de una sola vez, arrancándome un quejido ahogado e imprime el peso de su cuerpo sobre el mío. Sale y entra de mi interior a la vez que seguimos besándonos, mordiéndonos y apretándonos con manos y piernas. Le clavo las uñas cuando acelera las embestidas y él me tira del pelo. La habitación vibra con el sonido de nuestros cuerpos chocando y Óliver me advierte con un gruñido ronco que no aguanta más. Le pido que se corra. Lo quiero dentro de mí hasta el final. Pero cuando está a punto de hacerlo, frena de golpe y me mira sin aliento.

A veces, no soy capaz de imaginar lo que está pensando, por mucho que me esfuerce. Y otras veces, me resulta totalmente transparente. No sé si solo veo lo que él me deja ver o lo que no puede evitar decirme sin palabras. Lo leo en sus ojos. Quiere ir más despacio, a pesar de que el instinto natural le exige lo contrario. No está seguro de que esto vaya a repetirse y no quiere acabar tan pronto. Quiere poder recordarlo.

Nos damos la vuelta sobre el colchón y me siento encima de él. Coloca las manos en mis caderas y yo las poso sobre su pecho. Me levanto un poco y encajo su erección aún firme entre mis muslos, sin dejar de mirarlo. La coloco en mi abertura y me deslizo hacia abajo muy despacio. A los dos se nos escapa un «ah» entre los labios cuando me llena del todo. Nos quedamos un momento así, sin movernos. Él, duro dentro de mí; y yo, notándome cada vez más débil por todo lo que nunca imaginé que volvería a sentir.

Nos tomamos nuestro tiempo. Me muevo despacio y Óliver pasea las yemas de sus dedos por mi cuerpo. Desde mis nalgas sube por la cintura, las costillas y ahueca las manos hasta cubrir mis pechos. Me arqueo y echo la cabeza hacia atrás cuando tira de mis pezones. Mantenemos el ritmo, sincronizados en un suave vaivén de caderas, hasta que la piel llama a la piel y la fricción se impone otra vez. Nos aceleramos entre respiraciones entrecortadas y muchos «sí», «sí», «así», «más fuerte», «no pares». Me toco con los dedos cuando él está a punto de estallar. El orgasmo nos arrolla a la vez, sudorosos, jadeantes, con los sexos húmedos y las gargantas secas.

Prácticamente me desmayo al tumbarme a su lado y ambos nos quedamos con la vista clavada en el techo, intentando recobrar el aliento perdido. Por mi parte, trato de asimilar también lo que acabamos de hacer, pero es un amasijo de tantas emociones que no puedo compartimentarlas y nombrarlas por separado.

Le dije a Óliver que el sexo puede ser lo menos íntimo del mundo. Siempre que no sea con él, debería añadir.

—¿Cuándo dejaste de quererme? —me pregunta con un hilo de voz cuando empiezo a sentir que puedo respirar con cierta normalidad.

—¿Qué?

—Antes dijiste que dejaste de quererme.

—Sí, dejé de quererte, pero no recuerdo un día concreto.

Giro la cabeza y lo veo cerrar los ojos y tensionar la mandíbula. Asume no estar en su derecho de pedirme más explicaciones. Es lo que nos diferencia. Yo me siento en la obligación de dárselas, a pesar de que él nunca tuvo esa deferencia conmigo.

—Doliste hasta que dejaste de hacerlo. Pero creo que tardé demasiado en superar algo que con el tiempo me di cuenta de que no había sido verdad.

—Fue verdad. Por muy mal que yo lo hiciera al final.

—Pero yo no lo sabía por aquel entonces —tercio—. Y lo

que quiero decir es que creo que eché de menos lo que pudimos ser más que lo que realmente fuimos… Es como esa canción de Serrat: *«No hay nada más bello que lo que nunca he tenido, nada más amado que lo que perdí»*. Para mí fuiste las dos cosas. Nunca te tuve del todo y aun así, te perdí.

Se frota la cara con las dos manos.

—Lo siento, Lúa. Lo siento mucho —responde mortificado.

Me incorporo y me siento en la cama. No me suele molestar mi desnudez después del sexo; sin embargo, el calor del momento se ha evaporado. Cojo la primera prenda que veo a mi alcance. Es la camisa de Óliver y está tirada en el suelo, a mi izquierda. Me la pongo y no busco nada más de abrigo, ya que me cubre hasta los muslos. Huele bien. Huele a él.

Él también se sienta, pero no se viste. Solo se cubre la parte inferior con la sábana.

—Quiero entenderte, pero… —Juego con el borde de la manga—. Te fuiste sin despedirte y dejándome una nota que no decía nada.

—«Lo siento, mereces mucho más. No llores por mí. No valgo la pena». Es lo que escribí en aquella nota. Era verdad.

—Sigue sin decirme nada… No sabía dónde estabas y lo peor de todo es que tú no querías que lo supiera. Me volví loca pensando qué sería lo que había hecho tan mal como para no merecer ni un adiós.

—Nada, tú no hiciste nada mal. Se me vino todo encima cuando murió Marcos. —Se mesa el pelo con frustración—. Me sentía muy culpable por… Por nosotros. Marcos no se lo merecía. Ni que le engañáramos ni lo que le pasó.

Niega con la cabeza y no dice más. Después de tantos años, sigue sin ser capaz de hablar de él.

—Marcos iba borracho aquel día. Se mató y pudo matar a alguien más. No era la primera vez que se ponía en peligro. ¿Sabes cuántas veces le escondí la llave de la moto? Lo que pasó fue horrible, pero también fue su responsabilidad. Y no, no se merecía que lo engañáramos, pero yo tampoco merecía que me sacaras de tu vida sin darme una explicación. Y tú no te merecías sentirte como un cabrón la primera vez que te enamoraste.

—Supongo que no.

—No éramos malos, Óliver. Éramos unos críos que se enamoraron. Quizá fuimos las personas incorrectas. O las personas correctas en el momento equivocado... Fuera como fuese, Marcos nunca lo supo. No digo que eso tenga que consolarte, pero no se enteró de lo nuestro. No le hicimos daño.

Resopla.

—Creo que me acostumbré a la pérdida. Perdí a mi padre, perdí a Marcos y te perdí a ti.

—A mí no me perdiste, a mí me dejaste —puntualizo, consciente de que las palabras que utilizamos en este momento son importantes. Hay una gran diferencia entre perder y dejar.

—No habría salido bien.

—¿Eres vidente? ¿O solo tan arrogante que crees que podías saberlo sin intentarlo?

Medita unos segundos antes de volver a hablar, aunque a mí me parecen tres vidas.

—Existe un concepto japonés. El *ma*. Se refiere al espacio. Me lo explicó una anciana con la que estuve en una ceremonia del té en Kioto. Los japoneses creen que donde hay demasiadas cosas, nada resalta. Y es precisamente en el *ma*, en el espacio en el que no hay nada, donde las cosas cobran vida y adquieren un significado. Como una pausa intencionada al hablar que hace que las palabras destaquen. O el silencio entre las notas que hace que la música sea música... Yo me ahogaba, Lúa, y necesité ese espacio para poder existir.

—Necesitabas que el mundo fuera más grande —le recuerdo—. Y lo necesitabas solo.

—Pero por mucho que me alejara, al final del día mi mundo se reducía a ti. Hasta en ese espacio que necesitaba, tú seguiste ocupando un lugar. No sé explicarlo mejor.

—¿Y por qué no me buscaste en vez de grabar todos esos vídeos? Joder, Óliver, han pasado siete años. Que parecemos la puta maldición de un cuento.

Sus labios se curvan en una sonrisa triste y resignada.

—No te busqué porque era tarde. Pasó mucho tiempo hasta que me encontré mejor. Y cuando me recompuse, se me hizo todavía más difícil. Un día, Cova me envió un enlace y al abrirlo, allí estabas tú. Descarada y preciosa, como siempre. Estabas haciendo un reportaje de un bocadillo.

—Y no de cualquier bocadillo, era el bocadillo de jamón más grande del mundo. Entró en el récord Guinness. Mil quinientas barras de pan y cuarenta y dos jamones. No sé cuántas veces repetí ese dato aquel día. Era mi primer reportaje y estaba de los nervios.

—Parecías feliz.

—Lo estaba. Era mi primera oportunidad en la tele.

—¿Qué derecho tenía yo a volver a aparecer en tu vida después de desaparecer de ella?

—Pues has vuelto a lo grande.

—Y no quiero irme más —asegura.

Flexiono las piernas y me abrazo a ellas.

—Todas las relaciones que he tenido durante estos años no han salido bien, porque cuando te fuiste, te llevaste contigo mis ganas de querer. Eres el resentimiento más largo de mi vida. Creo que hasta llegué a odiarte más de lo que te quise. Y ahora estás aquí… tan tú, pero tan distinto a la vez. Me cuesta ubicarte.

—Sé que llego tarde. Solo dime que no llego demasiado tarde.

El primer amor es ingenuo y viene solo. El segundo ya se trae su propia mochila. El tercero —que en mi caso no deja de ser una extensión del segundo— aparece con siete maletas cargadas de inseguridades, dudas y desconfianza.

—No sé, Óliver, no me pidas marzo en febrero —le digo, recordando la letra de una canción de Marlon que me encanta y a la vez me pone un poco triste. Esta noche me ha dado por las canciones—. Podemos ir poco a poco. Al menos hasta que me vaya. Es todo lo que puedo ofrecerte.

Él asiente en silencio y se inclina para besarme. A los pocos segundos, su camisa vuelve a estar tirada en el suelo. Con eso tendrá que valer de momento.

27

Cova

Estoy sentada sobre la tapa del váter a modo de sillón de maquillaje mientras Alba me hace un *contouring,* que no sé muy bien qué significa. Lleva una eternidad mezclando toda clase de potingues en mi cara y a mí solo me queda rezar en silencio para no salir de casa con el tono de piel de un Umpa Lumpa.

Esta mañana le comenté de pasada que iba a cenar con un amigo y en lugar de ponerme los ojos en blanco o ignorarme, se ofreció con mucho entusiasmo a maquillarme para mi cita. Tampoco es que tenga nada mejor que hacer ni ningún sitio a donde ir, puesto que la he castigado el mes entero sin salir. Después de la bronca que le cayó por ser cómplice de Lúa, anda suave como una malva. Debería castigarla a menudo. Sería más efectivo para mi descanso mental que la meditación.

La parte positiva de todo el lío en comisaría hace dos noches es que Aitor me envió un mensaje esa misma madrugada para asegurarse de que todo estaba en orden. Ayer decidí llamarlo por teléfono y tras una sucinta explicación y una disculpa por haberme ido así de su casa, más otra disculpa por parte de él —la quinta, creo— por no haber podido acompañarme, acordamos volver a cenar hoy.

—¿Y cuándo dices que me vas a presentar a mi nuevo papá?

—Menos cachondeo —le advierto abriendo el ojo sobre el que ya ha terminado de aplicarme la sombra.

Y es una suerte que me lo pregunte en broma, porque no tengo respuesta. No es que se me haya pasado por la cabeza presentarle a Aitor, solo hemos quedado una vez. Aunque no puedo evitar considerar qué pasará si nos gustamos, nos entendemos y la cosa va a más. No nos veo haciendo comidas de domingo por videollamada.

Vale, mejor freno, estoy adelantando la película casi hasta los créditos. Todavía no ha pasado nada entre nosotros, por mucho que yo lleve casi cuarenta y ocho horas dándole un final en mi cabeza a ese beso que no nos dimos.

—Estás guapísima, mamá —afirma Alba cuando termina de darle el toque final a mi boca.

Me levanto y me observo en el espejo. Mi gesto pasa del miedo a la sorpresa y finalmente sonrío.

—Pues sí que lo estoy.

Mis ojos parecen un poco más grandes, mis pómulos algo más altos y mis labios se ven mullidos y de un color rosa muy natural. Hasta mi tono de piel parece saludable, cosa rara en mí. Como el de esos rostros besados por el sol de los anuncios. Pero, aun así, me reconozco. Sigo siendo yo.

—Lúa me enseñó algunos trucos —comenta orgullosa de su trabajo—. No es tan mala como crees.

—Lo sé —admito tan bajo que no me oye—. Me voy ya. Gracias por maquillarme, cariño.

Salgo del baño y voy a mi dormitorio para coger el bolso y la gabardina. Ella me sigue cual penitente.

—Oye, mami… —me llama con voz melosa—, estaba pensando que a lo mejor… podemos negociar un poco lo de no salir de casa.

Tanta amabilidad no iba a ser gratuita, claro.

—¿Qué te hace pensar que estás en disposición de negociar?

—Que me he portado bien.

—¿Cuándo? Si te castigué ayer.

—Bueno, he estado media hora tapándote las ojeras, que no es nada fácil. ¿Eso no cuenta?

—Las ojeras me las has provocado tú, así que no, no cuenta.

—Por favor, por favor, déjame salir solo un par de horas. —Entrelaza los dedos en señal de súplica—. Es sábado y ya había hecho planes con Johnny.

—Estás castigada todo el mes y punto. Solo puedes ir del trabajo a casa y de casa al trabajo. Y te advierto que no pienso tener esta discusión cada fin de semana.

—Estás siendo superinjusta. Un mes es muchísimo tiempo —lloriquea.

—Haberlo pensado antes de robarme —sentencio dejándola callada y avergonzada. No obstante, el efecto de mis palabras solo le dura el tiempo que tardo en llegar a la entrada y coger el paraguas.

—¿Y qué quieres que haga aquí metida muerta del asco?

—Puedes ver una película —le sugiero mientras me pongo la gabardina—. O mejor lee un libro, que ya se te habrá olvidado cómo se hace.

—O mejor aún, me pongo a estudiar para entrar en Derecho, ¿no? Como la hija modélica que te hubiera gustado tener.

—No, lo que me gustaría es que encontraras alguna motivación en tu vida más allá de discutírmelo todo. Te quiero, pero me has engañado y has conseguido que pierda la confianza en ti. Y eso tiene sus consecuencias. Asúmelas. —Abro la puerta y antes de irme doy media vuelta y le apunto con el paraguas—. Por si hace falta que te lo aclare, más te vale no poner un pie en la calle, y más le vale a tu novio no hacerse el Romeo y colarse en esta casa, porque sea como sea me voy a enterar y pienso extender el castigo en el tiempo hasta tus futuros hijos.

—No pienso tener hijos. No tengo intención de amargarle la existencia a nadie.

—Me parece maravilloso porque yo tampoco tengo ganas de ser abuela —añado y cierro la puerta.

Solo tardo diez minutos en llegar a casa de Aitor en coche, pero al aparcar me fijo en que la fina lluvia que estaba empezando a dejarse notar cuando salí ahora arrecia y cae con furia rebotando contra el asfalto. Genial, no solo se me va a chafar el pelo, también es probable que el maquillaje se me deshaga como si fuera una figura de barro. Me subo el cuello de la gabardina y salgo del coche abriendo el paraguas. Mi intención es echar una carrera hasta la entrada, pero en cuanto bordeo el capó, Aitor abre la puerta de la cabaña, sale con decisión y viene hacia mí.

Cuando está lo bastante cerca para oírme, abro la boca para preguntarle qué leches hace bajo la lluvia, aunque no me da tiempo a emitir ningún sonido. Sin mediar palabra sus labios atrapan los míos y me estrecha con fuerza entre sus brazos. De la impresión se me cae el paraguas al suelo y tardo un par de segundos en reaccionar y aferrarme a su cuello. El agua nos empapa, pero me da igual. Cierro los ojos y no noto ni el frío. Mis sentidos están concentrados en ese beso, en el roce suave pero firme de sus labios, en su lengua descubriendo la mía, en el olor de su espuma de afeitar y en el tacto de su pelo mojado que empieza a ondularse en las puntas. Ah, y también estallan fuegos artificiales y pequeños corazones brotan volando a nuestro alrededor.

Al despegarse de mí, se lleva el calor de su aliento y ya lo echo de menos. Abro los ojos y veo gotas de lluvia resbalar por su cara mientras me mira. ¿Esto acaba de pasar? ¿De verdad?

—Creías que no ibas a vivir nunca un beso de película. Quería demostrarte que sí podías.

¿No será que he sufrido un grave accidente de coche y me he quedado en coma? ¿Es mi subconsciente claramente necesitado de amor el que se ha montado esta secuencia en mi cabeza mientras estoy tumbada cual vegetal en una cama de hospital? Si es así, que nadie me despierte, por favor.

—¿Me he pasado? —pregunta apurado ante mi estado catatónico—. Ya sé que me he tomado unas cuantas libertades, pero te juro que no lo he planeado. Es que te he escuchado llegar y de repente he pensado que un beso bajo la lluvia es una de esas cosas románticas que tanto...

Lo interrumpo con otro beso y nuestras bocas vuelven a encontrarse bajo esa lluvia de película. Regresan los fuegos artificiales y los corazones voladores. Y a ellos se suman unos cuantos violines. Es la puñetera orquesta del Titanic y yo me ahogo con ella, pero de amor.

Entramos en su casa cuando un relámpago ilumina el cielo y la lluvia se vuelve menos romántica y más agresiva. Chorreamos agua y Aitor se apresura a dejarme una toalla para poder secarme. Enseguida empiezo a tiritar de frío, así que me trae de su dormitorio un pantalón de chándal y una sudadera. Me meto en el baño y no me avergüenza reconocer que lo primero que hago es oler su ropa al estilo Hannibal Lecter. Huele a suavizante frescor marino y un poco a mis feromonas pidiendo guerra, porque no es normal que un suavizante me ponga cachonda.

Me cambio con rapidez y al terminar me echo un vistazo en el espejo del lavabo. El desastre de mi pelo lo resuelvo con una coleta. Afortunadamente, el maquillaje de Alba debe de ser *waterproof* y a prueba de tornados porque sigue inalterable. Solo por eso me estoy planteando rebajarle una semana de castigo.

Al salir del baño, Aitor me está esperando con dos copas de vino y la chimenea encendida. También se ha cambiado y peinado. Pero ¿cuánto tiempo he pasado ahí dentro oliendo su ropa?

Me ofrece tomarnos el vino frente a la chimenea antes de cenar y nos sentamos en la alfombra, él con la espalda apoyada en la parte baja del sofá y las piernas estiradas, y yo con las mías cruzadas apuntando hacia él. Fuera truena y sigue cayendo la madre de todas las tormentas, pero es el aire de la estancia el que está cargado de electricidad. La nuestra.

Repito por si antes no lo dejé lo bastante claro: si al final resulta que estoy en coma, que NADIE se atreva a despertarme. Quiero quedarme a vivir en este bucle temporal.

—Siento que al beso le haya faltado la canción perfecta —comenta con su rostro suavemente iluminado por la luz que desprende el fuego de la chimenea.

—«Thinking Out Loud», de Ed Sheeran. Esa sería la canción. Y en realidad, no lo necesitaba. Ha sido perfecto por sí mismo. Gracias por mi beso de película.

—No me des las gracias. Tenía muchas ganas de dártelo. Lo que no pensé es que me atrevería.

Dios, si los hombres supieran lo sexy que resulta la vulnerabilidad. Es tan honesta.

—Por la lluvia. —Levanto mi copa.

—Por la lluvia —repite él chocando su copa con la mía.

—Y eso que nunca me ha gustado —confieso tras dar un sorbo al vino—. Hasta ahora.

—Pues a mí me encanta. Aquí el verde es mucho más verde gracias a la lluvia. Por eso me mudé a una cabaña al lado del bosque.

—Tiene su encanto, supongo, pero cuando llueve la mayor parte del año también lo vuelve todo un poco más triste y sombrío. Echo de menos el sol. Sobre todo en verano. Debería haberme ido al sur cuando mis padres me echaron de casa.

—¿Tus padres te echaron de casa? —Parpadea confundido.

Las confesiones que le hago yo a este hombre...

—Siempre fueron bastante estrictos. Pensaron que si era lo bastante mayor para ser madre, también lo era para buscarme la vida con mi hija —le explico, alejada ya del dolor que aquello me provocó en su momento—. Vivíamos en un pueblo más pequeño que este y la gente hablaba... Me trasladé aquí a los dieciocho, cuando Alba tenía dos años. Aunque tampoco quise alejarme mucho de casa. Solo cincuenta kilómetros. En fin, era mayor, pero no tan mayor y estaba un poco aterrorizada. —Frunce el ceño y niega con la cabeza, como si no lograra comprenderlo—. No es tan dramático como parece —le aclaro—. Aprendí rápido, me apañé y hoy por hoy tengo una relación cordial con mis padres.

—Me alegro, aunque ahora mismo no me caen muy bien.

—El pasado, pasado está... Y yo lo que venía a decir con mi historia lacrimógena es que no sé por qué echo tanto de menos el sol. Apenas lo he visto en toda mi vida.

—Para eso están las vacaciones.

—Ya... Todos los años me prometo a mí misma que me iré a Riviera Maya, me tumbaré en una hamaca a beber piña colada y me bañaré en ese mar de color turquesa casi fluorescente.

—¿Y por qué no cumples tu promesa?

Pienso la respuesta mientras la leña arde con pequeños chasquidos. Lo de escudarme en mi hija para no hacer determinadas cosas empieza a sonar ridículo hasta en mi cabeza. Me di cuenta cuando Lúa me lo soltó en medio de nuestra discusión, a pesar de que no quise admitirlo en ese momento. Mi hija va a cumplir diecisiete años y ya no me necesita como antes. De hecho, si le preguntas a ella ahora mismo, le sobro bastante.

Casi me da más vergüenza reconocer que no he hecho nada por vivir en los últimos años que mi confesión sobre la falta de sexo. Aunque ambos hechos están relacionados.

—No sé, creo que me he anclado a este sitio, como los barcos en el puerto. Vivo atrapada aquí.

—No, Cova, yo vivo atrapado —me corrige con gesto serio.

—No quería comparar… No quería decir eso. No exactamente así.

—No te preocupes, no has dicho nada que pueda ofenderme. Además, yo antes no era así. Salía, iba a bares, viajaba, y mi vida me gustaba bastante… Tendrás muchas preguntas —supone.

Muchísimas. No obstante, recuerdo lo que me dijo sobre cuánto le molesta que lo interroguen respecto a ese tema.

—Prefiero que me cuentes lo que tú quieras contarme.

—Te lo agradezco. —Bebe un largo trago de vino y deja la copa sobre la mesa de centro—. Debería empezar por el principio. Por lo que se supone que desencadenó el problema, aunque yo no me diera cuenta entonces. Fue la noche en la que me atracaron. Estaba llegando a casa de madrugada y dos tipos me acorralaron en una esquina y me robaron.

—¿Te hicieron daño? —pregunto, aunque intuyo que las heridas fueron más emocionales que físicas.

—No, solo me dieron un par de empujones y me robaron

el móvil y la cartera. Esa misma noche puse una denuncia en comisaría y seguí con mi vida. O eso creía... Un mes más tarde, estando en un concierto con unos amigos me dio un ataque de pánico. No lo relacioné con el atraco. Hacía mucho calor, yo estaba un poco estresado con el trabajo y no le di mayor importancia. Pero me volvió a pasar. La siguiente vez, en un bar. Poco a poco fue a más, hasta el punto de que cosas normales como hacer cola en el supermercado, coger un autobús o quedar con gente empezaron a costarme demasiado.

—¿Buscaste ayuda?

—Al principio no. No entendía lo que me estaba pasando, pero confiaba en superarlo por mí mismo. El orgullo es muy mal psicólogo. —Levanta las cejas—. Empecé a aislarme, dejé de salir con mis amigos y me saltaba reuniones familiares. Cuando no aparecí por casa de mis padres en todas las navidades, mi madre pasó de la indignación a la preocupación. Sabía que me pasaba algo.

—Es el instinto. No falla.

—El instinto, que mi madre es más pesada que una vaca en brazos y que en mi familia siempre hemos sido muy apretados. —Sonríe con cariño—. Al final se lo conté todo a mis padres y empecé con la terapia. Y dadas las circunstancias en las que nos hemos conocido, ya te imaginarás que no me ha ido muy allá. Hace dos años dejé Vitoria y me mudé aquí. Estaba agotado de intentarlo.

—¿Dejaste la terapia?

—Lo intenté con varias y no funcionó. Ahora hago sesiones online. No es que no pueda salir, mi problema no son los espacios abiertos en sí. Puedo pasear por el bosque y los alrededores. Es la idea de estar rodeado de mucha gente lo que me agobia y me impide acercarme al pueblo. —Suspira—. Así que ahora soy un agorafóbico ermitaño que trabaja desde casa y no deja de pensar en la chica que le trae la compra.

—Pues menuda suerte tienes de que esa chica también piense en ti.

—Lo sé. —Me mira fijamente y se humedece los labios.

—Aitor, no tengo ni idea de lo que estás pasando, así que no voy a permitirme opinar alegremente. Pero si puedo ayudarte de alguna manera, aquí estoy.

—Creo que ya me ayudas.

—Si no he hecho nada.

—Lo has hecho porque, aunque no sea capaz ahora mismo de coger un avión, me están entrando unas ganas inmensas de irme a Riviera Maya contigo.

—¿En serio?

—En serio. Haces que me apetezcan cosas que ya no me apetecían.

—Tal vez algún día. —Poso mi copa sobre la mesa sin apartar mis ojos de él y con las intenciones escritas en la cara. O eso espero.

—Algún día.

Nos acercamos y nos besamos. Ya no cae la lluvia sobre nosotros, pero estoy convencida de que todos nuestros besos van a ser de película. Es cuestión de comprobarlo. Nos tumbamos en la alfombra y retrasamos la cena un poco más.

28

Me despierta la luz de mi habitación. No es un pequeño rayo de esos que cruzan la estancia y la iluminan suavemente mientras pequeñas motas de polvo flotan en el aire, no. La luz entra a raudales y sin piedad por la ventana, amenazando con freírme las córneas. Ayer tuvo que romperse la persiana y justo hoy amanece el día más soleado de todo el condenado año.

Al abrir los ojos por completo, veo a Óliver tumbado a mi lado, bastante más espabilado que yo, aunque su rostro luce más relajado que nunca. Sonríe encantado de la vida y se le marcan esos hoyuelos que multiplican por mil su atractivo. Cada vez que los saca a pasear me lo quiero comer. Son mi perdición. Mi kriptonita. Mi llamada de la selva. Y tampoco me ayuda ahora mismo la visión de su pecho desnudo y tonificado, resultado de nadar en el mar cada día con el objetivo de mantener a raya sus dolores de espalda.

En cuanto me muevo, el cuello me da un latigazo que me hace olvidarme de las cualidades físicas de Óliver y acordarme de toda su línea ancestral.

—No deberías haberte quedado a dormir —me quejo incorporándome casi en el borde del colchón—. Ocupas toda la cama.

—¿Qué querías que hiciera? —pregunta entrelazando los dedos bajo la nuca—. Ayer me dejaste sin fuerzas para volver a casa. Llevas más de una semana exprimiéndome. Me chupas la vida.

—No, te chupo otra cosa que te gusta infinitamente más, pero si tienes queja, dejo de hacerlo y te apañas tú solo.

—¿Ves que me queje? Si existieran unos juegos olímpicos del sexo, nos llevaríamos una medalla de oro —presume.

—O nos descalificarían, por guarros y abusones. —Levanto los brazos hacia el techo para estirarme y gimo de dolor cuando el hombro me cruje.

—Tú más bien te tendrías que retirar lesionada. Podríamos habernos quedado en mi casa. Mi cama es más grande.

—Allí no me puedo concentrar. Tu cama es de la era mesozoica y cuando lo hacemos suena como si estuviéramos torturando gatitos. Cámbiala por una de este siglo y a lo mejor, si te portas bien, me verás en ella otra vez chupándote la vida.

Tira de mi camiseta, me vuelve a tumbar y se coloca encima de mí.

—¿Esto es portarse bien? —pregunta mientras me besa el cuello y volvemos a empezar.

Debería tomarme un momento para consultar en Google si se puede morir de tanto quiqui, pero lo único que hago es jadear y morderme el labio. Cada vez que Óliver me toca, me hago inflamable y él tiene cuerda para dar y regalar. Es como si todo ese dominio emocional que ejerce sobre sí mismo lo descargara conmigo. O dentro de mí, mejor dicho. Y sé que el sexo no va a arreglar nada entre nosotros, pero ahora mismo flotamos un poco sobre esta cama y alejamos los pies del suelo. De la realidad.

Ojalá fuera solo sexo, un picor que te rascas con insistencia hasta que tu propia piel te pide parar. No es así. La sensación que me invade con Óliver es cálida, familiar y, aun así, no del todo conocida. Es como una canción que te encanta y no puedes dejar de escuchar, aunque todavía no te has aprendido la letra de memoria.

No ha vuelto a decirme que me quiere, pero sus palabras siguen revoloteando en mi cabeza. Lo malo es que creo que él se lo cree. Lo peor es que, si me lo creo yo, me enamoro. Y me da miedo estar tan a gusto con él en la cama, un lunes que sabe a domingo, como si esto formara parte de nuestra rutina. Me da miedo acostumbrarme. Porque con él, y solo con él, si me descuido, me enamoro.

Te vas haciendo a la idea de cuál es mi problema, ¿no?

El ruido de mi cabeza lo amortigua uno mucho más prosaico, el de mi estómago rugiendo como un jaguar. Óliver, que ya se ha aventurado a explorar con los dedos la parte más sensible de mi anatomía, se detiene y levanta la mirada.

—Tienes hambre.

—Estoy desmayada. No eres el único que pierde calorías aquí.

—Puedo bajar a la cocina a por algo de comer.

—¿Y con algo de comer te refieres a prepararme una tortilla, una tostada con tomate natural, un capuchino y un zumo de naranja?

Arruga la nariz.

—Estaba pensando más bien en pillar unas galletas del armario.

—¿Y qué desayuno es ese? Por favor, que eres cocinero. Muestra un poco de respeto por tu profesión.

—Sabes que también es mi día libre, ¿verdad?

—Pero no libre de mí.

Niega con la cabeza y arquea una ceja antes de levantarse y vestirse para preparar el desayuno. Me da un beso antes de salir de la habitación. Es un roce de labios casto y fugaz, pero que dice mucho. Es la clase de beso al que no prestas demasiada atención, no por dejadez, sino porque crees que vendrán muchos otros después de ese.

Remoloneo un poco entre las sábanas antes de quitarme el pijama. La pereza propia del día me exige comodidad, así que me visto con unos leggings y cambio los zapatos por unos calcetines calentitos. Estoy terminando de ponerme un jersey cuando Alba entra en la habitación. Sin llamar, como siempre. Al menos hoy no me ha pillado desnuda. Esta niña me ha visto en bolas más veces que mi santa abuela.

—Acabo de ver bajar a Óliver —me informa ceñuda—. Iba despeinado y sonriendo.

—¿Y?

—Que Óliver no sonríe... No mucho.

—Conmigo, sí —señalo orgullosa levantando las cejas.

—Buah, no quiero saber más. —Arruga la nariz y pone cara de asco—. Todo el mundo a mi alrededor es superfeliz de repente y yo me quiero morir.

Se derrumba con dramatismo en el butacón de la esquina y yo me siento en el borde de la cama.

—¿Qué te pasa?

—Johnny...

Por supuesto. Me muerdo la lengua hasta hacerme daño. Es la única manera de mantenerme callada y no empezar a insultar al mamón de su novio. Y eso que todavía no sé qué ha hecho. Nada bueno, eso seguro.

—No nos hemos visto la última semana porque sigo castigada. Gracias por eso, por cierto —me reprocha por decimoquinta vez, más o menos—. Ayer me escapé un momento de la recepción y fui al bar donde suele estar con sus amigos. Y cuando lo vi... —Traga saliva y también sus ganas de llorar—. Tenía un chupetón en el cuello.

Valiente mangurrián. Si lo pillo, lo muelo a palos.

—Lo siento mucho, cielo.

—Lo sabía. Sabía que iba a pasar algo así... —Su gesto muta del dolor a la rabia en un segundo—. Fue con Nadia, claro. La muy guarra siempre le está metiendo ficha y no se corta un pelo. Lo hace hasta delante de mí.

—Ya, bueno, imagino que Johnny también tuvo algo que ver en el asunto.

—Si mi madre no me hubiera castigado, esto no habría pasado.

—Espera, espera, que igual no estoy del todo despierta y no estoy entendiéndote bien... ¿Crees que porque tú estés castigada eso le da derecho a liarse con otra? —Silencio por respuesta—. ¿Qué pasa, le han dado una novia de sustitución hasta que tú salgas del taller o qué?

—No es eso… Tú no lo entiendes.

—Lo entiendo, Alba. Sé que duele. Pero entiende tú esto porque te será útil para el resto de tu vida: si te hace sentir como una mierda, no es amor.

Se queda callada, masticando unos segundos mis palabras. No obstante, como no le gustan se deshace de ellas negando con la cabeza.

—Como te hizo sentir a ti Óliver, ¿no?

—¿Qué? —pregunto con un hilo de voz.

—Fue hace mogollón, pero me acuerdo. Una noche apareciste en casa muy nerviosa y mamá me envío a la cama. Quería quedarme con vosotras y ella me dijo que no podía ser porque tú no te encontrabas bien y necesitabas descansar. Un rato después, salí a escondidas de mi habitación porque estaba preocupada por ti y quería ver si estabas mejor. Te escuché en el salón. No parabas de llorar y de repetir su nombre.

«No es lo mismo». Retengo esas palabras en la garganta porque forman la frase más usada de la historia por las mujeres para autoengañarnos en nombre del amor, creyendo que somos la excepción, que nuestra historia es distinta, que es especial. La mía no lo fue y hasta una adolescente de dieciséis años lo sabe. Ahora solo falta que se aplique el cuento.

—Precisamente, Alba. He caminado con tus zapatos y sé de lo que hablo.

—Estamos bien juntos. Me quiere. Me lo ha dicho —declara, aunque no sé si lo dice para convencerme a mí o a ella misma.

—¿No estarás pensando seguir con él? —Desvía la mirada y otra vez, la callada por respuesta—. No me lo puedo creer.

—Tengo que volver a la recepción —farfulla levantándose.

—Pensaba que las nuevas generaciones erais más espabiladas —comento cuando llega a la puerta.

—Y yo pensaba que eras mi amiga, no mi madre.

—Como soy tu amiga te voy a decir la verdad y no lo que quieres oír. Ponte a buscar tu amor propio y cuando lo encuentres, manda al carajo al mierda de tu novio, porque no te quiere y mucho menos te merece.

Se va cabreada y no la detengo. Ahora mismo no está en disposición de razonar y lo que le he dicho escuece lo bastante como para dejarlo reposar un rato. Podría haber medido mucho más mis palabras, lo sé. Pero también sé que es la única forma de que le calen. Tal vez a mí me venga bien tener presente las suyas. Recordarme llorando a lágrima viva por Óliver me ha agriado un poco la mañana.

Por suerte, soy especialista en mirar hacia otro lado. Resoplo fuerte, saco el aire de los pulmones y me dejo imbuir de nuevo por la holgazanería feliz de mi día libre. Porque los días libres no son para atormentarse; son para dormir, comer sin límite de calorías y follar como si nos lo fueran a prohibir.

Calculo que Óliver tardará unos quince minutos con el desayuno, así que aprovecho el momento para seguir escuchando la trilogía de Guillermo Luna. Cojo mis auriculares y el móvil de la mesita de noche y me recuesto sobre la almohada. Aunque mis esperanzas de encontrar al escritor fantasma sin ayuda de Cova son casi inexistentes, estoy enganchada a sus novelas sin remedio. Ayer empecé el tercer audiolibro y me quedé en una parte de lo más interesante.

Cuando empecé esta historia, supuse que el argumento giraría en torno a la trama policiaca y de misterio; sin embargo, no esperaba verme tan conmovida por los dos policías protagonistas. Se conocieron cuando eran niños y se fueron enamorando poco a poco, pero a ella la vida se le torció muy rápido. Cuando tenía quince años, su padre murió asesinado en el bosque y no encontraron al culpable. Después de eso, se vio obligada a irse a vivir con su tía a Berlín. Como ninguno de los dos estaba dispuesto a renunciar al otro, urdieron un plan para escapar juntos. Algo salió mal y creo estar a punto de conocer la razón.

Ella lo está esperando en la estación de Saint-Lazare, en París. Acordaron encontrarse en un punto intermedio entre Alemania y España. Lleva su billete en la mano y lo agarra con fuerza mientras se muerde el labio y mira de un lado a otro en el andén. El tren anuncia su salida inminente. Él todavía no ha llegado y a mí ya se me está partiendo el corazón por adelantado.

Saca el teléfono del bolsillo de sus vaqueros y lo llama. Un tono, dos tonos, tres tonos… No responde. «¿Y si se ha arrepentido y no viene?», se pregunta. Desecha la idea a la misma velocidad con la que su corazón late angustiado. «No, él nunca me haría eso». Seis tonos, siete tonos… «Ha tenido que pasarle algo», se dice. «¿Y si le han hecho daño?». Ese pensamiento le duele aún más. No sería la primera vez que alguien desaparece de su vida y muere de una forma horrible.

Tras colgar el teléfono al décimo tono, recibe un mensaje.

Piensa que es él para avisarle de que ya llega. Lo abre con dedos temblorosos y yo contengo la respiración con ella. Pinta mal, pinta muy mal, y solo quiero abrazarla y decirle que todo irá bien.

Escucho el mensaje que él envía. Ella no se lo puede creer y yo menos. Me obligo a ir hacia atrás y vuelvo a escucharlo. La voz del narrador es alta y clara:

«Lo siento, mereces mucho más. No llores por mí. No valgo la pena».

Hijo de puta.

Salgo de la habitación y bajo las escaleras corriendo, con el pulso enloquecido y esas palabras golpeándome la cabeza. Óliver me dejó una nota de despedida con ellas y las llevo tatuadas en la amígdala.

Hijo de puta.

Hijo de puta.

Hijo de la gran puta.

—¿Tanta hambre tienes que no puedes ni esperar? —me pregunta con una sonrisa en cuanto cruzo la puerta de la cocina. Está cortando un tomate sobre una tabla como si nada—. Pásame esas naranjas, anda.

Mis ojos siguen la dirección de su mirada y al final de la encimera veo un saco de malla lleno de naranjas.

—¿Cuántas quieres?

—Cuatro.

La primera que le lanzo le golpea en el pecho.

—¡Au! Pero ¿qué haces? —me pregunta alucinado.

Con la segunda apunto directamente a su cabeza y se tiene que agachar.

—¡Lúa, para!

La tercera la esquiva echándose a un lado en el último segundo.

—¡¿Qué cojones haces?! —me grita furioso, como si tuviera derecho a estarlo.

La cuarta no le roza ni de cerca, pero es que ya estoy demasiado cegada por la rabia y no consigo apuntar.

—Eres un mentiroso, Óliver. O mejor te llamo Guillermo.

Su ceño fruncido afloja y su rostro indignado se suaviza.

—El mensaje… —Echa la cabeza hacia atrás y suspira. Parece ¿aliviado? No me lo puedo creer—. Quería contártelo desde el principio.

—Los cojones.

—Te lo juro, Lúa. Quería, pero no podía.

—No solo no me contaste que eres Guillermo Luna, has fingido ayudarme y te has reído de mí. —Me llevo las manos a las sienes y me sujeto la cabeza. Mis pensamientos son ladrillos, cayendo uno encima del otro—. Dios, eres un cabrón y yo una completa imbécil.

—Escúchame, por favor.

—No pienso seguir escuchando tus mentiras. ¿Es que no te cansas de jugar conmigo?

—No, no, eso no es así —responde con impotencia—. Quería pasar tiempo contigo, lo admito. Y aunque no lo parezca, intentaba ayudarte.

—¿Ayudarme? —Me río con un chillido agudo y medio histérico—. Esto es surrealista.

—Puedo explicártelo todo, pero…

—Tarde, llegas tarde. Como siempre —sentencio—. No

creo nada que salga de tu boca y ni siquiera voy a hacer el intento. Aunque eso sí, me vas a ayudar. Me voy a encargar de que todo el mundo sepa quién eres.

—No, Lúa, así no, espera —me pide intentando acercarse a mí, pero yo ya me estoy alejando a toda prisa.

—Que te jodan, Óliver. Ya esperé bastante por ti.

No pienso esperar ni un segundo más.

29

Me siento en la arena, con la garganta seca y sin apenas aire en los pulmones. Mis gritos hacia el mar no han alterado ni un poco la serenidad del paisaje. El sol brilla sin una nube alrededor, la brisa es templada y las olas mueren alegremente con suaves susurros en la orilla de la cala. Al paisaje se la trae floja mi drama. En el orden natural soy un ser insignificante. Y casi mejor, porque si tuviera algún tipo de poder sobre el universo no sabría controlarlo y provocaría todo tipo de devastaciones, como los cuatro jinetes del apocalipsis juntos.

Sostengo el móvil en la mano y busco el teléfono de Charly en mi agenda de contactos. Ahora es a mí a quien le tiemblan los dedos, igualita que la protagonista de la novela de Guillermo Luna. También llamado Óliver Galván. También llamado cabrón miserable y mentiroso de mierda.

Una vez localizado el teléfono de mi antiguo jefe, solo tengo que darle al botón de llamada y ver qué pasa. No tengo una entrevista pactada ni ningún plan. Ahora mismo solo me impulsan la rabia y las ganas de hacerle daño. Son mi armadura y mi defensa, porque dentro de un rato, cuando me calme, solo me quedará la piel expuesta y esa fragilidad con la que no me llevo nada bien.

No sé qué es más patético, que me haya mentido o haberle dado la oportunidad de hacerlo permitiéndole entrar en mi vida por segunda vez. Como si no hubiera salido escaldada de la primera. Hay un dicho que me resume a la perfección: «Si me engañas una vez, la culpa es tuya. Si me engañas dos, es mía». Meneo la cabeza, cabreada conmigo misma mientras mi pulgar sigue indeciso, moviéndose sobre la pantalla, pero sin llegar a tocarla.

Nunca me he considerado ingenua; sin embargo, siempre lo he sido con Óliver. Lo fui la última vez que estuve en esta cala. En aquella ocasión no vine a gritar, sino a buscarlo a él, con la absurda intención de encontrar nuestros nombres escritos en la arena. Pero nuestros nombres ya se los había llevado el mar, y a él, el viento y un avión. Y aun así, después de aquello, seguí manteniendo la esperanza. ¿Ingenua? ¿Gilipollas? Llámame como prefieras.

Percibo movimiento por el rabillo del ojo. A esta playa nunca viene nadie y solo hay tres personas que podrían encontrarme aquí. Al menos la que lo hace es la mejor opción de todas. A ella no quiero amputarle ningún miembro.

Renata se acerca caminando despacio, con los zapatos en una mano y abanicándose con la otra.

—Ya podrías ahogar las penas en un bar como hace todo el mundo. Esto está en el quinto pino.

—La idea de venir tan lejos es para estar sola. ¿Qué haces aquí? —le pregunto extrañada.

—Óliver me ha dicho que estabas muy enfadada y supuse que te encontraría aquí —comenta parándose delante de mí con los brazos en jarras. Su figura me tapa el sol y su pelo rojo parece fuego bajo la luz.

—No me hables de Óliver, no quiero saber nada de él.

—No venía a hablarte de él en realidad.

—Perfecto, pues cuéntame otra cosa. —Dejo el móvil en la arena y fijo la vista en el mar—. Así me distraes y a lo mejor no hago lo que tengo muchas ganas de hacer.

Se sienta a mi lado con un gruñido incómodo.

—Muy bien. Pues te cuento que voy a cerrar el hostal y ponerlo a la venta.

—¿Qué? —Giro tan fuerte el cuello hacia ella que me hago daño.

—En un par de meses como mucho —dice sacudiéndose la arena de las manos.

—¿Qué? —repito entre idiotizada y alucinada—. No puedes cerrar el hostal. Si me dijiste que todo estaba bien. ¿Por qué todos me mentís?

—No te dije que estuviera bien, te dije que me las arreglaría yo sola —puntualiza levantando el índice—. Pero está visto que no puedo.

—Abuela, ¿por qué no me contaste nada?

—Porque tú tienes tus problemas y nunca te ha interesado mucho el negocio. Además, creí que podría solucionarlo. Una no se imagina que… —Niega con la cabeza—. Pensaba que el hostal moriría conmigo, no antes.

La pena reflejada en el rostro de la mujer más fuerte que conozco es una bofetada de realidad. Más que la de mis bragas volando en la tele. Jamás he visto a mi abuela tan cansada, tan derrotada. Ni siquiera me he fijado en que tiene ojeras, ni tampoco en que sus mejillas parecen más hundidas de lo habitual. Porque no me he molestado en mirar en su dirección. Estaba demasiado ocupada contemplándome el ombligo. Un aplauso para mí. Viene con el premio a la nieta más egoísta del año.

—Yo te abandoné a ti —susurro.

—¿Cómo?

—Marcos se murió, Óliver me abandonó y yo te abandoné a ti.

—Tú tenías que irte y vivir tu vida. —Hace un aspaviento con la mano—. Eras una cría.

—Sí, pero ya no lo soy. Y pude volver de vez en cuando.

—Eso me hubiera gustado, no te lo niego. Me da mucha pena que solo te quedaras con lo malo de este lugar.

Mi relación con este pueblo ha sido la de un fracaso sentimental de los malos. De esos de los que no sales igual que entraste. De los que son una mezcla enrevesada de amor, odio, dolor y más dolor camuflado de indiferencia. Pero eso no tiene nada que ver con Renata. Ella es todo lo que tengo. Y ahora, más que nunca, yo soy todo lo que ella tiene. Joder, que Dios nos asista.

—Abuela, seguro que podemos hacer algo con el hostal para que no tengas que venderlo.

—No se puede, Lúa.

—¿Cómo que no? Yo estoy aquí ahora y puedo ayudarte. Puedo hacer mucho más que limpiar habitaciones y retretes. De hecho, me encantaría hacer algo más.

—Tengo deudas y el hostal necesita arreglos y una reforma. Lo has visto tú misma. Como no tengas una fuente mágica de la que sale dinero a chorros no hay mucho que hacer.

—¿Tú quieres cerrarlo?

—Claro que no —manifiesta con vehemencia—. Ese hostal es mi vida. Tu madre se crio ahí y tú también.

—Vale, pues buscaremos la manera —respondo con decisión y mi cabeza empieza a maquinar—. Lo primero que necesito es ver las cuentas para hacerme a la idea del problema. A lo mejor tenemos que cerrar temporalmente y mandar a Alba a casa… Por Óliver ni te preocupes, se puede ir a la puta calle. No necesita el sueldo.

—Eso ya lo sé yo.

—Vieja Bruja, no me vengas ahora con que tú también sabías que es Guillermo Luna porque me…

—¿Óliver es Guillermo Luna? —Se sobresalta como si le hubiera dado una descarga eléctrica. Vale, igual me he adelantado—. No tenía ni idea. Hija, ni en las cartas soy capaz de ver eso.

—Entonces ¿por qué sabes que no necesita el sueldo?

—Supongo que no tiene sentido ocultarte esto más, ahora que ya estás al tanto de lo que pasa con el hostal.

—¿El qué? —gruño.

—No, no te enfades por adelantado, porque entonces no te lo cuento —me amenaza muy digna.

—Vale, no me enfado —le prometo para que siga hablando.

—Cuando puse una oferta para contratar a alguien en cocina, Óliver respondió. El día que se presentó en el hostal casi lo echo a escobazos. Pero fue el único que apareció. Tampoco era de extrañar, el sueldo era de risa, la verdad. Yo no podía permitirme pagar más, así que me vi obligada a contratarle. —Se encoge de hombros—. Hace tres meses le dije que no podía seguir pagándole y que pensaba ocuparme yo misma de las comidas. Al día siguiente, se presentó en la cocina como siempre e hizo su trabajo. Y ha seguido viniendo cada día sin falta. Así que sí, sé que Óliver no necesita el dinero porque trabaja gratis.

—No lo entiendo.

—Yo sí. Para ver cuánto te quiere alguien solo tienes que fijarte en cómo trata a los que quieres tú.

—No, abuela, me ha mentido.

—¿Le has dejado explicarse?

—No, ni pienso darle la oportunidad.

—Ay, de verdad, unos tanto y otros tan poco. —Menea la cabeza mirando al cielo, como si este fuera su aliado—. En mi época los matrimonios se aguantaban de todo. A veces demasiado, claro, pero es que ahora os rendís a la primera de cambio.

—¿A la primera de cambio? ¿Te parece poco los siete años en los que desapareció de mi vida y que ahora me siga mintiendo mientras yo hago el ridículo buscando a Guillermo Luna por todo el pueblo como una anormal?

—A ver, el chico es para darle de comer aparte, no te digo yo que no. Pero tú también. Siempre has tenido las ideas muy claras y la cabeza muy dura. Ahora, por ejemplo, no hablas tú, sino tu orgullo herido.

—No es solo mi orgullo. La chica de veintitrés años que se quedó destrozada por él y se juró no perdonarlo también tiene algo que decir al respecto.

—Eso no deja de ser orgullo. —Hace un mohín—. ¿Y por qué no te preguntas si la mujer que serás te perdonará a ti? ¿Qué pasa si le quitas a ella la oportunidad de ser feliz con Óliver?

—No sabía que te había contratado como su abogada defensora —mascullo cogiendo un puñado de arena que dejo resbalar entre mis dedos.

—Ay, mira, cuando te pones respondona y te sale esa vena Aries eres insufrible. ¿Te crees que no me partía el alma verte llorar por él hasta quedarte dormida? —recuerda con pesar—. Pero al final seguiste con tu vida. Él no... Hija, esto no te lo digo para defenderlo. Ni tampoco lo sé por bruja ni por pura intuición. Es lo que veo todos los días. Óliver no está en paz consigo mismo y sigue sufriendo por lo que te hizo.

Me froto las manos despacio, sintiendo la rugosidad de la arena en las palmas. He pasado los últimos siete años convencida de que no le importaba y por eso se fue. A falta de una explicación por su parte, era lo más sencillo de creer. Con Óliver el cabrón sabía qué hacer, pero con el mártir no tengo ni idea.

—No puedo evitar pensar que... quererlo a él supone dejar de quererme un poco a mí.

—Lúa, tienes amor de sobra, para ti misma y para los tuyos. Si no lo quieres, olvídalo de una vez. Pero si lo quieres, hazlo con todo, porque andar entre Pinto y Valdemoro ya te digo yo que no es buena idea. Querer a medias es lo que nunca sale bien. Y asume que nunca lo sabrás todo sobre la otra persona. Hay que confiar y aceptar la incertidumbre, porque es la única forma de amar con tranquilidad.

Estoy a punto de ladrarle que me está calentando la cabeza ella más que el sol, pero lo que dice tiene su lógica. Aunque yo no me vea capaz de asumir esa incertidumbre ahora mismo.

—No sé… A lo mejor en otra vida nos volvemos a encontrar y podemos ser…

—No necesitas esperar una reencarnación para eso, puedes cambiar el rumbo las veces que tú quieras en esta vida. Cada vez que perdonas, cada vez que vuelves a querer.

—En la práctica no es tan fácil. Me da miedo quererlo, me da miedo perdonarlo y me da miedo no recuperarme de él esta vez si la cosa sale mal.

Renata suspira con esa mezcla de comprensión e incomprensión que le otorgan las canas. Aunque ella se las tiña.

—A vosotros os ha tocado vivir en un mundo al revés. En uno en el que sentir da vergüenza y perdonar parece una muestra de debilidad… Es una lástima.

No me da tiempo a procesar las últimas palabras de mi abuela porque Cova aparece corriendo por la playa y gritando mi nombre como una histérica. ¿Desde cuándo hay *overbooking* por aquí?

—Chata, respira que te va a dar algo —le pide Renata en cuanto esta se para delante de nosotras sin aliento y con la lengua fuera.

—Dime que no se lo has contado a nadie —balbucea exhausta y se inclina para apoyar las manos en las rodillas.

—Cova, no estoy de humor para que ahora vengas tú a sacarle las castañas del fuego a tu amigo. Bastante tengo con su abogada aquí presente.

—Lúa, ¿se lo has contado a alguien?

—Sí, he llamado al rey y a las infantas.

—¡Lúa! —me grita sacando fuerzas hasta de donde no las tiene.

—¡Todavía no!

—No puedes hacerlo. No puedes contarlo.

—¿Y por qué coño no puedo?

—Porque yo soy Guillermo Luna.

30

Cova

Lúa alza la barbilla y entorna los ojos. No dice nada. Solo me observa en silencio. Eso me inquieta bastante más que si se levantara y me persiguiera por la playa con intención de ahogarme en el mar. El silencio se alarga. Hasta Renata contiene un poco la respiración a su lado. Ninguna de las dos sabemos si estallará, y si lo hace, hasta donde alcanzará la onda expansiva.

—Tú eres Guillermo Luna —habla por fin, con un tono pausado y asintiendo con la cabeza rítmicamente— Ya... Pues fíjate, qué casualidad, porque resulta que mi abuela es Guillermo Luna. Y el carnicero también es Guillermo Luna.

—Te estoy diciendo la verdad —mascullo entre dientes, indignada por su incredulidad. Con Óliver no dudó ni un segundo.

—Tu tía, la coja, también es Guillermo Luna —continúa—. Elvis, que sigue vivo, también es Guillermo Luna.

Y ya puestos, yo también soy Guillermo Luna. Oye, ¿por qué no hacemos un hashtag? *#TodosSomosGuillermoLuna*.

—¡Lúa, joder! —Me revuelvo en el sitio—. Que no es ninguna broma. Yo soy Guillermo Luna y Óliver también lo es. Los dos lo somos. Y no puedes descubrirle a él sin descubrirme a mí. Así que, si todavía te importo algo, no lo hagas —le suplico llevándome las manos al pecho, sintiendo el martilleo estrepitoso de mis latidos—. Por favor, no lo hagas.

Se vuelve a quedar en silencio unos segundos y finalmente parpadea como si acabara de salir de un trance.

—¿Me lo estás diciendo en serio?

—Sí, es lo que intento.

—¡La madre que os parió!

—Yo mejor me vuelvo al hostal. —Renata comienza a levantarse y le tiendo la mano para ayudarla a ponerse en pie—. Así os dejo tranquilas para que solucionéis vuestras cosas.

Me da unas palmaditas cariñosas en la mano y comienza a alejarse.

—Renata… —La llamo en cuanto da un par de pasos y siento que pierdo el control de la situación.

—De mi boca no va a salir jamás. Por eso no te preocupes —me tranquiliza.

—Gracias.

Cuando se va, me siento en el lugar que acaba de dejar libre. Apoyo las manos en la arena y estiro las piernas. Los músculos me arden de tanto correr. Cuando Óliver me llamó hace un par de horas no oí el teléfono. Y cuando vi su mensaje, un escueto «ya lo sabe», casi me da algo. Al menos he llegado a tiempo. O eso espero. No tengo muy claras las intenciones de Lúa respecto a nuestro secreto. De momento, se limita a mover la cabeza de un lado a otro. Creo que sigue medio en shock.

—La foto de la cafetería en la cuenta de Instagram de Guillermo Luna era tuya. Fui contigo algunas veces. Por eso la conozco —recuerda.

—Me gusta esa cafetería. Al principio, iba allí a escribir. Me hacía sentir importante, como si fuera una escritora de verdad. Todavía tengo que convencerme de que lo soy.

—Pero… —Arruga la frente y de su boca salen una serie de sonidos cortos e inteligibles. No sabe ni por dónde empezar. La comprendo—. ¿Cómo…? ¿Cómo pasó?

Esa pregunta engloba muchas otras y no tengo su palabra de que esta conversación vaya a quedar entre nosotras y el mar, pero tendré que arriesgarme.

Le cuento cómo empecé a escribir. Fue hace años, cuando ella ya se había ido del pueblo. Comencé con unas ideas sueltas que fueron el germen de una historia que se instaló en mi cabeza y empezó a perseguirme, día y noche, pidiéndome que le diera una salida. Tenía cierto instinto para escribir; no obstante, me sentía insegura con cada golpe de tecla y algo acomplejada, ya que no contaba con formación de ningún tipo. Decidí apuntarme a un curso de escritura online y lo disfruté muchísimo. Aquello me animó y me dio el empujón necesario para dar forma a un guion de la historia que habitaba en mi cabeza.

Le conté a Óliver lo que estaba haciendo. Él estaba en algún lugar perdido del mundo, no recuerdo dónde. Hablábamos a menudo, creo que porque los dos nos sentíamos un poco solos. Yo suponía que no le daría mucha importancia al asunto, pero se ofreció a leerse aquel guion y darme su opinión. Se lo envíe por correo, muerta de nervios, y al día siguiente me llamó a primera hora, aunque todavía era de madrugada para él. No había podido parar de leer y le encantaba. En un primer momento, no le tomé en serio. Había un hilo conductor, aunque no dejaba de ser una amalgama de notas y diálogos sueltos. Óliver insistió en que aquello tenía mucho potencial y entonces recordé que él no era de los que hacen cumplidos gratuitos. Durante esa llamada empezamos a intercambiar puntos de vista. Óliver tenía unas cuantas ideas interesantes y le pedí que me echara una mano. Fue a él a quien se le ocurrió la historia de amor entre los dos policías protagonistas.

Siete meses después, con mucho trabajo de por medio y tras infinitas videollamadas y correos, autopublicamos la primera novela de la trilogía de *El bosque maldito*. A mí me daba mucha vergüenza utilizar mi nombre real, y eso que creía que nadie nos iba a leer. De ahí el pseudónimo. Pero la primera novela empezó a tener éxito gracias al boca a boca y nada más terminar la segunda, le envié el manuscrito a mi profesor del curso de escritura, con quien ya tenía confianza, para que me diera su opinión. Tras leerlo me pidió permiso para enviárselo a una editora con la que tenía buena relación. El resultado fue un contrato de tres libros con una editorial de las grandes. Recuerdo leer aquel contrato unas cincuenta veces. No buscaba la letra pequeña, simplemente no me parecía posible que aquello estuviera sucediendo de verdad.

Publicamos a cambio de seguir conservando el anonimato. Lo del secretismo fue por mí. A Óliver le daba igual. Los libros siempre fueron mi refugio, mi lugar seguro. Pero cuando se trata de los míos sufro una especie de bloqueo mental y verbal. Es como cuando iba al colegio y había que presentar un trabajo en voz alta. Todo el mundo me miraba de repente y yo me hacía pequeña, muy pequeña. Por eso Guillermo Luna no acude a firmas de libros o a ferias y solo hace entrevistas en prensa escrita y a través de su editorial.

—Tengo muchas preguntas —asegura Lúa cuando termino mi resumen de los últimos cinco años de mi vida como escritora.

—¿Tus preguntas son como periodista o como amiga?

—Como amiga…, aunque una amiga bastante despechada por haber sido engañada —añade.

—Pregúntame.

—Si no querías que nadie te encontrara, ¿por qué Wikipedia sabe que Guillermo Luna vive en un pueblo de tres mil habitantes?

—Un error de cálculo —admito—. La editorial accedió a que firmáramos con un pseudónimo, pero nos pidió unos datos básicos sobre el autor, porque una cosa es ser anónimo y otra ser un fantasma. En aquel momento no me importó decir que Guillermo Luna vivía aquí. No me parecía muy relevante porque no imaginé vender dos millones de ejemplares ni en mis mejores sueños. No sabía que se convertiría en algo tan gordo.

—¿Y toda esta película de que tú te ocupas de su casa?

—Cuando empezamos a ganar dinero, bastante dinero, me busqué un gestor y me recomendó invertir en fondos o en patrimonio inmobiliario, así que terminé de pagar la hipoteca de la casa donde vivo y compré la famosa casa de Guillermo Luna, en la que tú intentaste colarte. Pensé que si en el futuro las cosas no van tan bien como ahora, al menos tendré una casa que pueda vender o alquilar a los turistas. Además, necesitaba un sitio tranquilo donde escribir sin que Alba se enterara. Y tengo una bañera de hidromasaje que es una pasada.

—¿Alba tampoco lo sabe? —chilla—. ¡Cova, que es tu hija!

—Ya, ya lo sé, pero se le escapa todo. Iría con el cuento a sus amigas en cinco minutos. En diez lo sabrían ya Encarna y Gloria, y media hora más tarde se habrían enterado hasta en la frontera con Portugal.

—Pero si Guillermo Luna sois Óliver y tú, ¿a quién coño han visto saliendo de tu casa y rondando por el pueblo?

—A Gustavo, mi profesor del curso de escritura. Aunque yo lo considero mi mentor. Me ayudó tanto con el proceso creativo y después con la editorial que acabamos siendo amigos. Y como le encanta el norte, le presto la casa algunos fines de semana y en verano… Puede que fuera yo la que hizo correr un poquito la voz de que él era Guillermo Luna.

Lúa resopla fuerte y se aprieta el puente de la nariz.

—Creo que me va a estallar la cabeza.

—¡Dímelo a mí! Vivo con pánico desde que te pusiste a husmear. Hasta he tenido pesadillas con los paparazzi persiguiéndome.

—A ver, que tampoco eres Lady Di —señala con una ceja

arqueada—. Y créeme, yo nunca lo habría descubierto si Óliver no hubiera reproducido literalmente las palabras que más daño me han hecho en toda mi vida para que dos millones de personas pudieran leerlas. Aunque ahora que sé toda la verdad, terminaré de escuchar el último audiolibro. Ya estaba pensando en comprar un ejemplar en papel solo para poder quemarlo.

—Se siente fatal, Lúa. Si no te lo contó fue porque yo no le dejé. No era solo su secreto. Y respecto a esas palabras, las reconocí en su día, pero nunca hablamos sobre ello. Supongo que fue su catarsis. Óliver nunca ha sido capaz de hablar de ti, así que escribió. No deja de ser curioso —comento esbozando una pequeña sonrisa—. Yo puse toda la sangre en la historia y él puso el corazón.

—Ya, resulta que Óliver es maravilloso. A veces. Cuando no lo es, se guarda demasiadas cosas, y cada vez que creo que lo conozco me llevo una sorpresa. O un disgusto. Me dice que me quiere y que nunca me ha olvidado, pero desapareció siete años. Yo qué sé, Cova… —Agacha la mirada y aprieta los labios—. No entiendo nada.

—¿Sabes por qué nos llamamos Guillermo Luna?

—No, resulta que mis dotes de detective son una mierda. Aunque ya podrías haber escogido un pseudónimo femenino. Un poquito de empoderamiento y eso.

—Guillermo es el protagonista de *El nombre de la rosa*, que es el primer libro que me despertó las ganas de escribir. El apellido lo escogió Óliver. ¿Eso no te dice nada?

—Te acabo de reconocer que no soy muy hábil deduciendo.

—El nombre de Lúa es una variante de…

Abre los ojos cuando lo comprende.

—Luna.

—Te quiere y nunca te ha olvidado. Lo conozco. Lo sé.

—Sí, esa parece ser la opinión popular. —Hace un mohín—. Por cierto, si has escrito una trilogía superventas, ¿por qué sigues trabajando en el supermercado?

—Porque es lo que conozco. —Me encojo de hombros—. Como escritora todavía me siento como una especie de intrusa. Ahora estamos terminando otra historia y cada vez que cierro un capítulo tengo la sensación de no ser capaz de continuar con el siguiente. No sé cuánto tiempo me durará la suerte.

—Ay, Covadonga, te mereces un abrazo y un tortazo, las dos cosas.

—El tortazo que sea verbal. El abrazo nos lo podemos dar, si tú quieres.

Antes de que me dé cuenta se abalanza sobre mí y me estruja. Yo no me quedo atrás y la abrazo también muy fuerte.

—Te he echado mucho de menos, Bella.

—Y yo a ti —murmuro contra su hombro.

Se me cae una lágrima cuando nos separamos y ella me la limpia con el pulgar.

—No, no me llores, porque si lloras no voy a poder decirte que eres tonta.

—Menos mal que no puedes.

—Pero muy tonta. Tontísima.

—Vale, ya lo pillo.

—No, qué va. Cova, tienes un talento increíble. Deberías estar orgullosa de ti misma y deberías reivindicar lo que es tuyo. Gritárselo al mundo. Pero es tu decisión —añade antes de que yo pueda objetar nada—. Yo no te voy a quitar la oportunidad de hacerlo si algún día estás preparada. Te lo prometo.

Y la creo. Es mi mejor amiga.

31

Óliver

Marcos me dio un abrazo largo y sentido en el cementerio el día que enterramos a mi padre. Yo correspondí el gesto a medias y un poco rígido. Las muestras de afecto en momentos así no se me dan bien. Me incomoda tener que sentir y actuar según lo socialmente establecido, como si las emociones vinieran ya prefabricadas. Las mías estaban bloqueadas. Llevaban meses así. Excepto cuando se trataba de ella.

Lúa estaba parada junto a Marcos, esperando para darme el pésame. Se la veía tan seria, tan palo y tan poco ella que me entraron ganas de sonreír. No lo hice.

El cielo lucía gris oscuro, pero hacía calor. Era uno de esos días de bochorno pegajoso y desagradable que terminaría por explotar en forma de tormenta. Sin embargo, cuando Lúa me abrazó me sacó del cementerio y me transportó a otro lugar. A una playa exótica. La culpa fue de su pelo. Olía a coco y a verano. Inspiré un poco el aroma y lo atraje a mis pulmones, y eso que a mí no me gustaba especialmente el olor del coco. Pero en ella sí. Solo quería tirar de su mano y llevármela conmigo para escaparnos muy lejos e irnos en busca de aquella playa.

Dicen que el olfato es el sentido que más recuerdos evoca. Yo no tenía recuerdos con Lúa, únicamente podía imaginarlos. Eso se llama «nientitud». Es la nostalgia y la melancolía que sentimos por cosas que nunca han sucedido.

Me aparté de Lúa y carraspeé. Tuve que recordarme que ella no era la chica para mí. Marcos lo confirmó cogiéndola de la mano —él sí podía hacerlo— y entrelazando sus dedos. Lúa buscó mi mirada y yo decidí ignorarla, aunque quemara por dentro. Ya la había estado evitando con éxito durante más de un mes, concretamente desde la noche en que nos besamos. Ella tampoco había protestado. Supongo que el empeoramiento en la salud de mi padre y su inminente muerte me proporcionó una excusa inapelable.

Lo peor de todo es que en ese espacio de tiempo, Marcos se había propuesto ser mejor novio y también mejor amigo. Al salir del cementerio, se ofreció a quedarse conmigo en casa unos días y ayudarme en todo lo que necesitara. Le dije que no, porque cuanto más se esforzaba él, menos ganas tenía yo de que lo hiciera. Marcos me estorbaba, en el más amplio sentido. Y no era su culpa, sino mis remordimientos los que me obligaban a imponer cierta distancia. Estaba enamorado de su novia y aquello, sencillamente, no podía ser.

Ese razonamiento se fue a paseo aquella misma madrugada cuando le envié un mensaje a Lúa: «Necesito que el mundo sea más grande. ¿Vienes?».

«Voy», contestó pocos segundos después.

Mi padre acababa de morirse tras una larga y agónica enfermedad y no me apetecía estar solo. Así me justifiqué a mí mismo. En realidad, la soledad no me molestaba. No quería estar lejos de ella, que era muy distinto. El amor y el dolor se asemejan en algo; cuando son muy intensos barren todo lo que hay alrededor. Incluido a tu mejor amigo.

Lúa apareció en la iglesia quince minutos después de responder mi mensaje. Llevaba una sudadera rosa y unos vaqueros claros. Unos cuantos mechones de pelo rubio escapaban de su moño medio deshecho y sus ojos parecían esforzarse por vencer al sueño. Era la una y pico de la mañana y estaba bastante claro que mi mensaje la había despertado.

—¿Qué llevas ahí? —le pregunté al ver que sujetaba un táper de plástico.

—La vida es menos perra con croquetas —aseguró muy convencida—. Y las de mi abuela son las mejores.

En aquel momento, entendí que a veces el amor se toma su tiempo para pintarse los labios de rojo y otras veces sale corriendo y sin peinarse con un táper de croquetas bajo el brazo. Y también en ese mismo momento, me rendí. Me rendí completamente ante ella, aunque no se lo confesara.

Nos comimos las croquetas sentados en el suelo, que estaba sucio y estropeado, pero no nos importó. Y tuve que reconocerle que estaban buenísimas. Mejor que las que preparaba yo en el restaurante. Lúa me preguntó qué pensaba hacer, si me iría pronto del pueblo como tenía previsto. Le expliqué que esperaría un tiempo por mi madre y eso pareció tranquilizarla a ella más que a mi propia progenitora.

También quiso saber si llegué a tener aquella conversación importante con mi padre y a la que tantas vueltas le había dado. Respondí que sí, aunque no le detallé el contenido de la misma. En realidad, fue él quien habló conmigo y no al revés poco antes de morir. No me dijo que me quería ni nada similar, solo aprovechó un momento en que mi madre había salido de la habitación para darme un consejo: «Si de verdad quieres a alguien alguna vez, no te conviertas nunca en el sacrificio de su vida».

En su caso hablaba la enfermedad, un buen cóctel de medicamentos y el sentimiento de culpa. Nunca me había parado mucho a pensar en mi madre, en todo lo que había dejado de lado —su vida entera— por cuidar de mi padre. Eso era amor y lo demás… Lo demás era otra cosa.

De todas formas, la conversación no fue todo lo melodramática que las circunstancias imponían. Lúa era Lúa y me hizo reír a carcajadas. Recuerdo que me contó que era malísima imitando los acentos y cuando se puso a intentarlo empecé a reírme sin poder parar. Se le daba de pena. Era horrible. Así que sí, me hizo reír hasta que se me saltaron las lágrimas el mismo día que enterré a mi padre.

Nos fuimos a mi casa cuando empezaba a llover y ella, a bostezar. Abrí la puerta y entramos los dos sin mediar palabra. Lo dimos por hecho. Eran las cuatro de la madrugada, una hora más que razonable para despedirnos, pero no ocurrió. Ninguno de los dos quería decir adiós.

Le propuse dormir en la habitación que estaba junto a la

mía, obligándome a establecer un límite. Un límite que yo mismo rompí unos minutos después de darnos las buenas noches.

—Hola —susurré llamando con los nudillos a su puerta, que había dejado abierta.

—Hola. —Se incorporó en la cama y un relámpago iluminó la habitación como en una película de miedo, seguido de un trueno que hizo temblar hasta las paredes. O a lo mejor era yo el que temblaba.

—La tormenta es bastante fuerte.

—Sí, ¿a que es genial? —apuntó entusiasmada abriendo mucho los ojos—. Siempre he querido cazar tormentas. En Estados Unidos lo hacen. Lo vi en un documental.

—Y yo que venía esperando que te diera miedo.

—¿Por qué?

—Porque así tendría una excusa para abrazarte. —Me froté la nuca, sintiéndome un poco ridículo—. Pero a ti no te da miedo nada.

—Podemos fingir que la tormenta te da miedo a ti y te abrazo yo.

Me valía cualquier cosa, así que me acerqué a la cama, me metí bajo las sábanas y me tumbé boca arriba. Ella apoyó la cabeza sobre mi hombro y se acurrucó junto a mí. Su pelo me rozó la barbilla y me hizo cosquillas. Decidí que el coco iba a ser mi nuevo olor favorito.

Posó su mano a la altura de mi corazón y este la emprendió a golpes contra mi pecho. Me quedé inmóvil, como una maldita momia, y contuve el aliento. No quería respirar demasiado fuerte por si eso la obligaba a moverse, a alejarse un solo centímetro de mí.

—Sí que hay cosas que me dan miedo —musitó—. Me da miedo que no sientas por mí lo que yo siento por ti. Y me da miedo decírtelo porque sé que eso va a cambiar las cosas entre nosotros y no quiero perder lo que tenemos por nada del mundo… Sea lo que sea.

Mi corazón se desbocó. Mi cuerpo estaba hablando y yo no podía quedarme callado. De lo contrario habría reventado.

—A lo mejor hasta te llevo ventaja —susurré con la vista clavada en el techo y tragué saliva—. Te quiero.

Ella apartó la cabeza de mi pecho enseguida y me miró con sus enormes ojos azules. No se esperaba algo tan contundente por mi parte. No sé si esperaba algo, la verdad. «A la mierda», pensé. Era cierto. La quería. Estaba loco por ella.

—Dejémoslo en empate. Yo también te quiero.

Se acercó a mí y frotó suavemente su nariz con la mía un par de veces. Creo que los dos necesitábamos unos segundos para prepararnos. Nuestro primer beso había surgido sin buscarlo, pero el segundo fue el importante. Lo rondamos, lo perseguimos, era un punto de no retorno. Y cuando ocurrió, a mí me dio igual todo lo que no fuera Lúa. Lúa y su boca, el arco que dibujaba su cuello, la forma en la que se marcaba su clavícula, la piel de sus pechos erizándose bajo el toque de mis dedos, el movimiento imparable de sus caderas contra mi dureza…

Me tomé mi tiempo y dejé un reguero de besos por su cuerpo antes de colocarme sobre ella. Cuando me hundí entre sus piernas, se contrajo a mi alrededor y gimió en mi oído. Fue el mejor sonido del mundo. La miré a los ojos y me miró.

Sonreí. Sonrió. No se trataba de una cuestión puramente física, aunque el deseo fuera brutal por sí solo. Había practicado sexo unas cuantas veces a mis veintitrés años, pero nunca había sentido nada parecido. De hecho, me di cuenta de que no tenía ni puta idea del significado de la palabra «sentir». De su magnitud. Hasta ese momento. Hasta ella.

Definitivamente, los dos íbamos de cabeza al infierno. Y me daba igual. Entraríamos juntos de la mano.

32

Óliver

Lo de pasar la madrugada en una vieja iglesia destartalada, como solía hacer cuando tenía veintitantos, ya es más costumbre que necesidad. Por mucho que mire hacia el mar buscando respuestas, nunca las encuentro. A la vista está que no he aprendido nada. Para ser una persona más bien reflexiva, lo estoy haciendo de pena.

¿Recuerdas esas películas en las que el día se repite una y otra vez y el protagonista debe encontrar la manera de salir del bucle? La solución casi siempre consiste en mirar dentro de uno mismo, comprenderse y aprender una lección de vida. La mayoría de las historias siguen esa estructura clásica tipo viaje del héroe, el modelo básico de relato. Y tengo bastante claro que si algo así me pasara a mí, fracasaría estrepitosamente. Me quedaría atascado en ese bucle y la película nunca acabaría. Es justo lo que hago con Lúa, equivocarme una y otra vez. Supongo que porque nunca he sabido ser el héroe y me porté con ella como el villano de la historia. Tal vez mi castigo sea quererla siempre y no poder alcanzarla nunca. Y sí, digo siempre. Y no, no soy de los que hablan por hablar.

A los veintitrés años me dio miedo enamorarme de la novia de mi mejor amigo. No es algo que uno planee por elección propia. Pero Lúa me ganó la partida con pequeños detalles que al final formaron un todo. Que me llevara esas croquetas cuando murió mi padre, por ejemplo. Sus salidas de tiesto. Sus ganas de que el mundo fuera más grande. Su boca, que ya sabía que estaba hecha a la medida de la mía incluso antes de besarla por primera vez. Su valentía por haber estudiado Periodismo cuando tenía serias dificultades para leer y redactar. Que siempre estuviera cómoda con sus sentimientos. Que sacara pecho cuando le hacían un cumplido en lugar de avergonzarse. Que me hiciera reír siempre.

Ahora que tengo treinta años, lo que me da miedo es haberme sentido así con ella y ser consciente de que no me va a ocurrir con nadie más. Aunque Lúa haya cambiado, sigue siendo la misma en lo esencial. No ha perdido esa vena macarra, por mucha ropa cara que se compre, ni ese carácter apasionado. Cualquiera que la haya visto en la televisión o haya pasado una tarde con ella, te dirá que es una bomba. Pero hasta las que explotan tienen un tiempo limitado de vida después de la detonación. Para mí, Lúa no es la explosión, sino una consecuencia de la misma. Es la metralla que te perfora la piel y cuyas esquirlas se te quedan dentro… Consiénteme estas intensidades, por favor. No suelo compartirlas con nadie y por algún lado tienen que salir. Si obviamos, claro, que incluí una adaptación libre de nuestra historia en tres novelas de asesinatos rituales y muchas vísceras. Soy un romántico gore y deprimente.

No digo que, con el tiempo, no pudiera mantener una relación con otra persona, incluso gozar de relativa felicidad. Pero sería como vivir a medio gas y a mí no me sirve. Por no mencionar que tampoco podría darle a otra lo que se merece por derecho propio: un amor al completo y no las sobras de un tipo que se conformó por cobarde y gilipollas.

El crujido del suelo en la planta baja me advierte que tengo compañía. Conozco sus pasos mejor que los míos. Aparto la vista de ese mar que no me proporciona respuestas y me doy la vuelta cuando ella sube el último escalón.

—Me mentiste —afirma Lúa en un tono severo que supongo también irá acompañado de un gesto serio. Sin embargo, apenas puedo intuir las curvas de su rostro en la oscuridad.

—Sí.

—Pero no querías mentirme.

—No.

—Querías que lo averiguara por mi cuenta, por eso me animaste tanto con el audiolibro.

—Sí.

—Y trabajas gratis para mi abuela.

—Sí.

—Querías ayudarla porque me quieres a mí.

—Sí.

—Oye, teniendo en cuenta que tú eres el escritor, deberías dejar los monosílabos y currarte un poquito más la reconciliación —me advierte cambiando el tono por uno más mordaz y burlón.

Eso me da el valor necesario para caminar unos cuantos pasos y acortar la distancia que nos separa.

—Probablemente necesitaría escribir otra trilogía para disculparme, pero tú lo has resumido todo bastante bien y no salgo del todo mal parado, así que prefiero no tentar a la suerte.

—He hablado con Cova, aunque supongo que ya estarás enterado.

—Sí, me lo dijo.

—No voy a contar nada a nadie.

—Lo sé. Tú nunca la venderías.

—A ti tampoco… —Frunce el ceño y tuerce la boca—. Bueno, creo, no sé… Me has cabreado mucho.

—Lo entiendo.

—Te lo juro, Óliver, hay veces que te quiero matar. Y otras veces…

—¿Y otras veces? —la animo a continuar cuando se queda en silencio.

—Y otras veces muero contigo. A veces, incluso me pasa todo al mismo tiempo. —Coloca los brazos en jarras y deja salir un montón de aire—. Sabía que estarías aquí y no pensaba venir. Pero cuando se trata de ti, siempre hago lo contrario de lo que me propongo. Eres como una puta cortina de probador, ¿sabes? De esas que intentas cerrar por los dos lados para que la gente no te vea medio en pelotas con un sujetador y unas bragas que no van a juego. Intento cerrarte y cerrarte, pero no hay manera.

No puedo evitar sonreír por la comparación. Me ha llamado «puta cortina», aunque yo me he referido a ella como «metralla», así que tampoco me voy a quejar.

Agarro sus manos y las coloco alrededor de mi cuello. No se opone a mi contacto, así que rodeo su cintura.

—Adoro el extraño y maravilloso funcionamiento de tu cabeza.

Entrecierra los ojos como si estuviera estudiándome. Por un segundo pienso que no puedo tener tanta suerte y que me va a lanzar de un empujón por la ventana a lo *Juego de tronos*.

—Escúchame y escúchame bien. Esto va por ti, por Guillermo Luna y por cualquier otra personalidad que te guardes ahí dentro. —Me señala con el índice en el centro del pecho—. No quiero ni un secreto más, te lo advierto. Lo único que puedes esconderme son mis regalos de cumpleaños… A ver, que si te la meneas en la ducha pensando en Scarlett Johansson, tampoco hace falta que me lo cuentes —me aclara, muy a su estilo—. No necesito saberlo todo de ti, Óliver, pero no me escondas lo importante.

—Entendido. Aunque cuando me la meneo en la ducha pienso en ti. Puestos a ser sinceros.

—Qué poca imaginación gastas para ser escritor. El chorro de mi ducha a veces es Chris Hemsworth, otras veces es Harry Styles, Adam Levine, Jamie Foxx, Blake Lively si me da por jugar en otro bando…

Interrumpo la enumeración de sus fantasías eróticas con un beso. Ella me corresponde con ganas y me olvido de que hay algo que sigo guardándome para mí. Más bien, lo sepulto en alguna parte profunda de mi cerebro. Ese secreto ya me quitó siete años y no voy a consentir que me robe el resto de mi vida con Lúa.

33

Suspiro satisfecha frente a la pantalla del portátil que Óliver me prestó hace unas semanas. Estoy sentada en mi cama, que he convertido en mi espacio de trabajo. Los ojos me hacen chiribitas y siento el pulso en las sienes, pero estoy demasiado emocionada como para quejarme. Cuadrar las cifras ha sido un infierno de presupuesto, control de gastos e interminables llamadas al banco y a mi asesor fiscal, pero creo firmemente en nuestras posibilidades. Y nunca, en toda mi vida, me he sentido tan útil.

Salto de la cama y recorro el hostal en pijama. Son casi las dos de la mañana, pero mi abuela lleva meses sin conciliar el sueño pensando que tendrá que renunciar a su casa, por lo que se alegrará de que la despierte para contarle que eso no va a ocurrir a corto plazo.

Como no pretendo causarle un infarto, cuando llego a su habitación abro la puerta despacio y con cuidado para no hacer mucho ruido.

—¿Vieja Bruja? —susurro para que sepa que soy yo.

La penumbra apenas me permite distinguir un bulto en la cama, así que abro un poco más la puerta para dejar entrar la luz del pasillo. Espera, no es un bulto lo que estoy viendo, son dos. Uno es mi abuela y otra persona la abraza por detrás haciendo la cucharita.

—¡¡Ay, la leche!!

Es Blanca. Es Abuela Sauce.

—¿Lúa? —exclama mi abuela abriendo los ojos medio desorientada—. Pero ¿qué hora es? ¿Y tú no sabes llamar?

—¡Perdón! —Tiro del manillar en un acto reflejo y cierro la puerta rápidamente por fuera. Aprieto los parpados con fuerza, como si eso pudiera borrar lo que acabo de ver. Un momento... Vuelvo a abrir la puerta.

—¡¡Lúa!! —me grita Renata mientras se levanta de la cama.

—Madre mía, es que tenía que asegurarme de que lo que he visto es real.

Veo a Blanca reírse meneando la cabeza antes de volver a cerrar y me voy derecha a mi habitación. Joder, mi abuela está liada con Abuela Sauce. ¡JO-DER!

Renata aparece pocos minutos después. Me encuentra en el baño, desmaquillándome, y cruza su mirada con la mía frente al espejo.

—Lo de entrar sin llamar debe de ser cosa de familia —le digo mientras me froto un algodón empapado en agua micelar por el ojo.

—Tenemos que hablar. —Se anuda con fuerza el cinturón de su bata y me hace un gesto de cabeza para que la siga que no admite discusión.

Al salir del baño la veo sentada muy tiesa sobre mi cama. Esta nerviosa, aunque no lo vaya a admitir. Me siento a su lado y reprimo una sonrisa.

—Si está todo bastante claro. Le regalaste el jardín a Blanca… y eso incluía tu flor —comento para destensar el ambiente—. Uf, no debería hacer bromas —me arrepiento al instante—. Eres mi abuela y es rarísimo.

—Tengo mis necesidades como cualquiera.

—Y yo siempre seré demasiado joven para hablar de sexo contigo.

—Soy mayor, Lúa, pero no estoy muerta. De cintura para abajo sigo muy viva —señala con ímpetu y yo preferiría una depilación integral con cera caliente antes que continuar con esta conversación—. Y sinceramente, es verdad lo que dicen: nada como una mujer para satisfacer a una mujer.

—¡Jesús, abuela! Pero ¿desde cuándo te gustan a ti las mujeres?

—¿Sabes qué es lo bonito de la vida? Que cambia y tú puedes cambiar con ella —apunta risueña, y Renata jamás ha sido risueña—. Lo que antes no te gustaba, ahora te gusta y viceversa. Y lo que te parecía imposible, se vuelve posible. Hija, yo soñaba con Paul Newman cuando tenía tu edad y a los sesenta y ocho años tuve mi primer orgasmo. Con una mujer. Y descubrí que el sexo podía ser maravilloso. Puede que influyera un poco que tu abuelo fuera un inútil en la cama y no supiera encontrar el clítoris ni con un mapa.

—Mátame, camión —murmuro tapándome la cara con las manos.

—¿Qué? A él solo se lo eché en cara una vez, y ya estaba muerto.

Me entra la risa y se la contagio a ella. Acabamos riéndonos a carcajadas las dos y es bastante liberador, a pesar del temita.

—¿De verdad crees que siguen aquí? —le pregunto cuando ya nos hemos sosegado—. Me refiero a la gente cuando se muere. ¿Crees que mamá sigue aquí?

El dolor de la pérdida se refleja en su rostro cada vez que piensa en ella, por eso yo nunca hice muchas preguntas al respecto. Por eso y porque las teorías sobrenaturales de mi abuela un poco sí me calaron y en el fondo me daba miedo encontrarme a mi madre un día por el pasillo arrastrándose como Samara en *The Ring*. Lo de colarme en el cine con doce años para ver esa película tampoco fue la mejor idea.

—Tu madre se fue hace mucho, pero tú has vuelto, y cuando te ríes con ganas vuelvo a verla. También cuando te enfadas, porque ese carácter de mil demonios lo heredaste de ella —puntualiza—. Creo que Ana sigue aquí a través de ti. Al menos, me ayuda pensarlo. Y nunca creí que diría esto, pero me alegro de que te lanzaran esas bragas en la tele.

Sonrío. De hecho, es la primera vez que el asunto me hace gracia.

—Y más que te vas a alegrar. Lo que iba a decirte antes de encontrarte en posición comprometida es que creo que podemos salvar el hostal.

Cojo el portátil, abro el documento de Excel y le enseño todo lo que he estado haciendo. No le he dado los detalles hasta ahora, por más veces que me ha preguntado, porque no quería crearle falsas ilusiones. Le explico que he creado una campaña de *crowdfunding* y está funcionando muy bien entre los inversores. Guillermo Luna ha hecho una contribución de lo más generosa. La mía es más modesta, resultado de malvender unos cuantos pares de zapatos. Alexander McQueen debe de estar revolviéndose en su tumba por mi sacrilegio de haber rebajado unas sandalias de setecientos euros a ciento veinte. Hay que ver lo rata que es la gente en Wallapop.

He contratado albañiles, un fontanero, un electricista y un carpintero. Por suerte, no hará falta una reforma estructural y no necesitamos un arquitecto. He hablado con un diseñador para hacer una nueva página web y con un experto en SEM para que se encargue de la publicidad en Google. Y como siempre hay un roto para un descosido, voy a organizar un rastrillo con los muebles de los que queremos deshacernos y se conservan en buen estado. Ya tengo los carteles preparados y hasta el Ayuntamiento va a hacer un llamamiento por redes.

—Así que, como mínimo, cubriremos las deudas y arreglaremos los desperfectos del hostal. Mientras, habrá que ver cómo aumentar las reservas, pero esto te dará un respiro —concluyo.

—¿Y lo has conseguido así, sin más? —inquiere sin terminar de creérselo.

—Bueno, así, sin más, no. Llevo semanas organizándolo todo. A la concejala de Fiestas he tenido que prometerle que dará el pregón Bertín Osborne y cantará «Yo debí enamorarme de tu madre». Por lo visto, es su ranchera favorita.

—Lúa, esto es… Sabía que querías ayudar, pero… —Se

lleva la mano a la boca cuando le empiezan a temblar los labios de la emoción—. Yo no sé cómo agradecerte todo esto.

—Tú leías en alto mis lecciones para que me las aprendiera. Me pagaste un logopeda. Aguantaste mis peleas en el colegio. Y lo hiciste después de perder a tu propia hija. Sé que fui un dolor de cabeza constante, así que la que debería darte las gracias soy yo.

—No tienes que dármelas. Soy tu abuela.

—Has sido mucho más que mi abuela. Has sido madre y padre, así que gracias, Vieja Bruja… Eh, y apoyo tu lesbianismo a tope —añado levantando el brazo con el puño en alto para que me lo choque.

Renata pone los ojos en blanco, pero imita mi gesto y termina sonriendo. Con ilusión, con esperanza. Y me encanta saber que yo he tenido algo que ver.

—Eso sí, vas a tener que modernizarte mucho, ser *ecofriendly* y toda esa mierda —le advierto.

—Espero que no lo anunciemos así.

—Algo se nos ocurrirá.

34

Puse fin a mi relación con Marcos justo después de que Óliver y yo pasáramos nuestra primera noche juntos. No podía estar con Óliver sin sentirme fatal por Marcos, pero tampoco podía estar con Marcos sin sentirme fatal por Óliver. Y no quería. Las películas deberían dejar de fantasear con los tríos amorosos. Deberíamos desterrar la idea de que son románticos y emocionantes. Son un asco y todos los implicados sufren. Ya sean humanos, vampiros o lobos.

A pesar de todo, yo tenía la firme convicción de que las historias de amor que terminan no son necesariamente un fracaso ni una mentira y que no deberíamos desmerecerlas por ello. Hay ciertos momentos en que se sienten para siempre y se viven como si lo fueran. Y eso es suficiente. Aunque de aquellas, hablaba desde una situación privilegiada. Contaba con la superioridad moral que te proporciona dejar en lugar de ser la dejada y todavía no me habían atropellado el corazón para abandonarlo medio muerto en una cuneta.

El amor será un sentimiento universal, pero cada cual lo entiende a su manera. O como le conviene. A Marcos le di un montón de razones válidas para terminar lo nuestro. Le hablé de las conversaciones que brillaban por su ausencia, de las miradas que ya no eran cómplices, de los besos que olvidábamos darnos, del sexo que nos daba pereza, de las risas que ya no compartíamos y de todos los planes que no teníamos en común ni por casualidad. No me rebatió ninguno de mis argumentos, simplemente hizo lo que mejor sabía hacer. No darle importancia. Solo le faltó taparse las orejas con las manos y soltarme un «Habla cucurucho que no te escucho».

Para él, éramos Marcos y Lúa: inseparables. Punto final. Se sentía como si nos hubieran atado con una cadena de acero el uno al otro y asumía con cierta resignación que debíamos arrastrarnos otros diez años más, y así el resto de nuestras vidas.

Habían pasado dos meses desde nuestra ruptura y Marcos se negaba a creérsela. Era un bache en el camino, según él, una llamada de atención por mi parte y nada más.

Había otra razón por la que no podíamos estar juntos —no más importante que el resto, pero sí mucho más punzante y dolorosa— que no pude explicarle a Marcos: Óliver. Porque mi novio, si es que alguna vez pude llamarlo así, no estaba listo para sincerarse. Y por eso compartíamos a escondidas un tiempo que no parecía ni nuestro.

Aquel fin de semana, Marcos se había ido a una despedida de soltero en León. Óliver, que también estaba invitado, se inventó un virus estomacal en el último momento para escaquearse y quedarse en su casa conmigo. El sábado por la tarde le envié un mensaje a mi abuela diciéndole que dormía con Cova. Tenía coartada, ya que mi mejor amiga estaba al tanto de todo, aunque tuviera sus reservas sobre cómo estábamos manejando la situación. No era la única.

La respuesta de Renata llegó rápido: «Miénteme a mí si quieres, pero no te engañes a ti misma».

No le había contado nada sobre Óliver, no quería escuchar un sermón de los suyos, pero la Vieja Bruja siempre lo sabía todo.

Estábamos en julio, hacía calor y el día invitaba a bañarse en el mar, pero como resultaba arriesgado movernos de donde estábamos, nos dedicamos a volar muy lejos desde el salón de Óliver y a seguir planificando un itinerario de viaje que pensábamos cumplir en un futuro cercano, aunque sin fecha concreta.

Aquella tarde incluimos Palawan y sus mil setecientas ochenta islas. Obviamente, no íbamos a visitarlas todas, pero cuando vi fotos en internet de aquel remoto paraíso filipino me enamoré. Arena virgen, aguas cristalinas, naturaleza selvática, pasear descalzos, comer pescado a la parrilla, dormir en una cabaña de madera al borde de la playa con el murmullo de las olas de fondo. Me alucinó y le dije a Óliver que teníamos que ir sí o sí, aunque nos costara tropecientas horas de viaje en avión llegar hasta allí. Me lo prometió con una sonrisa.

A ratos, lo nuestro era perfecto, porque vivíamos en una burbuja. En otros momentos, la burbuja se pinchaba porque me daba cuenta de que la ilusión de nuestro comienzo se la estaban merendando los remordimientos de Óliver y su incapacidad para tomar una decisión. Cada vez que intentaba sacar el tema de Marcos, él lo desviaba y se ponía tenso. Mientras, seguíamos engañándolo, pero a diferencia de mí, parecía soportar la mentira mejor que la verdad.

Traté de ser comprensiva porque la muerte de su padre era reciente y porque me imaginaba cómo le afectaría perder también a Marcos. Y debo admitir que también me reprimí un poco porque se suponía que él era el sensato y yo, la cabra loca.

Si pudiera haberle evitado a Óliver el sufrimiento que padecía, lo habría hecho, pero no era posible. Llegados a cierto punto, lo único que se puede hacer con los problemas es afrontarlos si no quieres que te pasen por encima.

—¿Y si nos vamos ya? —me propuso en el sofá, con el portátil sobre las rodillas y una foto de Palawan ocupando la pantalla.

—¿Ya?

—Sí, mi madre se muda la semana que viene a Oviedo con mi tía y en cuanto termine de ayudarla, soy libre.

—Vale, sí —me emocioné por un segundo—, pero antes hay que hablar con Marcos.

Óliver chasqueó la lengua contra el paladar, cerró la pantalla del ordenador y dejó el portátil sobre la mesa de centro. Había tocado hueso.

—No es mi plan favorito —añadí—, pero es mejor que se entere por nosotros y no por una foto que nos hagamos besándonos en la playa.

Ya lo conocía lo suficiente como para saber que si nos íbamos sin contárselo, no lo dejaría atrás. Sus opciones eran huir o no hacer nada. Ninguna de las dos me valía y ya estaba empezando a cansarme. Al menos le debíamos la verdad, porque lo que estábamos haciendo a sus espaldas era aún peor.

—Puedo hacerlo yo —me ofrecí ante su silencio.

—No, no necesito que lo hagas por mí. —Su mandíbula se tensionó—. Solo me hace falta algo de tiempo. Desde que le dejaste, bebe aún más y está hecho polvo.

—Vale, genial, ahora es culpa mía.

—No es lo que he dicho.

—No, lo que dices suena mucho a un marido pidiéndole tiempo a su amante.

—Uno no planea enamorarse de la novia de su mejor amigo, pero sí cómo explicárselo a su amigo.

A Marcos le iban a dar igual las explicaciones y no nos perdonaría nunca. Yo lo comprendía y lo tenía asumido, pero Óliver no.

—Cuanto más tarde se entere, será peor. ¿Y qué hacemos mientras? ¿Seguimos escondiéndonos en tu casa? Cualquiera podría verme saliendo de aquí. Esto es un pueblo y Marcos no es tonto.

—¿Podemos hablar de otra cosa? —Se frotó la frente con vehemencia.

—No, Óliver, no podemos —sentencié—. Hemos hablado de otras cosas durante dos meses.

—No es nada fácil, Lúa.

—Lo sé, y lo entiendo, pero empiezo a creer que estás cómodo con esto.

—¿Perdona? —Parpadeó fuerte—. ¿Cómodo?

—Sí, creo que es la única manera que has encontrado para que esto te salpique lo menos posible y así poder tenernos a los dos, aunque a mí sea aquí encerrada.

—¿De verdad te parece que esto es lo que yo quiero? ¿Que lo he buscado? —Entrecerró los ojos—. Eres la última persona de este mundo de la que quería enamorarme. Solo te he pedido un poco de tiempo para ser el hijo de puta que tengo que ser para traicionar a mi mejor amigo. ¿Tan difícil es entenderlo?

Mi reacción natural habría sido la de montar un pollo y gritarle que le faltaba valor, por no decir cojones, que yo de fina nunca tuve mucho. Pero aquellas palabras me tumbaron y la frialdad contenida de Óliver al pronunciarlas dolió tanto que solo tuve fuerzas para zanjarlo empujando mis pies hacia la puerta.

Él me encontró media hora después en mi cala, de pie, de brazos cruzados y con la vista clavada en el mar. Cogí aire antes de que se acercara por detrás y me rodeara la cintura, pegando su cuerpo al mío. Me dejé envolver por sus brazos, pero no me moví.

—¿Has gritado mucho por mi culpa?

—Solo grito cuando estoy enfadada.

—¿No lo estás?

—No, solo estoy triste.

—Eso es peor... —Acomodó la barbilla sobre mi hombro—. Soy gilipollas, lo siento.

Lo sentía, sí, aunque eso no invalidaba el hecho de que quererme le hacía sentir mal.

—En otra vida, nos besaríamos en la calle, en el puñetero centro de la plaza del pueblo. O escribiríamos nuestros nombres en un árbol. —Suspiré desencantada—. No podemos, lo sabría todo el mundo.

Se separó de mí solo para cogerme de la mano.

—Ven.

Me condujo hasta la orilla y nos paramos justo donde morían las olas. Óliver se agachó para escribir nuestros nombres en la arena húmeda.

—Se los llevará el mar —apunté lo evidente porque no estaba de humor.

—Pues volveré mañana a escribirlos. Lúa, te prometo que estaremos juntos y no tendremos que escondernos.

—¿Cuándo? —La pregunta maldita.

Me cogió la cara con ambas manos.

—Cuando el mundo sea más grande. Y lo será pronto. Hablaré con Marcos y nos iremos de aquí. Te lo prometo.

Me lo creí porque quise creérmelo. Porque confiaba en Óliver, porque vi intención real en sus ojos de hacer bien las cosas. Porque nuestro amor era de los que te hinchaban el pecho, compartía sueños y alimentaba las ganas de vivir. Podíamos renunciar a él, pero no negar que existía. Nos iluminaba el camino como una pista de despegue.

Sin embargo, el amor es también una palabra a la que cargamos con demasiado peso, y no puede sostenerlo todo. En una de nuestras primeras conversaciones, Óliver me dijo que Marcos no era mi responsabilidad. Al final, fue él quien asumió la carga. Al final, lo perdimos los dos, él incumplió su promesa y también nos perdimos nosotros.

35

Un día eres joven y al otro te dices a ti misma que deberías haber hecho caso de los consejos de tu abuela. La Vieja Bruja es sabia. No sé si lo es más por vieja o por bruja, pero tiene razón de cualquier forma. Elegí ver lo malo de este lugar. Me obsesioné con los recuerdos tristes y me olvidé de los buenos. Y eso que tengo muchos: jugar a las cartas con mi abuela mientras merendaba pan con chocolate, mi primer cigarrillo a escondidas, mi primer beso con Marcos, escuchar música en mi habitación y creer que todas las canciones hablaban de nosotros, la primera vez que hicimos el amor —que fue rápido, torpe y bonito a la vez—, las fiestas de verano, bailar «Gangnam Style» en pijama con Cova y Alba, las noches de San Juan en la playa, conocer a Óliver —conocerlo de verdad— y hacerle reír aunque no tuviera ganas.

El recuerdo de hoy también voy a tener que guardármelo como uno de los mejores. Cuando aparecí en la puerta del hostal, hace dos meses, si alguien me llega a preguntar, hubiera dicho que la gente, en general, era agresiva, cruel y destructiva. Una panda de hijos de puta, básicamente. Pero generalizar no es justo. Aunque abarca mucho, es síntoma de estrechez mental. La gente también es humana, como su propia condición indica, y a veces puede ser sorprendentemente maravillosa y solidaria.

En el pueblo corrió pronto la voz de que mi abuela necesitaba ayuda y esta mañana unos cuantos vecinos han aparecido en el hostal dispuestos a echar una mano en lo que hiciera falta. Se mezclan entre los albañiles y el resto del personal. Algunos están pintando la fachada y otros ayudando a sacar muebles. Hace un rato, he visto al padre Simón trabajando con Blanca en el jardín. Encarna y Gloria han traído torrijas y, fundamentalmente, han venido a fisgonear, las muy cuzas, pero no se puede negar que aportan costumbrismo.

Por mi parte, me he propuesto convertir las habitaciones en espacios más acogedores. No cuento con la opinión de un interiorista, claro, solo conmigo misma, mi buen gusto y muchas fotos de Pinterest. Lo cierto es que basta con unas cuantas lámparas antiguas, cojines, libros y velas para dar vida y calidez a los rincones.

Sonrío cuando termino de colgar en uno de los dormitorios —y en una línea recta perfecta, todo sea dicho— una secuencia de tres fotos de un pescador faenando. Me encantó y se la compré la semana pasada a un artista local. No es que me vaya a dedicar al bricolaje en un futuro cercano ni a construir comederos para pájaros, pero reconozco que las tareas manuales dejan un poso interno de realización personal. El resultado es tangible y perdura en el tiempo.

Salgo de la habitación y avanzo por el pasillo con el taladro en la mano. Yo, con un taladro. Yo, que hasta ayer no sabía ni lo que era una alcayata. La madera chirría un poco a mi paso, aunque trato de convencerme de que aporta solera al edificio y mantiene el encanto de otra época. A ver, el presupuesto tampoco da para milagros y cambiar todo el suelo no es viable.

Me encuentro a Cova resoplando al pie de las escaleras de la primera planta y cargando con unas cortinas muy bonitas pero que parecen pesar bastante.

—¿Te ayudo? —le pregunto.

—Con las cortinas no, gracias. Pero sí podrías ayudarme llevándome a un bar alguna noche. Estoy estresada y hace mil años que no me tomo una copa por ahí.

—Pues claro, organizamos una noche de chicas este fin de semana. Y de paso, celebramos que pronto se publicará un gran éxito. Un pajarito me ha dicho que ya habéis terminado la nueva novela.

—Sí, y supongo que ese pajarito también te ha dicho que no tiene intención alguna de seguir escribiendo —comenta con un mohín.

Óliver me confesó que estaba cansado. Escribir le gusta, pero no le apasiona tanto como para pasar noches en vela solo por terminar un capítulo y sacrificar todo su tiempo libre. Tiempo que ahora ocupa conmigo en su mayor parte. Todavía no sabe cuál será su siguiente paso en lo profesional, pero no parece muy preocupado al respecto.

—Sí, me lo ha dicho, y también me ha dicho que tienes talento de sobra, que no lo necesitas a él y que deberías confiar más en ti misma. Y suscribo cada una de sus palabras.

Anoche terminé la trilogía. Lo hubiera hecho antes, pero esto de rescatar un negocio de la ruina me ha mantenido un poco ocupada.

—Entonces ¿te ha gustado? —me pregunta con timidez.

—No me ha gustado, me ha encantado. Es una puta maravilla que me voló la cabeza. Resulta que la madre de él era una de las asesinas de la secta que se cargó al padre de ella porque era un maltratador y antes había matado a la madre de ella. Es que es muy fuerte si lo piensas —apunto como si ella no lo supiera—. Y luego él se enteró de todo y por eso desapareció de la vida de ella, pero como nunca pudo olvidarla, se hizo poli y se dedicó a investigar y perseguir a la líder del matriarcado de asesinas que con el tiempo terminó siendo también la hija de la líder inicial, que también resultó ser la maestra del pueblo y la que le tiraba a él los tejos —recuerdo todavía alucinada, detalle que consigue arrancarle una sonrisa—. Aunque hay que ver lo retorcida que eres. Después de ver cómo te las gastas, yo no me atrevo a enfadarte nunca más.

—Pues la verdad es que tengo una nueva historia en mente, igual de retorcida o más. Pero sin Óliver, no sé… —Se muerde el labio superior—. A la editorial no le va a hacer ni pizca de gracia cuando se lo contemos, desde luego. Aunque escribir yo sola sería un reto —admite por otra parte—. Y me probaría a mí misma que soy capaz de hacerlo.

—Así me gusta. —Elevo un poco la voz—. Ya casi hablas como la verdadera escritora que eres.

—¡Ssshhh! Calla, loca, que nos pueden oír —susurra asomándose por el hueco de la escalera.

—Y si nos oye tu hija, ¿tan malo sería? —pregunto en voz baja—. ¿Cuándo piensas contárselo?

—No lo sé. Me sigue pareciendo un peligro.

—Cova, eres escritora, no Jason Bourne. Y si le pides a Alba constantemente que se abra contigo y te cuente las cosas, deberías empezar por ser sincera tú. Mira, yo no sé nada sobre cómo educar, pero entiendo que hay que predicar un poco con el ejemplo. Además, los secretos, cuanto más tiempo pasan escondidos, más cuesta desenterrarlos.

De su boca sale un largo y sonoro suspiro.

—He pensado organizar un viaje con ella a Londres. Sería mitad ocio, mitad documentación para esa historia que me ronda la cabeza. Y nos vendría bien pasar algo de tiempo juntas. A lo mejor se lo cuento allí.

—Bien pensado. Y estará mucho más receptiva en Harrods —añado.

—Eso también.

Dejo a Cova en la primera planta y bajo hasta la cocina. Entro con hambre. Hambre de comida, no de Óliver. Bueno, tal vez de las dos cosas. Cada día me parece más guapo. Y no te haces a la idea de cómo está con esa camisa de cuadros remangada hasta los codos y el pelo revuelto. Joder, si me gusta hasta con el limpiador multiusos en la mano. Lo mío no es normal.

—Hola —lo saludo—. Te debo una paliza.

—Te pones muy quinqui con un taladro en la mano.

Me acerco a él, pero antes dejo el taladro sobre la encimera, que tampoco quiero disgustos.

—Terminé la trilogía. Y al final sí que me hiciste un spoiler con los protagonistas. Acaban juntos.

—Quería que a ellos les saliera bien.

—Aun así, no lo tienen fácil. Cargan con mucho y no me quiero imaginar una cena de Navidad entre esas dos familias.

—Bah, no me preocupan. Como tengo el control creativo de los personajes, estoy seguro de que serán felices.

Renata entra en la cocina y supongo que nos ve a los dos sonriéndonos como bobos porque se detiene y nos mira sin disimulo.

—¿Qué pasa? —le pregunto.

—El tiempo… Tiene una manera curiosa de colocar las cosas en su sitio —comenta con cara de sabionda—. Y ahora dejad de pelar la pava que todavía falta mucho por hacer. Necesito más manos para pintar la fachada. —Da un par de palmadas para meternos prisa y se va por donde ha venido.

Así es ella y así hay que quererla.

De camino a pintar podemos pasar un momento por mi habitación —le sugiero tirando de la trabilla de sus vaqueros para acercarlo más a mí.

—Lúa, no tengo un pene de titanio. —Aparta mi mano suavemente cuando esta roza su entrepierna—. Te juro que necesito un descanso.

Y lo que podría ser una broma, sin más, me desconcierta y me sienta como una patada en el estómago.

—Vale, pues nada —espeto con brusquedad y doy un paso hacia atrás para alejarme, pero Óliver me agarra del brazo y me frena.

—Eh, ¿qué pasa?

—Nada. Si no quieres, no pasa nada —comento incómoda desviando la mirada.

No es que me sienta rechazada es que... Bueno, sí, así es exactamente como me siento: rechazada.

—Lúa, no es que no quiera. —Me coge la barbilla para que vuelva a mirarlo a la cara—. Pero sabes que podemos hacer otras cosas, ¿verdad?

—¿Mmm? Sí, no sé, supongo.

Yo qué coño voy a saber. Hasta hace poco, éramos tierra quemada y ahora somos territorio desconocido. El sexo se me da bien, me hace sentir cómoda, por mucho que me duela hasta el roce del aire entre los muslos. Puedo controlarlo y años de relaciones intrascendentes basadas en él lo confirman. Pero si lo dejo al margen, no sé moverme muy bien. No con Óliver. Con él todo significa algo. Joder, odio esta sensación de inseguridad. Me conduce de golpe a los viejos tiempos y a esos malos recuerdos con los que elegí vivir.

—Ven conmigo —me pide tirando de mi mano.

Salimos del hostal y caminamos a buen ritmo hasta el centro del pueblo. Por el camino le pregunto veinte veces a dónde vamos exactamente, pero se limita a sonreír. Llegamos a la plaza principal. No es grande y señorial, como la Plaza Mayor de Madrid, pero es bonita y sencilla. De planta rectangular y suelo empedrado —suerte que hoy llevo zapatillas—, está rodeada por soportales y cuenta con un edificio principal de galerías acristaladas.

Nos detenemos en el centro y Óliver se coloca frente a mí. Me observa detenidamente. Su mirada desciende desde mis ojos hasta mi boca y se demora unos segundos en ella antes de volver a subir. Siempre me molestó que callara demasiado, pero qué bien se le dan los silencios al muy mamón.

—Ya es otra vida —me dice.

—¿Qué?

—Hace tiempo me dijiste que solo en otra vida podríamos besarnos en el puñetero centro de la plaza del pueblo. Como cualquier pareja y sin tener que escondernos. Ya es otra vida, Lúa. Y es nuestra.

Me agarra del cuello con una mano y lleva la otra a la parte baja de mi espalda. Me besa y se inclina sobre mí haciéndome arquear el cuerpo como en un paso final de baile. No es un beso normalito, no. Es cursi, exhibicionista y arranca un par de silbidos espontáneos.

Cuando nos separamos y veo a dos chicas mirándonos prácticamente con las mandíbulas desencajadas, siento el calor concentrándose en mis mejillas. Y eso que mi sentido de la vergüenza es holgado.

—Sinceramente, cuando te lo dije no creía que fueras de los que exhiben grandes muestras de afecto en público.

—Y no lo soy, pero tú eres mi excepción para todo.

Esta vez soy yo quien atrapa sus labios. Él sonríe contra mi boca y me estrecha entre sus brazos. Y lo siento todo. La piel de gallina, el cosquilleo en el estómago y mil sensaciones bonitas acumulándose en el centro de mi pecho.

Y también lo tengo claro. Es la segunda vez en mi vida que me enamoro de Óliver.

36

Son las once y media de la noche y se nota que es viernes. Las terrazas frente al mar están a rebosar de gente, huele a sal y a tabaco, y los camareros van corriendo estresados de un lado a otro con las bandejas bien cargadas, ajenos al barullo y a las risas. Una de las mesas más escandalosas es la nuestra. Cova y yo nos estamos descojonando la una de la otra. Es lo que pasa con las amigas de verdad, que en un momento dado queréis arrancaros los ojos y después podéis reíros como si el tiempo no hubiera pasado.

Cova se ha estado burlando de la época en la que me dio por llevar chándal de terciopelo, en plan Britney Spears, y yo le he tenido que recordar lo enamorada que estaba ella de Justin Bieber, a pesar de sacarle unos añitos al muchacho. Todas guardamos esqueletos en el armario, estilísticos y románticos.

—¿Pido otra ronda? —pregunto alzando ya el brazo para llamar al camarero.

—¿Qué dices, loca? —Niega dándome un manotazo—.

Que yo no tengo tu aguante. Llevo cuatro cervezas y mi tope son dos. Vas a tener que llevarme a casa en brazos.

—Está todo controlado —le aseguro—. Ya nos hemos comido la ración de ensaladilla, el pulpo y las rabas para que actúen como protector estomacal. Y ni sueñes que nos vamos a ir a casa ahora. Llevo tres meses sin salir de fiesta y seguro que en mi ausencia Karol G ha sacado por lo menos siete temazos que tenemos que bailar. Además, tú lo necesitas aún más que yo.

Se deja caer sobre el respaldo de su silla y resopla.

—Con lo tranquilita que estaba antes de que volvieras.

—Y aburrida.

No lo admite, pero sonríe.

—Voy a escribir a Aitor. —Coge el móvil de la mesa y empieza a teclear—. Le dije que me pasaría por su casa después de estar contigo. Le invitaría a venir, pero… no es una opción.

—¿Cómo te van las cosas con Rapunzel? No me has contado mucho.

—¿Rapunzel? —Levanta la vista de la pantalla.

—A ver, no tiene torre ni dos kilómetros de pelo, pero en esencia…

—Joder, no lo llames así.

—Eh, que yo soy Lady Braga. Cada uno lleva su cruz a cuestas.

Cova deja el móvil y apoya los codos sobre la mesa.

—Es que de la suya no hablamos… Es decir, hablamos de muchas cosas y Aitor me encanta. Es adorable y empotrable al mismo tiempo —admite con una sonrisa pícara—. Pero sobre su problema no dice mucho. Me contó cómo empezó todo y ya. Es bastante hermético con el tema. Creo que le da vergüenza.

—Uy, los herméticos son mi especialidad —señalo cogiendo mi botellín y apurando el último trago.

—Pues dime qué hago. Quiero ayudarlo.

—He dicho que son mi especialidad, no que sepa qué hacer... Ya ves lo bien que me fue con Óliver.

—Yo os quiero a los dos y no puedo ser objetiva, pero creo que el destino os ha vuelto a unir.

Dejo el botellín en la mesa y me arrepiento de no haber pedido un copazo bien fuerte para poder tragarme esas palabras.

—Hay como siete mil millones de personas en el mundo y subiendo. No creo que haya nadie predestinado para nadie, el universo tiene cosas mucho mejores que hacer que juntar a dos personas. Y de haberlo hecho, que me hubiera cruzado con Jason Momoa. —Levanto las cejas—. En cuanto a Aitor, sé que vas a querer ayudarlo, pero también entiendo que puedes hacerlo hasta cierto punto. Curarse depende de él más que de nadie. Solo te lo digo porque no quiero que te lleves un chasco.

—Sí, lo sé, pero ¿sabes de qué me he dado cuenta? De que no necesito una historia de amor mágica. Quiero cosas sencillas. Dos cepillos de dientes en el baño, tener una conversación interesante en lugar de cenar con la tele de fondo y que me abracen en la cama por la noche... Bueno, y también salir a cenar. Me gustaría salir a cenar de vez en cuando a algún restaurante bonito, pero para eso habrá que esperar.

Precisamente lo sencillo es lo que a mí me parece más difícil de conseguir. No se lo digo. No me apetece proyectar mis propias inseguridades.

—Oye, ¿y tú qué piensas hacer cuando acabes con el hostal? —quiere saber.

—De momento, volver a Madrid a final de mes y traerme todas mis cosas. Pago un pastizal por un piso que ni uso ni me puedo permitir. Y ya me va tocando asumir que no voy a volver a la tele. A no ser que te replantees lo de darme una entrevista en exclusiva.

—Lo siento, pero no. Sigo sin estar preparada para eso.

Me encojo de hombros.

—Tenía que intentarlo una última vez.

Pagamos la cuenta y nos levantamos. La zona de bares a la que vamos está situada solo a dos calles de distancia. Lo negaré delante de un juez si me pregunta, pero vivir en un pueblo pequeño tiene sus ventajas. Con lo que estoy ahorrando últimamente en Uber, podría pagarme la entrada de un piso.

El local en el que entramos no es muy grande, aunque está abarrotado y la media de edad la elevamos nosotras. Casi todos deben de tener veintipocos. Cova se abre paso entre la gente para buscar un hueco libre y yo voy detrás. Suena «Mon Amour», de Aitana y Zzoilo, y miro a los lados buscando el baño. Siempre hay que tenerlo localizado.

Cova frena de repente y me choco contra su espalda.

—¡La madre que la parió!

—¿Qué pasa? —le grito por encima del hombro porque con la música no la oigo bien.

Levanta el brazo y apunta con el dedo a escasos metros de

nosotras. Es Alba, está bailando con sus amigas y cantando a pleno pulmón en el centro del bar.

—Tiene que estar en casa dentro de... —Mira su reloj— tres minutos. Así que a no ser que haya aprendido a teletransportarse se va a quedar castigada otra vez.

Da un paso en su dirección, pero la agarro del brazo.

—Eh, espera un momento. Hace poco que le levantaste el castigo después de pasarse un mes sin salir, y eso para una adolescente es el equivalente a cinco vidas. Se está divirtiendo con sus amigas, nada más, y desde aquí la tienes más que vigilada. Por no mencionar que, si te vas ahora, también estarás renunciando a tu propia noche.

Como me mira sin estar del todo convencida, me muevo en el sitio y le bailo «Tacones rojos», que es la canción que acaba de empezar a sonar. A Cova siempre hay que darle un empujón, pero una vez que arranca, no hay quien la frene. Es de esas que baila libre, como si nadie la estuviera mirando, que es exactamente como se debe bailar siempre. Lo damos todo durante unas cuantas canciones, algunas de ellas ni las conozco. Es increíble lo rápido que se queda una desfasada musicalmente en estos tiempos.

La diversión se acaba en cuanto veo al gilipollas del novio de Alba hacer acto de presencia. No necesito ni escuchar lo que le dice para saber que la está increpando de mala manera. A continuación, la agarra del brazo y se la lleva del bar. Cova, que se ha dado cuenta antes que yo, sale como una bala detrás de ellos.

Los encontramos discutiendo en la esquina del local. Rectifico: no discuten, él le está gritando a ella algo sobre bailar como una guarra, pero no le da tiempo a escupir más basura por la boca ya que Cova lo aparta de un empujón.

—¡Eh! —brama—. No te acerques a ella.

—Mamá —se sorprende Alba, aunque la voz apenas le sale. Se ha quedado pálida. Más de lo que ya estaba.

—Es una conversación privada, señora, así que... ¡aire! —espeta el macarra.

—No, no lo es, y tú no vas a tener más conversaciones privadas con mi hija. Ni la vas a volver a ver en tu vida —ruge—. ¿Te queda claro?

—Oye, Alba, vámonos. Paso de movidas con tu vieja —responde con desidia.

Ella no se mueve del sitio, así que el muy cabrón da un paso hacia delante. Le impido que dé el siguiente colándome en medio.

—Sea lo que sea lo que estás pensando, ya te digo que es muy mala idea, porque vas a tener que pasar por encima de mamá dragona y de mí.

—Y de mí —asegura una voz a mi espalda. Giro el cuello y compruebo que es una de las amigas de Alba.

—Y de mí —se suma la que va a su lado.

—Y de mí... Siempre nos has caído como el culo —añade la tercera.

—No sé si sabes contar, pero somos cinco contra uno —le explico—. No pinta bien para ti.

El gilipollas se lo piensa, hace una mueca como si nos perdonara la vida a todas y decide ignorarnos.

—Alba, vámonos de una vez —le exige sin paciencia y tendiéndole la mano.

Ella lo mira, no sé si más asustada por irse o por quedarse, y sus ojos se cruzan fugazmente con los de su madre antes de responder.

—No.

—¿Ya lo tienes claro? —inquiere Cova—. ¿O tengo que explicarte también lo del «no es no» y terminamos en comisaría? Eres mayor de edad, ¿verdad?

Él se ríe con arrogancia y se pasa la lengua por el labio inferior.

—Esto me pasa por liarme con niñatas. Pues vale, me la pela. Hemos terminado —le dice a Alba.

—Mira tú qué disgusto —añado. Aunque lo va a ser, para Alba al menos. Porque todavía no es consciente de la suerte que tiene de librarse a tiempo de un cabrón con visos de maltratador.

—Que te den, puta. Que os den a todas —escupe antes de dar media vuelta e irse.

—Deberías estudiar un poco y ampliar ese vocabulario —le aconsejo a voces—. ¡Te vendrá bien si no triunfas en la música!

Cuando me giro veo a Cova mirar a su hija, que sigue mirándolo a él alejarse.

—Cariño...

Y eso es suficiente para que Alba se eche a llorar en sus brazos.

Se acabó la fiesta.

37

Cova

Llamo a la puerta de la habitación de Alba y me responde desde el otro lado con una voz tan mermada que me encoge el corazón. Cuando abro y la veo tumbada en la cama, hecha un ovillo, no me quejo de la ropa amontonada en la silla de su escritorio ni de que esté acostada a las seis de la tarde sobre las sábanas revueltas. Merece un día libre.

—¿Te apetece? —le pregunto aún en la puerta, alzando la taza humeante de chocolate que llevo en la mano—. Cuando eras pequeña te animaba.

—Sí, pero ya no tengo ocho años y estamos en mayo.

—Vale, entonces me lo llevo.

—Espera —me pide en cuanto doy un paso hacia atrás y se incorpora sobre el colchón con su pijama rosa y los ojos rojos de haber llorado—. Déjalo aquí, por si acaso.

Me acerco y poso la taza sobre la mesita de noche. Me parece tan niña. Es que es una niña. Es mi niña. Y resulta visceral, arrollador y casi doloroso lo mucho que la quiero. Por eso se me revuelve el estómago solo de recordar cómo aquel cerdo la agarró del brazo. En mi vida he sentido tantas ganas de estrangular a alguien. Y me da igual que el sujeto en cuestión tuviera dieciocho años. Además, los hay que por mucho que crezcan, nunca serán hombres.

—Mamá…, ¿te quedas un rato?

—Claro, todo el tiempo que quieras.

Me siento en la cama y ella se tumba con la cabeza apoyada en mis piernas, como solíamos hacer en el sofá cuando era pequeña y veía películas de dibujos mientras yo leía un libro.

—¿No estás enfadada? —musita.

—Sí, mucho. Conmigo. —Le acaricio el pelo—. Por no haberme dado cuenta de lo que te estaba pasando.

Lúa me adelantó ayer por la noche un par de detalles preocupantes al respecto, de los que no sabía nada porque la comunicación entre mi hija y yo hace tiempo que no es muy fluida. Cuando volvimos a casa, Alba se sinceró entre lágrimas y yo me sentí un completo fracaso. La parte positiva es que esa relación con el tal Johnny se terminó. Me entran escalofríos solo con pensar en él y en la chica que llegue detrás de Alba.

—Sabía que no estaba bien, lo que me decía y las cosas que hacía. Pero luego me pedía perdón y era cariñoso. Me decía que me quería.

—Eh, mírame. —Le hago incorporarse—. Sé que tienes dieciséis años, que era tu primer amor y que, en general, es contraproducente prohibir cosas a una adolescente, pero necesito que entiendas y que te grabes a fuego que si alguien te quiere, jamás te humilla. No te insulta, no te dice cómo debe ser tu cuerpo y mucho menos es violento. Lo entiendes, ¿verdad? No puedes dejar pasar ni una así, Alba. Nunca —recalco.

—Sí, ya lo sé. —Se muerde el labio y se echa a llorar—. Lo siento.

—No, mi vida. —Le limpio las lágrimas con la mano—. Tú no tienes que sentir nada. La culpa es solo de él.

Cuando se calma por fin, se limpia la nariz con el dorso de la mano.

—Los tíos son lo peor —sentencia.

—No, no todos son así, ni mucho menos.

—Por mi padre no lo dirás.

—No, por tu padre no. —Tuerzo la boca—. Al menos era guapo y te quedaste con lo mejor de él.

—Prefiero parecerme a ti.

Sonrío y grabo esa frase en mi archivo mental para recurrir a ella cuando tenga serias dudas sobre si estoy haciendo bien las cosas.

—Mamá, he estado pensando y —vacila antes de seguir— quiero estudiar un curso de maquillaje y peluquería. Y ya sé lo que me vas a decir, que no es la universidad y que…

—Me parece perfecto.

—¿En serio? —pregunta suspicaz.

—En serio.

—Esperaba tener que convencerte muchísimo más.

—Pues ya ves que no hace falta. Además, se te da fenomenal.

—El curso es un poco caro, tengo algo de dinero ahorrado de trabajar en el hostal, pero todavía me falta.

—No te preocupes por eso, podemos pagarlo sin problema. De hecho, hay cosas de las que tenemos que hablar... ¿Qué te parece si hacemos un viaje?

Alza las cejas con sorpresa.

—Y yo que pensaba que me ibas a castigar.

—Pasar una semana entera conmigo igual te parece un castigo.

—¿Dónde?

—En Londres.

Pega un chillido y me abraza tan fuerte que tengo que apoyar la mano en el colchón para que no me tire de espaldas. Intuyo que está conforme con el destino.

—Tenemos que ir a tomar el té a un sitio elegante, de esos en los que te ponen torres de sándwiches pequeñitos y muy cuquis. Y a Camden hay que ir sí o sí. No sabes qué fantasía de ropa tienen allí. —Abre mucho los ojos—. ¡Y puedo hacerme un piercing!

—Iremos a tomar el té y a Camden, pero no vas a agujerearte nada. Y también vamos a hacer el tour de Harry Potter, ya te voy avisando.

—¿Esa frikada? —Arquea una ceja—. ¿En serio, mamá?

—¿A que te quedas en casa?

—Vale, vale, vamos a eso de Harry Potter, pero tenemos mucho que negociar —me advierte seriamente y pongo los ojos en blanco.

Por suerte, me salva el sonido de mi teléfono. Cuando veo que es Aitor quien llama soy yo la que se convierte en una adolescente y salgo escopetada de la habitación para poder hablar con él en privado.

—Hola —lo saludo ya en el pasillo, y estoy segura de que la sonrisa de boba se intuye en mi voz.

—Ehm, Cova —pronuncia mi nombre con un tono grave y serio que me alerta de inmediato.

—¿Qué pasa?

—¿Puedes venir a buscarme? —Carraspea—. Estoy en el hospital.

Tardo solo quince minutos —aunque a mí se me hacen eternos— en llegar a una pequeña salita de Urgencias. Aitor está sentado en un sillón y una enfermera ataviada con unos guantes azules le está retirando un gotero. Está pálido y ojeroso, pero ella le explica con voz cantarina y una sonrisa que todo está correcto y puede irse a casa. A continuación, se va y nos deja solos.

—Te ayudo —me ofrezco acercándome a él, pero me frena levantando la mano.

—Puedo yo solo. —Se levanta del sillón despacio—. Me han dado medicación, así que...

Caminamos hacia la salida del hospital en silencio, no quiero agobiarlo con preguntas todavía. Solo sé que ha sufrido un ataque de ansiedad. Es todo lo que me ha contado por teléfono. Al llegar al aparcamiento le señalo el lugar donde he dejado aparcado el coche. Le digo que puede esperarme en la puerta si quiere, pero prefiere caminar hasta él. En el fondo lo agradezco. Aunque son solo unos pocos metros de distancia, no quiero dejarlo solo ni un segundo.

Nos montamos en el coche y me pregunto cuál es la mejor manera de abordar el tema. O quizá sea mejor hablar de otra cosa. O tal vez poner algo de música.

—Siento haberte hecho venir —comenta Aitor poniéndose el cinturón—, pero el único maldito taxista que hay en el pueblo está enfermo.

—¿Has llamado a un taxista antes que a mí? —pregunto arrancando el motor.

—No quería molestarte.

—Aitor, ¿qué ha pasado?

Por el camino me lo explica, con el número justo de palabras y sin entrar en detalles. Esta tarde decidió probar la terapia de exposición. En su caso consiste en que el paciente se enfrente directamente a la situación real que le genera miedo y acuda a un lugar público donde le sea difícil «escapar». Fue caminando hasta el pueblo y en cuanto llegó a una zona concurrida, sufrió un ataque de ansiedad. Los vecinos creyeron que le estaba dando un infarto y llamaron a una ambulancia. Así fue como acabó en el hospital.

—Y esa terapia que has decidido seguir de repente, ¿la supervisa algún profesional?

—No.

—O sea, que saliste de casa a las bravas y sin ningún tipo de apoyo —manifiesto sin entender qué le ha llevado a hacer semejante tontería.

Esta vez no se molesta en contestarme, apoya la cabeza en el respaldo y cierra los ojos el resto del camino.

Cuando aparco en la entrada de su casa, sale del coche antes incluso de que me dé tiempo a echar el freno de mano. Entro en la cabaña detrás de él y lo veo abrir el frigorífico para coger una botella de agua. Se la sirve en un vaso que apoya en la encimera con un golpe seco y se la bebe de golpe.

—Estarás cansado. ¿Quieres sentarte en el sofá y te preparo un té o algo?

—No, Cova. No necesito que me prepares nada ni que me cuides —replica sin rastro de la dulzura y la amabilidad que siempre me ha dedicado—. Gracias por traerme, pero ya puedes irte.

—¿Quieres que me vaya?

—Sí —afirma con gesto incómodo—. Y también prefiero que no vuelvas.

—¿Qué?

Expulsa el aire con fuerza por la nariz.

—Vine a vivir aquí porque me rendí y asumí que estas cuatro paredes iban a ser mi vida. Entonces apareciste tú y quise cambiar eso. Pero la realidad es que no puedo. No puedo ni salir a un bar a tomarme una copa contigo.

—¿Esto es por lo de ayer? —Frunzo el ceño, confundida—. ¿Porque me quedé con Lúa en lugar de venir aquí?

—No, no quería que vinieras, quería poder acompañarte yo. Y quería haber estado contigo y con Alba cuando apareció el gilipollas de su novio.

—Aitor, no necesito que me protejas. Me basto y me sobro yo sola.

—Lo sé, pero si un día me necesitas de verdad, no podré estar a tu lado. Y eso me mata. Ni siquiera soy capaz de dar un paseo por el pueblo. —Levanta el brazo señalando la ventana con brusquedad—. No puedo hacer nada de lo que la gente hace todos los días sin tener siquiera que esforzarse.

—Que no puedas ahora no significa que no puedas con el tiempo.

Cierra los ojos como si mis palabras le dolieran físicamente y niega con la cabeza.

—Mil doscientos cincuenta y ocho pasos. Es la máxima distancia que soy capaz de recorrer. Vivo en una jaula en la que puedo dar mil doscientos cincuenta y ochos pasos. Y necesito contarlos si no quiero... —Aprieta los labios con fuerza, conteniéndose—. Da igual.

—No, no da igual, cuéntamelo.

—¿En serio quieres saberlo?

—Sí.

—¿Y qué quieres saber? ¿Quieres saber que no hay técnica de respiración que valga cuando siento que me ahogo? ¿Que tiemblo de puro terror y tengo sudores fríos? ¿O que pierdo tanto el control de mi propio cuerpo que a veces hasta me hago pis encima? Porque cuando me pasa, creo que me voy a morir, que literalmente me voy a morir. —Se frota los ojos agotado—. Llevo años así, Cova, y no quiero que tú tengas que vivirlo también. Te estoy haciendo un favor dejándolo ahora. Conmigo no vas a tener tu final feliz.

—¿Mi final feliz?

—Tú necesitas leer antes el final de las historias para saber que acaban bien. Te voy a contar cómo termina esta. Tú dejarás de salir y de hacer cosas por mí, y yo lo consentiré porque estaré tan enamorado de ti que no querré perderte, pero, al final, te cansarás y me dejarás igualmente. Sintiéndote culpable, eso sí, aunque también culpándome a mí porque en el fondo pensarás que no me esfuerzo lo suficiente por curarme. Ese es el final de la historia.

—No lo sabes.

Apoya las dos manos en la encimera y se ríe con amargura.

—Sí que lo sé. Ya lo viví con mi exnovia, con la que iba a casarme. Ella no lo soportó y tú tampoco lo harás. Tampoco lo soportaron mis amigos, y no los culpo. Al final todos se van. Es lógico.

—No sé nada sobre tus amigos ni sobre tu exnovia, pero yo no soy ninguna de esas personas y me parece que estás siendo muy condescendiente conmigo. No quiero vivir en una novela, nunca dije que quisiera. Quiero vivir en la vida real y puedo afrontarla.

—¡Pero yo no! —Se golpea el pecho con la mano—. ¡Yo no puedo afrontar nada! —Vuelve a golpearse con fuerza—. ¿No lo ves? Lo débil y patético que soy. —Se golpea otra vez.

—No digas eso, no lo eres.

Me acerco a él, necesito abrazarlo ahora mismo con todas mis fuerzas, pero mis brazos quedan suspendidos en el aire cuando se aparta y me rechaza.

—No, no soporto que me veas así, ni que me mires con esa lástima. —Va hacia la puerta y la abre—. Vete, por favor —me pide de nuevo.

Camino hacia la salida muy despacio, intentando estirar el tiempo, esperando que se arrepienta. En cuanto estoy fuera, doy media vuelta. Mis pies se niegan a irse.

—Aitor... —musito con un nudo en la garganta. Y no sé qué más añadir.

—Lo siento —responde con los ojos al borde de las lágrimas—. Adiós.

Me cierra la puerta en la cara.

Y adiós también a nuestro final feliz.

38

Regresar a Madrid me daba miedo. No me asustaba tanto el hecho de volver como saber que lo hacía solo para marcharme definitivamente. Aunque debería utilizar ese adverbio con más prudencia. No hay nada definitivo y la vida da muchas vueltas. Tantas que Óliver ha venido conmigo para ayudarme con la mudanza. Nadie hubiera apostado por nosotros hace tres meses. No obstante, al llegar ayer a mi piso y empezar a guardar y empaquetar los últimos siete años me asaltó una especie de angustia vital y le aseguré que, si me echo para atrás en el último momento, tiene mi permiso para narcotizarme y llevarme inconsciente en su coche de vuelta al pueblo.

Después de todo lo que pasó, me escuece despedirme de esta ciudad en silencio, como si lo hiciera avergonzada y por la puerta de atrás. Aún sigo aprendiendo eso de quedarme con los buenos recuerdos. Hay muchas cosas que voy a echar de menos. Su luz anaranjada al atardecer, el bullicio de las terrazas de Malasaña, patearme las tiendas de Serrano probándome zapatos carísimos, el Primark gigante de Gran Vía

—una debe saber moverse por todos los estratos de la moda—
y descubrir restaurantes como en el que estoy ahora comiendo con Óliver, en el que todos los platos llevan aguacate.

Supongo que la nostalgia anticipada se refleja en mi rostro porque mi acompañante deja de atender a su ceviche de setas y aguacate y me mira serio.

—Prefiero que me lances naranjas a verte triste. Puedo preguntar al camarero si tienen.

Ese comentario consigue sacarme media sonrisa.

—No estoy triste. —Mareo mi lasaña con el tenedor—. Es solo que…

—Vas a echar de menos todo esto.

—Sí —reconozco y al momento siento un par de miradas nada amables posarse sobre mí. Es como un sexto sentido desarrollado gracias a la malicia ajena. Se trata de dos chicas sentadas a un par de mesas de distancia. Están riéndose y cuchicheando—. Aunque no todo…

Giro el cuello en su dirección y las fulmino con la mirada. Ellas apartan los ojos con rapidez y vuelven a lo suyo, sea lo que sea. Las redes sociales prácticamente me han olvidado y ya no me obsesiona que la gente hable de mí como hace tres meses, pero me sigue removiendo. Y esas petardas son los rescoldos que se conservan entre las cenizas de mi carrera.

—Eh, vuelve conmigo —me pide Óliver posando su mano sobre la mía.

Su contacto es como un ancla que me fija en el presente, así que sonrío y retomo nuestra conversación.

—¿Tú echabas algo de menos cuando estabas lejos? —pregunto por curiosidad.

—Las cosas normales, supongo. —Se encoge de hombros—. Una red wifi decente, poder beber agua del grifo sin que se me deshiciera luego el estómago, acostarme en una cama sin que me picaran las chinches, andar descalzo, que no es una cosa que debas hacer en cualquier parte del mundo... Ah, y en Tailandia eché de menos mi propia voz. Estuve en un retiro silencioso durante dos semanas en un monasterio de Chiang Mai. Fue demasiado hasta para mí.

—Yo me refería a algo menos práctico y un poco más sentimental.

—Te eché de menos a ti. —Aparta la mirada y vuelve a centrarse en su plato—. Aunque eso ya lo sabes.

Lo sé, hasta cuento con pruebas audiovisuales que lo demuestran. No obstante, soy incapaz de acallar esa vocecita interior —la mía es muy pesada— que se resiste a entender por qué renunció a nosotros si tanto me quería.

El grito ahogado de otra voz, una más aguda y chillona que la mía, me distrae. A continuación reconozco su pelo rubio ondulado, sus enormes gafas y su apertura de brazos teatral.

—¡Mi ciela! —exclama desde el centro del restaurante y viene hacia nuestra mesa con sus elegantes y maravillosos andares de diva. Nadie hace una entrada como él.

Mientras se acerca, me quedo prendada de su vestuario: una camisa de flores exóticas más llamativa que el papel de estampado vegetal que cubre en exceso las paredes del local, una falda de tablas oscura, unas *sneakers* blancas y una bandolera de Louis Vuitton.

—¿Se puede saber dónde te has metido? —me pregunta

plantándose delante de mí con los brazos en jarras y gesto de reprimenda—. Te he llamado un montón de veces.

—Hans. —Me levanto de la silla y le doy dos besos que terminan en un abrazo largo de esos que reconfortan—. Perdóname, he estado desconectada del mundo en general.

Sus llamadas se perdieron entre la marea de interesados que me acosaron durante semanas como hienas intentando rapiñar mi intimidad. A Hans debería haberle respondido. Nos conocimos hace años en el baño de una discoteca. Él estaba quejándose amargamente de la rozadura que le habían hecho sus mocasines nuevos, así que saqué un Compeed del bolso y se lo di. Me lo agradeció como si acabara de salvarlo de un atragantamiento mortal y terminamos contándonos nuestras vidas en aquel mismo baño. El resto es historia, como quien dice. Muchas noches de cerrar juntos discotecas, seguidas de desayunos en bares comiendo porras grasientas.

—Te veo muy bien acompañada —me comenta en cuanto nos separamos.

—Hans, este es Óliver. Óliver, él es mi amigo Hans.

Óliver se levanta de la silla y lo saluda con un apretón de manos y una sonrisa.

—¿Y por casualidad Óliver no andará buscando un Benji? —pregunta poniendo morritos y mirándolo como si fuera una tarta de tres pisos de chocolate.

—Ehm... pues...

—Déjalo, no digas nada, no me rompas el corazón. —Se lleva la mano al pecho—. Desprendes heterosexualidad al cien por cien, que es algo que cada vez se estila menos, te tengo que decir. Aunque no es tu culpa, tú no lo puedes evitar —remata ladeando la cabeza con lástima.

—Oye, Hans —intervengo para salvar a Óliver—, pero tú no estabas con…

—¡No menciones a ese energúmeno! —Levanta la mano—. Lo saqué del armario y lo debí de hacer con tanta fuerza que cayó de boca en el pene de otro. Encima sigo teniendo que verlo todos los días. Hacedme caso, nunca os lieis con nadie del trabajo. Usad Tinder, aunque no lo parezca, es el menor de los males… En fin, pero no hablemos de mi drama. Cuéntame cómo estás tú. ¿Se puede saber dónde te has metido?

—Me escondí un poco en mi pueblo.

—¿Cómo que te escondiste? ¿A santo de qué te escondiste?

—No tenía ganas de ser Lady Braga —susurro con un mohín.

—Pero vamos a ver… —Se recoloca las gafas con ambas manos y sé que se prepara para darme una lección de vida—. Lúa, tú esto lo has enfocado mal. Si el mundo te llama Lady Braga, tú no te escondes, tú te pones las bragas encima de la ropa.

—Ya, como Superman con los calzoncillos. —Me río.

—Exacto. A ver si te crees que el superpoder de Superman es volar. Pues no, mi amor, no. Es ir con ese traje de licra por la vida sin avergonzarse. Y ese debe ser el tuyo también. En la vida, como en la moda, todo es pasajero. Imagínate seguir llevando pantalones de tiro bajo, qué espanto —comenta y los ojos casi le dan la vuelta tras las gafas—. Pues esto es igual. Lady Braga pasará, como todo. Y si vuelve, también volverá a pasar. Como todo —repite.

—No pienso ponerme las bragas encima de la ropa, a no ser que tú lo pongas de moda antes porque te veo muy capaz, pero es un buen consejo, así que me lo guardo.

—Con eso me vale. Y ahora, sintiéndolo en el alma, os tengo que dejar, que solo he venido a recoger mi pedido. Ya llego tarde a mi *shiatsu* facial y luego he prometido pasarme por una exposición de una artista que pinta cuadros con su menstruación... Ya veis qué novedad —apunta con ironía y apatía a la vez—. Si a mí lo único que me apetece es irme a mi casa, ponerme mi bata de guatiné como la señora que soy y echarme una siesta de dos horas.

—¿Y por qué no lo haces? —inquiere Óliver intrigado.

—Porque el postureo es mi religión, qué le voy a hacer... En fin, haz el favor de llamarme pronto para quedar —me advierte con tono amenazante y me da otro abrazo—. Y a él te lo traes también. —Me guiña un ojo y vuelve a darle un buen repaso a Óliver, quien sonríe entre divertido y avergonzado—. Ay, rey, esos hoyuelos se merecen un altar y que les recen todas las noches.

Se despide lanzando un par de besos sonoros al aire y se va arrastrando las miradas de medio local mientras nosotros volvemos a nuestros asientos.

—A pesar de que me ha reducido a un objeto sexual, me cae bien —admite Óliver.

—Mucho postureo, sí, pero es una de las personas más auténticas que he conocido en mi vida. A él también lo voy a echar de menos.

Cuando salimos del restaurante trato de convencer a Óliver para dar un paseo antes de volver a mi piso a seguir empaquetando mis cosas. Lo de procrastinar siempre se me ha dado de fábula. A él no tanto, así que refunfuña un poco.

—Ay, Oli, es que te quiero enseñar Madrid.

—Te recuerdo que estudié la carrera aquí, me lo conozco bien.

—Conoces Madrid, no mi Madrid.

—Vale. —Asiente despacio con la cabeza—. Me has convencido.

—Si es que eres un facilón.

Compramos helados artesanos en el ruidoso Mercado de San Miguel y nos los comemos por el camino, en dirección a la zona del Teatro Real. Nos resguardamos del calor de finales de mayo en los Jardines de Sabatini y terminamos el paseo en la Plaza de Oriente. Es uno de mis rincones favoritos de la ciudad. Tan situada en medio del caos, pero serena y apacible.

Sin previo aviso, Óliver me obliga a frenar el paso para agarrarme de la cintura y besarme. Lo hace sin razón, o por todas las razones, no sé. Qué más da. Los besos, si se piensan demasiado, pierden su razón de ser. Me besa porque le apetece y yo me río al preguntarle si piensa convertir en tradición lo de morrearnos y dar el espectáculo en todas las plazas por las que paseemos.

—Reto aceptado —responde y volvemos a comernos a besos.

Cerrar la puerta a Madrid va a ser agridulce, como casi todas las cosas importantes, pero marcharme con Óliver tal vez abra un nuevo camino para los dos. Me permito ser optimista. No me voy como vine. Llegué aquí huyendo, con el firme propósito de empezar de cero. Fue un error y ahora lo entiendo. No se puede empezar de cero, ya que eso supone negar no solo lo que has sufrido, también todo lo que has amado y aprendido por el camino.

Mi teléfono suena justo cuando decidimos volver a mi piso. Solo tengo intención de cogerlo si se trata de mi abuela o de Cova. Sigue hecha polvo por Aitor y aunque no puedo consolarla, sí puedo escucharla tantas veces como necesite.

En la pantalla aparece el nombre de Charly. Le pido a Óliver que me dé un segundo y me aparto dando unos pasos. No puedo ignorar esa llamada.

—Hola, Charly.

—Lúa… —Suspira con ese tono paternal y medio gruñón—. Hace tiempo que no sé de ti y eso me inquieta.

—No me digas que estás preocupado por mí.

—A mí solo me preocupa mi perro. Es el único que me quiere de verdad.

—Pero me echas de menos, reconócelo. Te alegraba los días.

—Bueno, nadie me toca tanto las pelotas como tú, si es eso a lo que te refieres, y una vez que te acostumbras…

Me río.

—Viniendo de ti, eso suena incluso cariñoso.

—Es que soy todo ternura. ¿Algún avance con Guillermo Luna? —quiere saber.

Desvío la mirada hacia Óliver y me digo que sí, que ha habido muchos avances con él, y todos sorprendentes.

—No, ese puente está quemado. Debería haberte llamado para decírtelo. Se acabó, Charly —admito por fin y dejo salir el aire de pecho—. Supongo que toca despedirse.

—Yo no estoy tan seguro, por eso te llamo.

Lo escucho atentamente y cuando cuelgo el teléfono es Óliver quien se acerca a mí y no al revés. Me he quedado congelada en el sitio.

—¿Qué pasa? Estás pálida.

—Era mi antiguo jefe. —Abro la boca sin estar segura de haber asimilado lo que voy a decir—. Astrid Vargas quiere verme.

39

La última vez que vi a Astrid Vargas en persona fue en el platò del programa. De su programa. Recuerdo su sonrisa ladina y su gesto triunfante, un silencioso «yo gano a pesar de todo». También recuerdo el temblor de mis manos y la rabia hormigueándome la piel, irradiando calor por todo mi cuerpo mientras me marchaba. Una rabia que, de no haber contenido gracias a Charly, nos hubiera llevado a protagonizar la sección de sucesos de todos los programas de este país. Sin embargo, mientras subo las escaleras hacia el restaurante en el que hemos quedado, situado en la primera planta de uno de los edificios más representativos de la ciudad, lo hago en un estado de alerta, pero mis ganas de agarrarla de los pelos hasta dejarla calva han mermado considerablemente.

Al llegar a la entrada del local, el metre me saluda y me pide que lo acompañe sin necesidad de decirle mi nombre. Mientras lo sigo diligente, solo se escuchan mis tacones golpeando el suelo como si fueran a partirlo por la mitad. Eso es porque no hay ningún otro sonido en la sala capaz de enmascararlos. Son las dos de la tarde y el restaurante está desierto, no hay ni un solo comensal. ¿En serio lo han cerrado para nosotras? La tensión de mi cuerpo no afloja y empiezo a sentirme más inquieta. Por una cuestión de discreción no íbamos a vernos en un McDonald's, pero ¿es necesario organizar el encuentro como si perteneciéramos a dos clanes de mafiosos enfrentados?

La Malvada Reina de Todo Mal está sentada al fondo de la sala, en un sofá de color gris marengo, tras una mesa de madera y de espaldas a una enorme cristalera que da a la Gran Vía. Da vueltas con una pajita a lo que parece un té frío con mucho hielo —aunque también podría ser sangre fresca— y alza la vista con una lentitud estudiada sin dejar de remover la bebida. Es de esas malditas personas capaces de dominar el espacio a su alrededor con una sola mirada.

El metre se detiene al llegar a la mesa y me hace un gesto con la mano para que tome asiento. Me quedo de pie por el momento y me pregunta qué deseo beber. No tengo intención de pagar y mi vena infantil quiere decirle que me traiga la bebida más vergonzosamente cara de la carta, aunque me abstengo y pido agua con una rodaja de limón. En serio, lo de madurar es un asco. El hombre inclina levemente la cabeza y se va por donde ha venido.

Astrid me mira de arriba abajo con un gesto de evidente desaprobación en su rostro terso y sutilmente maquillado. Dudo que el tiempo tenga los huevos de posarse alguna vez sobre él.

—Has engordado.

Lo de tirarla de los pelos no está del todo descartado... Le va a salvar esa redondez que se adivina bajo su vestido de cuello *halter* y estampado geométrico.

—Tú también has engordado. —Me siento en la silla de enfrente y cuelgo mi bolso a un lado del respaldo—. Y por lo que veo, el embarazo no te ha dulcificado el carácter.

—Estoy de seis meses, sigo vomitando y no duermo por culpa de la ciática. Hay mucho mito en cuanto a la felicidad de las embarazadas. Pero no estamos aquí para hablar de eso.

Hace un leve gesto con la mano para darme a entender que ella es la directora de orquesta en este encuentro.

—¿Y para qué estamos aquí?

—Saca tu móvil y apágalo.

—¿En serio?

Coge el suyo de la mesa y me muestra la pantalla en negro.

—Vale. —Accedo y saco mi móvil del bolso con la intención de acabar con esta tontería cuanto antes—. Pero el micrófono que llevo dentro del sujetador me lo quedo.

Ella me observa imperturbable hasta que lo apago y lo poso junto al suyo.

—Antes de centrarnos en lo profesional, ¿hay alguna cuestión personal que quieras comentar? —Se coloca aún más recta en su asiento y eleva la barbilla—. Sea lo que sea, prefiero dejarlo zanjado lo antes posible.

Apoyo los codos en la mesa y coloco las manos entrelazadas bajo la barbilla.

—Pues en lo personal, me pareces una auténtica cerda. Así, en resumen. Podría explayarme un rato y contarte todo lo que me hiciste pasar, pero no lo voy a hacer, porque imagino que disfrutarías con ello y además no me apetece remover lo que pasó. Creo que lo he superado —añado para mi propio asombro—. Aparte de todo eso, me arrepiento de haberme acostado con tu marido y siento haberte hecho daño.

¿Acabo de disculparme? Sí, definitivamente lo he superado. Un aplauso para mí.

Ella me mira también con la sorpresa dibujada en su rostro, aunque solo dura un par de segundos. Un camarero aparece para servir el agua y vuelve a adoptar esa máscara neutra tan televisiva con la que mantiene a raya cualquier atisbo de emoción. Le doy las gracias y este se retira. Astrid espera a que desaparezca de nuestra vista antes de volver a hablar.

—No eres la primera con la que me engaña —admite seria pero tranquila—. Hacía la vista gorda porque siempre he estado más casada con mi trabajo que con Alberto, pero lo tuyo fue diferente. Eres diez años más joven que yo y aspirabas a quitarme mi puesto. Fue mucho más personal que con las otras.

—¿Qué? Yo ni soñaba con quitarte tu puesto.

—¿No lo querías? —Arquea una ceja con incredulidad.

—No… Bueno, en teoría supongo que sí. Pero ni siquiera me lo planteaba.

—Si te lo hubieran ofrecido, me habrías pasado por encima —asegura y creo que lo dice por experiencia propia—. En cualquier caso, ya no tienes que hacerlo. Quiero que vuelvas, quiero que trabajemos juntas.

—Tú, ¿qué? —pregunto tan alucinada que hasta me sale un gallo.

—Me has escuchado perfectamente.

—¿Por qué?

—Obviamente, porque te necesito —tercia visiblemente molesta por verse obligada a reconocerlo.

—¿Me necesitas o necesitas el morbo de que nos vean juntas después de que me lanzaras mis bragas a la cara?

Tamborilea con los dedos sobre la mesa sopesando la respuesta.

—Somos el último programa dedicado exclusivamente al corazón que resiste en antena. Pero estamos quemados. La audiencia no es tan buena como hacemos creer, la televisión no es lo que era y las plataformas digitales y el *streaming* nos están desangrando. Tras el episodio de tus... bragas —y la palabra se le atraganta al pronunciarla— tuvimos la mayor audiencia de los últimos cinco años. Si vuelves, será todo un golpe de efecto. Dos mujeres empoderadas que deciden unir fuerzas en lugar de destrozarse la una a la otra. A las feministas les encantará. Es tan retorcido que hasta puede salir bien. Tendré que divorciarme, eso sí.

—No seré yo quien lo defienda, pero ¿te divorciarías del padre de tu hijo por un programa?

—Mi matrimonio hace aguas por todas partes, pero mis motivos son míos y no tengo que explicártelos a ti. No me digas que fuiste tan estúpida como para encariñarte con Alberto.

—Por favor... —bufo—. Si pudiera, me lo desfollaría.

—Prefiero que no te expreses en esos términos.

—Y yo prefiero que no me llames estúpida.

—¿Ves? —Sonríe por primera vez—. Esa chispa es lo que necesitamos. Vamos a funcionar bien juntas.

—Nos mataríamos la una a la otra.

—Y sería un buen espectáculo igualmente.

—Intentas utilizarme.

—Lo que intento es ganar. Tu vuelta nos dará oxígeno por un tiempo, y durante ese tiempo podemos darle una vuelta a los contenidos y al programa. Tú sales ganando también, Lúa. Vuelve y te daré más peso. Conducirás tu propia sección y algunas entrevistas —me ofrece—. Odio admitirlo porque no me caes bien, pero tienes presencia y carisma. Con el tiempo es posible que tengas hasta tu propio programa. Es lo que siempre has querido, ¿no?

Me apoyo en el respaldo, confundida y un poco superada. En la calle, los coches continúan circulando y la gente sigue andando. Yo, en cambio, siento que acabo de frenar en seco para dar marcha atrás.

—Pues… sí, bueno, no lo sé… Esto es lo último que esperaba de ti. Tengo que pensármelo.

—Te estoy dando la oportunidad de tu vida, ¿qué tienes que pensar? —inquiere con el tono indignado de una persona que no está acostumbrada al rechazo.

—No me he bebido el agua que me han puesto porque no estoy segura de que no hayas dado orden de envenenarme, Astrid. Hasta ese punto me lo tengo que pensar.

—Qué dramática eres. —Pone los ojos en blanco—. Piénsatelo, pero quiero dejarlo todo organizado antes de dar a luz, así que necesito una respuesta esta misma semana. Si no, tendré que plantearme otras opciones.

—¿Qué quieres hacer? ¿Quieres volver? —me pregunta Óliver muy sereno tras contarle mi conversación con Astrid.

Esta sentado en el sofá, a mi lado. En cuanto he entrado por la puerta y me ha visto la cara, ha dejado sobre la mesa de centro la caja de cartón que estaba llenando con algunos objetos de decoración que andaban repartidos por el salón. Observo la caja y me pregunto si debo sacarlos otra vez o dejarlos donde están.

—No lo sé. Astrid Vargas es la persona más maquiavélica que he conocido y aliarme con ella puede ser como vender mi alma al diablo. Por otro lado, es una oportunidad con la que ya ni me permitía soñar. Podría recuperar mi carrera en lugar de irme con mi reputación arrastrada por los suelos y con el tiempo tendría la oportunidad de hacer otras cosas —expongo los argumentos contrapuestos que he venido barajando en el taxi de camino a casa—. Pero no sé. Ya me había hecho a la idea de irme y es todo tan de golpe que la cabeza me va a explotar… Ayer solo podía pensar en ti y en mí —reconozco con pesar.

—Tú y yo estaremos juntos aquí o en cualquier otra parte.

Mi corazón se sobresalta con esas palabras.

—No contaba con una declaración de intenciones tan pronto.

—Lúa, ¿qué parte de lo mucho que te quiero aún no tienes clara?

—No es eso.

—Entonces lo que no tienes claro es si tú me quieres a mí. ¿Es eso?

—Tampoco. —Niego con la cabeza—. Sé que ya no somos

los mismos de hace siete años, pero en este momento voy a tener que cederle la palabra a mi yo de veintitrés, porque se ha quedado una parte de mí, y esa parte todavía se siente muy insegura respecto a ti y le das un miedo acojonante. No tienes que convencerme de que me quieres, Óliver. Te creo, pero sigo sin encajar todas las piezas contigo. No sé, supongo que con el tiempo perderé el miedo a que te vuelvas a ir.

Se inclina para apoyar los codos sobre las rodillas y se pasa las manos por el pelo hasta dejarlas posadas en la nuca. Clava la mirada en el suelo y emite un suspiro largo y denso.

—Me fui porque yo tuve la culpa.

—¿La culpa de qué?

—La culpa de que Marcos muriera.

40

Óliver

Agosto de 2015

Si supieras cuándo será la última vez que verás a alguien a quien quieres, alguien que va a morir, escogerías cuidadosamente las últimas palabras que le vas a decir. El que se va no las podrá recordar, pero tú sí. Tú tendrás que cargar con ellas permanentemente. Ojalá yo pudiera cambiar las últimas palabras que Marcos escuchó de mi boca. Sin embargo, la vida no te deja decidir esas cosas, es así de aleatoria la muy hija de puta.

Tampoco nadie se levanta de la cama con la idea de que va a vivir el peor día de su existencia. Ese día, yo me desperté pensando en cosas cotidianas, como que necesitaba un café casi tanto como respirar y acordándome de que debía arreglar cuanto antes la humedad del baño de la planta baja. Después de tomarme esa dosis de cafeína sin la cual siempre he sido incapaz de funcionar, me puse unos pantalones cortos y una camiseta y salí a correr.

El verano es un concepto más teórico que práctico en el norte, así que la brisa de la mañana era fresca en pleno agosto. Tomé un camino empinado y apartado del centro para no cruzarme con nadie y, mientras ascendía, me planteé por qué seguía retrasando una conversación ineludible con Marcos. No se trataba de una cuestión de lealtad. Esa me la pasé por el forro la primera vez que besé a Lúa, y de aquello hacía cuatro meses.

Cuando estaba con ella, sufría una especie de colocón emocional, un subidón que no quería que desapareciera. Cuando no estaba con ella me sentía la persona más rastrera del mundo por quererla. Me odiaba por ello y también odiaba a Marcos porque me separaba de ella. Mi cabeza y mi corazón se daban de hostias sin parar y lo peor de habitar en esa ambivalencia era tener la seguridad de que, hiciera lo que hiciese, alguien a quien quería mucho terminaría destrozado.

Todas las familias son complicadas a su manera, pero la de Marcos siempre estuvo rota, aun viviendo bajo el mismo techo. Su padre era un cabrón, un alcohólico agresivo que si bien ya no se atrevía a ponerle un dedo encima, era más por una cuestión de debilidad física que por arrepentimiento. El papel de su madre siempre había sido el de ver, oír y callar. Y cuando no callaba, disculpaba. La sumisión tampoco era un concepto que nadie pudiera explicarle a Marcos y hacérselo entender. Tal vez un psicólogo, al que siempre se negó a acudir. Fuera como fuese, creció desprotegido y con miedo en su propio hogar, lo que lo llevó a pasar mucho tiempo en mi casa y en la de Lúa.

Ella y yo fuimos lo más parecido a una familia para él. Y por muchas vueltas que yo le diera, no sabía qué palabras debía pronunciar para no descomponer esa familia. La única que le quedaba.

Correr aquel día más kilómetros de lo habitual no me sirvió de mucho para aclararme. Se cansaron mis piernas, mis pulmones y me cansé yo, de mí mismo. Al llegar a casa, me duché, desayuné y, como era mi día libre, le envié un mensaje a Lúa para vernos más tarde. Me respondió que estaba en la ciudad con Cova y Alba, de compras en el centro comercial. Intercambiamos un par de mensajes más, los suyos fueron bastante fríos y evasivos. No le apetecía estar conmigo siempre que eso significara seguir escondiéndonos. No podía culparla por ello, pero me sentó fatal igualmente.

Mi mal humor no mejoró por la tarde. Estaba tirado en el sofá con la tele puesta, aunque sin prestarle mucha atención, cuando Marcos llamó a la puerta. Así era él, nunca avisaba de sus visitas y eso me ponía de los nervios. Sobre todo, porque era imposible estar en casa con Lúa por si a él le daba por aparecer de repente.

«Si hablaras con él de una vez, no tendrías que preocuparte por eso nunca más». Me levanté del sofá y me dirigí a la entrada con esa frase martilleándome la cabeza. Lúa me la había repetido tantas veces que ya sonaba desgastada en su voz. Si seguía así, la iba a perder, pensé, y aquello me cortó la respiración por un segundo.

Al abrir la puerta, el aliento a alcohol de Marcos me hizo echarme un poco hacia atrás. Eran las siete de la tarde y ya estaba como una cuba. Su piel se notaba pálida, algo amarillenta y con ojeras. También había perdido tres o cuatro kilos a pesar de la cantidad de cerveza que ingería a diario.

Como la confianza da asco, entró sin saludarme y fue directo al salón. Caminaba recto y nadie hubiera adivinado a simple vista que iba bebido. De hecho, llevaba el casco de la moto colgando del brazo, así que se había permitido la imprudencia de conducir.

Se sentó en una de las sillas del comedor, tiró el casco de mala manera sobre la mesa y se echó hacia atrás cubriéndose la cara con las manos. No me extrañó, era el pan nuestro de cada día desde que Lúa lo había dejado, así que me quedé de pie en la entrada del salón y suspiré con una paciencia casi extinguida. Al principio me dolía verlo así, pero a todo se acostumbra uno. Y estaba harto de anteponer su sufrimiento al mío. En realidad, nadie me lo había pedido.

—Marcos, no puedes seguir así —le dije con un cansancio palpable en la voz.

—Se va a ir. Dice que se va a ir.

Pensé automáticamente en nuestro viaje. Era algo que Lúa y yo continuábamos planeando y aplazando a la vez. Nuestro sueño de que el mundo fuera más grande pendía de un hilo precisamente por Marcos.

—¿Cuándo?

—Yo qué sé, tío, pronto, no sé. Ya no me quiere dar explicaciones. Hasta me ha colgado el teléfono.

—A lo mejor va siendo hora de asumir que...

—¡No! —me cortó antes de terminar la frase—. Tengo que hacer algo, algo grande que le demuestre que la quiero de verdad y que todo va a ser como antes. ¿Sabes dónde está?

—Ha ido con Cova al centro comercial.

—Le pediré que se case conmigo. —Se levantó de la silla y empezó a dar vueltas por el salón—. Sí, le pediré que se case conmigo —reafirmó, creyendo que había tenido la mejor idea de todos los tiempos—. Y si se queda embarazada pronto, ya no podrá irse.

—Eh, eh, echa el freno. ¿Te estás escuchando? Se te está yendo la olla.

Su razonamiento absurdo, infantil y desesperado me pareció incluso peligroso en aquel momento.

—¿Y qué hago? —me suplicó pidiéndome consejo desesperado—. A lo mejor tú podrías hablar con ella, ahora os lleváis muy bien.

—No —negué categórico.

—Solo necesito saber qué tengo que hacer para que vuelva conmigo. Haré lo que sea.

—He dicho que no.

—Pero ¿a ti qué te cuesta, joder? ¿Por qué no?

—Porque no serviría de nada, porque no quiero hacerlo y... porque Lúa no quiere estar contigo. No está enamorada de ti.

—¿Y tú qué sabes?

—Lo sé.

—¿Te lo ha dicho ella? —Frunció el ceño, totalmente perdido de por dónde iban los tiros.

—Sí, me lo ha dicho. —Tomé aire y el corazón empezó a golpearme el pecho con violencia—. Pero sobre todo lo sé porque me quiere a mí.

Arrugó aún más la frente y parpadeó varias veces para

procesar aquellas palabras. Le costó. Fueron los segundos más lentos de mi vida.

—¿Qué estás diciendo, tío? —me preguntó aturdido.

—Marcos, yo… no quería enamorarme de ella, pero te juro que no lo pude evitar.

—No —articuló casi para sí mismo y se llevó las manos a la cabeza—. No puede ser.

En aquel momento comprendí que no solo lo había estado engañando a él durante meses, también a mí. No había forma posible de explicar aquello sin rompernos, no existían palabras mágicas capaces de amortiguar el golpe. Ya no podría protegerlo de nada nunca más.

—Sí, lo es, y lo siento mucho.

—¿En mi puta cara? ¿Me la has robado en mi puta cara? —me gritó.

—La perdiste hace tiempo, pero no te diste cuenta.

—No, no es verdad. Estábamos bien hasta que volviste —asegura convencido—. Ahora lo entiendo. Has sido tú. Le has llenado la cabeza de mierda —escupió llevándose el índice a la sien.

—¿En qué realidad paralela vives exactamente?

—Por lo visto, en una en la que me fío de los hijos de puta. Siempre te has creído superior, pedante de mierda, y por eso has tenido que quitarme lo único bueno que tengo en la vida.

—Lúa es muy capaz de pensar y decidir por sí misma.

—Ya… ¿Y desde cuándo dices que te follas a mi novia?

—No es tu novia y no voy a contestar a eso.

—Tampoco es la tuya. ¿De verdad piensas que lo vuestro va a durar? —preguntó con repugnancia—. ¿Cuánto tiempo crees que va a tardar en darse cuenta de que eres un puto triste y amargado que no sabe querer a nadie?

—No sabría decirte, ha tardado diez años en darse cuenta de que tú eres un borracho y un vago sin aspiraciones en la vida, así que…

Como decía, ojalá pudiera haber escogido las últimas palabras que Marcos escuchó.

Se levantó de la silla y solo necesitó dar tres zancadas para llegar hasta mí y agarrarme de la camiseta. Mi primer instinto fue revolverme y apartarlo; sin embargo, no me moví. Nos miramos a los ojos; él a mí con furia y con su pecho subiendo y bajando al ritmo de su respiración acelerada, y yo a él desafiante, pidiéndole sin palabras que me pegara con todas sus fuerzas. No lo hizo. Me soltó y se alejó. Se frotó la cara varias veces como si necesitara despertarse de una pesadilla y comenzó a farfullar «no, no, no, no», completamente ido.

Salió de casa y no se lo impedí. Estaba demasiado abrumado para caer en que podía ir a buscar a Lúa. Tardé unos cuantos minutos en darme cuenta y montarme en el coche para ir detrás de él. Conduje en dirección a la ciudad y cuando quise llamarla por teléfono para avisarla, me di cuenta de que con las prisas me había dejado el móvil en casa. Me encontraba ya a medio camino y no tenía sentido dar la vuelta.

Los siguientes minutos de mi vida siempre estarán un poco borrosos. Tal vez mi mente se niega a recrearlos con exactitud. Recuerdo fogonazos: la moto de Marcos tirada en el asfalto. Frenar y bajarme del coche sin pensar. Su cuerpo inerte tumbado en una camilla. El portazo de la ambulancia y el sonido de la sirena. Mi aliento entrecortado al llegar al hospital. Sentir el pulso en los oídos al escuchar al médico de Urgencias confirmar su muerte. Frases sueltas como «No llevaba casco», «Fuerte traumatismo», «Testamento vital». Y la palabra «autopsia», que me sonó a película porque aquello no podía estar pasando de verdad.

Cuando el médico se fue, las piernas me temblaban tanto que me dejé caer en una silla de la sala de espera. En un amago de lucidez le pedí prestado el móvil a la mujer que estaba sentada a mi lado, pero me duró poco. Aunque me sabía de memoria el número de teléfono de Lúa, fui incapaz de recordarlo en aquel instante. Después de eso me levanté, encaminé mis pasos hacia la salida del hospital y me monté en el coche.

No sé ni de dónde saqué las fuerzas para conducir, creo que en algún punto del camino sufrí un cortocircuito silencioso, una clase de embotamiento cognitivo que provocó que mis emociones se desconectaran de mis pensamientos. Un mecanismo de defensa para no perder la puta cordura. Me sirvió de ayuda cuando llegué a casa de Marcos, ya que la muerte de un hijo no es una noticia que debas dar por teléfono a una madre. Su padre no estaba, así que la llevé al hospital y también la sujeté mientras chillaba y lloraba frente al cuerpo inerte de su hijo.

Mi recorrido de la muerte aquel día acabó en el hostal. El mohín de Lúa al abrir la puerta de su habitación se esfumó en cuanto se fijó en mi rostro. Me expresé mal y con pocas palabras, las tenía atascadas en la garganta y se negaban a materializarse en el aire. Ella tampoco me hizo preguntas, solo me abrazó con fuerza y lloró. También quiso pasar la noche conmigo. Le dije que no. En aquel momento, me dieron igual sus sentimientos. Era un autómata.

Al llegar a casa, lo primero que hice fue quitarme la camiseta empapada de lágrimas y tirarla a la basura. Tenía intención de meterme en la cama a continuación. Solo quería dormir y olvidarme de todo por unas horas. Al pasar por el salón, lo vi. El casco de Marcos seguía sobre la mesa. No lloré. Sencillamente, me quise morir con él.

A su funeral acudió casi todo el pueblo. Hubo llantos, muchos «qué lástima, era tan joven», y algún que otro «se veía venir». Yo me encargué de organizarlo todo, ya que la madre de Marcos se había quedado perdida en algún rincón de su mente y de su padre ni me voy a molestar en hablar. Lúa insistió en ayudarme y le ladré alguna bordería que se tragó silenciosamente debido a las circunstancias. Aun así, me agarró la mano frente al ataúd mientras lo enterrábamos, buscando consuelo mutuo. En aquel momento, me di cuenta de que no iba a poder dárselo. La culpa lo había invadido todo como una infección, cada pensamiento, desde que me levantaba hasta que me acostaba. Y ni siquiera era capaz de dormir. No podía contarle cómo había muerto Marcos y a la vez no encontraba el valor suficiente para mirarla y estar allí con ella como si nada. Hasta tocarla me resultaba obsceno.

No merecía quererla, no merecía ni ser feliz. Marcos estaba muerto y yo me esforzaba por adoptar una actitud de entereza mientras mi cabeza se mudaba al infierno y me ahogaba en remordimientos.

«Luego nos vemos», es lo que le dije a Lúa cuando terminó el funeral y me marché del cementerio sin esperar a nadie. Me avergüenzo profundamente de lo que hice después, aunque no viera otra salida. Me pareció mejor alternativa que arrastrarla conmigo. Hubiera intentado ayudarme, salvarme de mí mismo.

«Si de verdad quieres a alguien alguna vez, no te conviertas nunca en el sacrificio de su vida». Recordé la frase de mi padre y fue como un latigazo que me impulsó a correr muy lejos.

Hice una maleta con lo imprescindible, le escribí a Lúa una nota de despedida de mierda y la dejé en la mesa del salón antes de irme. «Los cabrones son más fáciles de olvidar», pensé. Aunque este cabrón nunca fue capaz de olvidarla.

41

Agosto de 2015

Se mantuvo distante en el funeral de Marcos, con un gesto casi inexpresivo que no reflejaba nada de lo que estaba sintiendo. Mi chico de ojos tristes ya no tenía sonrisa y se parecía al Óliver que me había ignorado la mayor parte de nuestra vida. A ese Óliver yo no le gustaba nada. Ni él a mí, pero me convencí de que el problema no éramos nosotros, sino la tragedia que nos había tocado compartir. Qué inocente por mi parte pensar que aquello nos uniría más.

Lloré por Marcos más de lo que había llorado por nada y por nadie. Casi la mitad de mis años le habían pertenecido a él. Y cuando nos informaron de que en el momento de su muerte triplicaba la tasa permitida de alcohol, sentí un ramalazo de culpa. «Si hubiera insistido más en que dejara de beber...», le dije a mi abuela, que me respondió: «No puedes poner el peso de otra vida sobre la tuya, ni tampoco puedes ayudar a quien no quiere dejarse ayudar».

Tener a Renata y a Cova a mi lado en ese momento ayudaba, pero necesitaba a Óliver. Necesitaba nuestra intimidad, poder hundir la nariz en su cuello y calmarme entre sus brazos. Lo necesitaba tanto como él distanciarse y guardarse la pena dentro. Teníamos formas opuestas de afrontar la situación, aunque me prometí no ser egoísta y respetar sus tiempos. Por eso lo dejé irse solo tras el funeral.

Al día siguiente, me presenté en su casa para ver cómo estaba. Reconozco que lo de dar espacio no se me dio muy allá. Entré con mi llave tras llamar unas cuantas veces al timbre. Su coche seguía aparcado en la puerta, así que o bien estaba dentro o no tardaría mucho en volver, deduje. Recorrí las dos plantas antes de encontrar el pedazo de papel en la mesa del salón. Lo miré por simple curiosidad. No esperaba que estuviera dirigido a mí.

Tres frases.

«Lo siento, mereces mucho más. No llores por mí. No valgo la pena».

Tres cuchilladas de arriba abajo que en aquel momento me negué a dejar sangrar.

Salí de aquella casa y fui corriendo a la de Cova. Le di un susto de muerte cuando aporreé la puerta como una desquiciada. En cuanto abrió, agité el papel entre mis dedos temblorosos y con la garganta seca le pedí que me lo leyera, porque estaba claro que lo había entendido mal. Había confundido las letras, como siempre. Las había cambiado de sitio, dándoles un significado ilógico. Óliver no podía haberse ido sin mí. Era imposible.

Cova cogió la nota, la leyó en silencio sin entender nada y

cuando me miró a los ojos, lo supe. Lo supe desde el primer momento en realidad, pero necesitaba un testigo que diera fe de aquel sinsentido.

Me dormí de madrugada en el sofá de mi mejor amiga, tras llorar durante horas acurrucada en él, sintiéndome pequeña y débil, y tras haber llamado a Óliver por teléfono un número indeterminado de veces que nunca confesaré por orgullo. Lo tenía apagado, por supuesto.

A la mañana siguiente, me desperté con un dolor de cabeza horrible y seguía negándome a creer que se hubiera marchado, así que fui hasta la cala con la esperanza de encontrar nuestros nombres escritos en la arena. Y volví cada día durante dos semanas más. Hay que ver a lo que somos capaces de agarrarnos cuando no queremos enfrentar la realidad.

A medida que esa esperanza iba diluyéndose, yo lo hacía con ella. Me sentía débil y sin fuerzas, físicamente enferma, como si hubiera contraído una gripe de tristeza. A veces, no solo se trata del daño que te hacen, sino de cuándo te lo hacen. Óliver me abandonó en el momento más frágil de mi vida y me remató en el suelo cuando yo pensaba que era quien me ayudaría a levantarme. Se largó con nuestro sueño sin decir adiós y el mundo, lejos de ser más grande, se hizo oscuro y asfixiante. Tanto que no era capaz ni de permanecer en mi propia casa. Era demasiado. Marcos. Óliver. Los recuerdos.

En septiembre, menos de un mes más tarde, hice las maletas y me mudé a Madrid. Y me inventé una vida para olvidar la que ya no podía soportar.

42

Óliver sigue sentado a mi lado en el sofá, con los codos apoyados en las rodillas y la mirada fija en el suelo. Me hago muy consciente del sonido agitado de mi propia respiración. Es lo único que escucho tras su relato. Ni siquiera el ruido de la calle se atreve a colarse en el salón. Esto es demasiado privado.

—No me puedo creer que te lo hayas guardado todo este tiempo.

—¿Cómo le cuentas a la persona que más quieres que te has convertido en un monstruo?

—¿Qué?

Levanta la cabeza y me mira por fin.

—Lo odié. Odié a Marcos aquel día porque yo no podía estar contigo por su culpa. Y por un segundo deseé que no existiera. Cuidado con lo que deseas —espeta con amargura—. Te juro que he rememorado ese momento en mi cabeza todos los días durante años. Si no le hubiera dejado marcharse en ese estado, si hubiera salido de casa cinco minutos antes… A veces hasta creo que lo hizo aposta. Marcos sabía conducir esa moto con los ojos cerrados. Incluso bebido.

Me levanto del sofá y voy hasta la ventana. La abro de par en par, necesito aire.

—Lúa —me llama a mi espalda.

—No, no me hables. Has callado durante siete años, pues calla un poco más.

Me apoyo en el alféizar y tomo una bocanada profunda de aire hasta que este alcanza mis pulmones. Lo dejo salir todo de una sola vez y, de repente, me siento vacía. Hueca. Resulta que la explicación que llevo esperando siete años no va a rellenar mis grietas. Porque no se puede.

Me doy la vuelta.

—¿Por qué me lo cuentas ahora?

—Porque no quiero que vivas siempre con miedo a que me vaya otra vez. Porque si no sabes la verdad, nunca vas a confiar del todo en mí y algo seguirá estando roto entre nosotros.

—No lo entiendo, te juro que no te entiendo. Yo nunca te habría echado la culpa de lo que pasó. Jamás.

—Lo sé, pero yo sí, y con eso era suficiente.

—Así que la solución era mentir e irte sin más.

—No te mentí.

—Por omisión. Es lo mismo.

—Intentaba protegerte de mí.

—Ya, pues tus conceptos del amor y la protección me parecen bastante retorcidos.

—Sí, eso está claro.

—Cuando quieres a alguien, luchas —defiendo remarcando cada palabra.

—¿Y si no tienes fuerzas para luchar? —me pregunta con un hilo de voz.

—Esperas que la otra persona luche por los dos hasta que vuelvas a tenerlas. Y si aun así no podéis seguir adelante, al menos os debéis una despedida digna.

—No podía verte. —Niega con la cabeza—. Ninguna explicación te hubiera valido y me habrías convencido para quedarme.

—Y eso habría sido una tortura para ti, claro, porque quedarte conmigo era lo peor que te podía pasar en la vida —ironizo.

—Marcos se murió, Lúa, y yo me moría si estaba contigo. Me conozco y sé que mis remordimientos hubieran terminado alcanzándote. Al final nos había echado la culpa a los dos, a lo que hicimos. Eso no hubiera sido justo para ti. Y aun así, estoy seguro de que te habrías quedado a mi lado mucho más tiempo del que debías, igual que hiciste con Marcos.

—Ya... ¿Sabes qué pasa? Que por muchas explicaciones que me des, sigo llegando a la misma conclusión: lo elegiste a él antes que a mí. Incluso después de morir, lo seguiste eligiendo a él.

Arruga la frente con intención de contradecirme, pero su mente termina por comprender que en cierto modo tengo razón y agacha de nuevo la cabeza.

—Lo siento.

— Sí, ya me lo has dicho, muchas veces. —Suspiro—. Te perdono, Óliver. Estás perdonado.

—¿Y entonces por qué tengo la sensación de que esto se ha acabado?

—Porque no te estoy gritando ni armando un escándalo, que es lo que esperas de mí. Aunque por mucho que patalee, da igual, porque tú sigues siendo tú y vas por libre. Somos muy diferentes. Yo necesito contarte las cosas tanto como tú guardártelas. Y no nos engañemos, siempre va a ser así.

—Lúa, por favor...

—No, ya he invertido demasiadas emociones en esto. Te advertí que no quería más secretos, me miraste a la cara y me dijiste que lo entendías. Me mentiste otra vez. No hemos aprendido nada en siete años y acabo de entender que hay cosas que no funcionan por más vueltas que le des, porque al final solo te mueves en círculos.

Se pasa la mano por la barbilla nervioso y siento ganas de abrazarlo con todas mis fuerzas y zarandearlo a la vez. Es agotador. Con él siempre lo es.

—No sé qué decir o qué hacer para arreglarlo.

—En el último libro que me regalaste hay una cita de Frida Kahlo: «El tiempo no regresa. Donde no puedas amar, no te demores». Nos resume bien, ¿no te parece?

Abre la boca, pero al final asiente, tragándose su protesta y su dolor. Porque así es Óliver, prefiere sangrar por dentro.

—¿Quieres que me vaya?

—Sí, por favor —musito cruzándome de brazos, buscando mi propia protección.

Lo veo levantarse del sofá y es cierto que quiero que se vaya, estoy cabreada y dolida. Sin embargo, una parte de mí grita en silencio que no lo haga. Y sigue gritando mientras se va al dormitorio a recoger sus cosas.

Unos minutos más tarde sale con su maleta, serio y con

ese aire de estoicismo que lleva impregnado en su ser de tanto fingirlo. Yo no me he movido del sitio, sigo pegada a la ventana. No lo miro, solo espero con un nudo en la garganta y abrazándome a mí misma. Espero verlo pelear por lo que quiere de una maldita vez.

Pero la realidad es menos valiente de lo que nos gustaría.

—Óliver —lo llamo con la voz rota cuando alcanza la puerta del salón. Se gira despacio—. Perdónate tú también.

Asiente con un movimiento casi imperceptible y se aleja como un barco a merced de la marea, sin intención de coger el puto timón de su vida.

Una lágrima aterriza en mi mejilla al tiempo que cierra la puerta de la entrada con suavidad. Se marcha, dándose por vencido. Otra vez.

43

Le digo al metre del restaurante que no es necesario que me acompañe esta vez. Estuve aquí hace tres días y conozco el camino. El local está vacío hoy también. «Pero ¿cómo se mantiene este puñetero negocio?», me pregunto mientras me dirijo a la mesa de Astrid.

—Estás hecha un asco —me suelta en cuanto me ve.

La mandaría a la mierda si no tuviera razón. Tener una cita con la Malvada Reina de Todo Mal después de haber vivido una segunda ruptura amorosa con el hombre que más daño me ha hecho y al que no me veo capaz de superar en un futuro cercano no es lo más recomendable.

Tampoco es que vaya hecha una andrajosa por la vida. Jamás me lo permitiría. Si hasta fui capaz de maquillarme para ir a Urgencias cuando tuve apendicitis. Pero hay cosas que no se pueden disimular. Unos ojos rojos de llorar y unas ojeras de no dormir que ni el mejor corrector del mercado pueden tapar. Y de paso reconozco que me ha dado demasiada pereza pasarme la plancha y por eso me he recogido el pelo en una triste coleta.

—No debería haber venido —admito plantando el bolso sobre la mesa sin delicadeza y sentándome frente a Astrid con un resoplido—. No estoy en el momento más estable emocionalmente como para tomar una decisión importante.

—La vida rara vez respeta los estados emocionales de una —asegura con pedantería—. ¿A qué has venido entonces?

—He cambiado de opinión respecto a tu oferta como cincuenta veces. Creí que sería más fácil venir aquí y soltarte en caliente lo primero que me viniera a la cabeza, pero sigo hecha un lío y mi cabeza no quiere colaborar.

—Cuéntame tus dudas y te diré lo que pienso.

—No pienso desahogarme contigo.

—Si quieres sinceridad, ¿quién mejor que yo? —declara pasándose una mano con suavidad sobre la barriga. Es un gesto tan tierno y tan humano que, por un momento, hasta deja de parecerme un cíborg sin sentimientos—. Pero antes de nada, apaga el móvil.

Saco el teléfono con un sonoro bufido y lo apago.

—¿Se supone que esto va a ser así siempre? —le pregunto al tiempo que lo poso en la mesa—. Porque no es algo que me apetezca normalizar.

—No siempre, pero a veces hay que minimizar los riesgos... ¿Qué es lo que te preocupa?

—Hace tres meses no habría dudado en decirte que sí. Pero mi vida ha cambiado mucho e incluso estaba empezando a gustarme, aunque todavía me queden cosas por resolver. Aceptar tu oferta supondría seguir vendiendo las miserias de los demás y, aunque sea consentido, ya no me parece tan divertido. Además, estaría muy expuesta a los medios, cosa que no he sabido llevar muy bien cuando lo he sufrido en mi propio pellejo.

—Estás planteándote esto a corto plazo. Haz lo que te propongo y en el futuro tendrás muchas más posibilidades de elegir los pasos que quieras dar en tu carrera.

—Sí, eso dices… —Tuerzo el gesto sin poder evitarlo—. Lo que pasa también es que no me fío un pelo de ti. Eres muy capaz de pegarme una puñalada por la espalda a la mínima.

—Ya nos hemos hecho suficiente daño la una a la otra, ¿no te parece? —Aprieto los labios como respuesta—. Mira, Lúa, no tengo ni tiempo ni energía para venganzas, pero si decides aceptar, debes tener algo muy claro. Algo que yo he tardado años de terapia en comprender.

—Pues empezamos bien —murmuro para mí misma, dejándome caer un poco sobre el respaldo.

—La gente cree que te conoce porque te metes en sus casas a través de una pantalla. Te admiran por tu éxito casi tanto como te odian y tienes que aprender a que no te afecte. Pero al final te afecta, porque eres una persona real. Y sí, vas a estar expuesta constantemente y como no sepas gestionarlo, acabará con tu autoestima y tu confianza. Algunos se acercarán a ti por interés, los que menos buscarán una foto. Otros te pedirán si puedes enchufar a su hija o sobrina en la tele. Y cuanto más lejos llegues en tu carrera, menos claro tendrás si te aprecian solo por ser tú o por lo que puedan sacar de ti. —Sonríe amargamente ante sus propias palabras, pero se recompone enseguida—. Habrá quien te mirará por encima del hombro, pensando que tu único mérito consiste en ser guapa, y no importa que te dejes la piel trabajando, nunca cambiarán de opinión. Para otros no serás lo bastante atractiva, estarás demasiado delgada o te sobrarán unos kilos. También serás demasiado prepotente en algún punto del camino y algún productor se permitirá el lujo de pedirte que proyectes una imagen de seguridad pero sin pasarte, que no vayan a pensar que eres una arpía. Tendrás que ser una cosa y la contraria, según el momento, y al final del día es posible que ni tú sepas quién eres de verdad. Así es como funciona esto. —Se encoge de hombros—. Yo no he hecho las reglas.

—¿Y por qué participas en algo así? —pregunto con curiosidad. Lo que acaba de contarme suena terrible.

—Porque hay días en que el éxito merece la pena, me siento realizada y me encanta mi trabajo más que cualquier otra cosa. Por eso acepto determinados peajes. Y porque soy egocéntrica y necesito mucha atención. Eso último lo dice mi psicóloga —comenta con retintín—. Pero si yo no soy la protagonista de mi vida, dime quién narices lo va a ser. No pienso pedir perdón por eso. ¿Has visto a algún hombre disculparse alguna vez por lo que quiere?

Supongo que es una pregunta retórica. Y aunque no lo fuera, no sería capaz de responder en este instante. Acabo de darme cuenta de lo ridículo que es querer recuperar algo por las razones equivocadas. No necesito atención. No necesito brillar ni deslumbrar a nadie. Me basta con iluminar mis propios pasos para no perderme por el camino.

—¿Qué es lo que quieres tú, Lúa? —me pregunta Astrid.

—Nunca quise ser tú, aunque sí quería ser como tú. Pero empiezo a pensar que con ser yo es más que suficiente...

Además, me está dando muchísima pereza eso del éxito y los peajes que hay que pagar. No te ofendas.

—No puedes ofenderme más de lo que ya lo hiciste.

—No tengo nada que demostrarte, ni a ti ni a nadie. Creo que perdí el ego de golpe cuando me lanzaste mis bragas. No necesito ser importante, o sí —rectifico—, pero solo para unas pocas personas, y ninguna de ellas está aquí. Gracias por la oferta, Astrid, pero mi respuesta es no.

—Entiendes que no te lo volveré a proponer, ¿verdad? —me advierte muy seria—. Si solo te estás haciendo la interesante para que insista y…

—No, descuida —la interrumpo para que no gaste saliva innecesaria y me levanto—. Que te vaya bien.

Asiente con la cabeza, algo contrariada por el rechazo, pero aceptándolo.

—Y por cierto, aunque tú no hayas hecho las reglas, tienes poder. Otras no lo tienen, pero tú sí. Eres la puta Astrid Vargas. Puedes hacer lo que te salga del papo.

Sus ojos se agrandan y por una vez deja de mirarme con ese aire de superioridad. Prefiero guardarme ese último gesto de despedida, así que me largo antes de que se le ocurra contestar.

Bajo las escaleras con las piernas algo temblorosas —una no deja plantada a la reina de la televisión todos los días— y al salir a la calle, mi primer instinto es llamar a Óliver. Cuando le he dicho a Astrid que solo necesito ser importante para unas pocas personas, estaba pensando en tres: Óliver, Renata y Cova. Pero él está fuera de mi vida y debería empezar a aceptarlo. Otra vez.

Saco el teléfono del bolso mientras camino despacio por Gran Vía y llamo a mi mejor amiga.

—¿Qué haces? —le pregunto al notar que responde distraída.

—Intento descifrar cómo burlar la seguridad de la mansión del líder de la Cámara de los Lores para poder asesinarlo y crucificarlo sin dejar pistas.

—¿Y el guiri ese puede esperar diez minutos?

—Seguro que no le importa vivir un poco más. ¿Qué pasa?

Le relato mi conversación con Astrid y ella me escucha pacientemente. Resulta todo un don en estos tiempos, escuchar sin más. Sin interrumpir ni dar opiniones antes de que te las pidan.

—Pareces tenerlo muy claro —deduce Cova cuando termino.

—Estoy segura. De otro modo seguiría dándole vueltas al tema en lugar de volver a pensar en... —Chasqueo la lengua—. Me prometí no preguntarte por él, pero ¿cómo está?

—Sé que hoy le ha pedido a tu abuela que se busque otro cocinero.

—¿Se va?

Tampoco es que me sorprenda.

—Supongo, pero no lo sé todavía. No habla mucho, Lúa. Ya sabes cómo es.

—Sí, lo sé muy bien.

—Ojalá pudiera decirte algo que te ayudara. Últimamente intento convencer a Alba de que el amor puede ser maravilloso y merece la pena, pero nos lo está poniendo tan difícil a todas que ahora mismo me parece una mierda como un piano.

—Al menos tú tienes la garantía de que el tuyo no se va a largar corriendo. Le daría un jamacuco.

—Ja, ja, ja —responde, pero termina riéndose de verdad.

Al menos nunca nos faltará el sentido del humor. Sin él estaríamos muertas.

—Vale, ahora en serio. Tal vez Aitor y tú podáis encontrar la forma.

—¿Y por qué vosotros no? —pregunta lanzando el balón fuera de su portería.

—Porque nosotros hemos intentado escribir nuestra historia dos veces y no ha salido bien —verbalizo esperando que algún día eso no me provoque una angustia horrible en el pecho—. Pero la vuestra todavía no se ha escrito.

Demasiados segundos de silencio me hacen dudar de si la llamada se ha cortado o de si está asimilando mis palabras.

—¿Cova?

—Sí, estoy aquí, perdona... ¿Y qué vas a hacer ahora? —retoma la conversación.

—Viajar —decido en este preciso momento—. Siempre quise y nunca lo hice, así que...

—Entonces ¿no vas a volver? —Detecto tristeza en su voz.

—Sí, claro que voy a volver. Te prometo que esta vez no te libras de mí. Además, antes de organizar nada voy a llevarme todas mis cosas al pueblo y voy a necesitar que vengas en tu coche para ayudarme a hacer la mudanza. Deber de mejor amiga, te jodes.

Puedo escucharla sonreír al otro lado de la línea.

—Lo que necesites.

44

Cova

Al llegar al hostal, voy directa a la sala común. Las paredes han cambiado su tono blanco por un azul suave y luminoso, y el viejo televisor encajonado en un mueble de caoba ha dado paso a uno más grande y moderno colgado en la pared. Sin embargo, hay algo que permanece en la estancia, algo familiar y reconfortante. Es Renata. Está sentada tras su mesa, barajando con destreza las cartas del tarot. La he visto hacerlo durante años, incluso hubo una época en la que me prestaba a dejarme leer el futuro. Siempre le preguntaba por el amor. Con el tiempo dejó de interesarme. Supongo que ya no esperaba mucho de él.

Doy un par de toques en la puerta para advertirle de mi presencia.

—Alba me ha dicho que querías hablar conmigo. ¿Te va bien ahora?

—Sí, ven y siéntate —me pide sin levantar la vista y, por un segundo, me pongo nerviosa. Siempre la he sentido un poco como mi abuela y su gesto parece demasiado grave y formal.

Me acerco esperando que no se trate de nada delicado y me siento en la silla vacía que está colocada frente a ella.

—Chata, ¿a qué viene esa cara de susto? —me pregunta mirándome al tiempo que posa las cartas sobre la mesa.

—No lo sé, es que estás muy seria.

—Es que lo que te quiero decir es muy serio. —Toma una bocanada de aire y suspira—. Quería hablar contigo en privado para agradecerte lo que has hecho. Gracias a ti y a Óliver no voy a tener que cerrar el hostal.

—Dios, Renata, pues dímelo con más alegría, que es una buena noticia. —Me llevo una mano al pecho—. Pensaba que te estabas muriendo.

—Todavía queda para eso y antes tengo intención de devolverte el dinero. Necesitaré algo de tiempo, eso sí. Aunque han empezado a entrar más reservas no quiero tirar cohetes todavía. Además, la pesada de mi nieta está encima de mí y vigila cada euro que gasto hasta en la distancia —apunta enfurruñada, pero sé que en el fondo está encantada de tener a Lúa pendiente de ella.

—No es un préstamo, ya se lo dije a Lúa, no tienes que devolverme nada.

—Pero quiero hacerlo.

—Y yo no quiero que lo hagas —respondo con firmeza posando mi mano sobre la suya, que de pronto me parece muy frágil—. Tómatelo como el pago por coser durante años los disfraces infantiles de Alba. Créeme, te estaré eternamente agradecida por eso.

—Anda ya, no digas tonterías… —Aparta la mano y hace un aspaviento en el aire—. Ni que los hubiera hecho de diamantes.

—Siempre has estado cuando lo he necesitado. Incluso cuando Lúa y yo no nos hablábamos le diste trabajo a mi hija.

—Es mucho dinero, Cova.

—Ya, pero ¿sabes que he hecho yo con todo el dinero que he ganado? Nada. Ni bueno ni malo. Nada. Así que déjame hacer esto por ti, porque, en realidad, lo hago para sentirme mejor conmigo misma.

—Entonces yo también tengo que hacer algo por ti —insiste—. No puedo dejarlo así.

—Échame las cartas —sugiero por decir algo.

—¿Estás segura? Porque hoy desprendes unas vibraciones horrorosas.

—Hoy y las últimas semanas. —Me encojo de hombros con resignación.

Renata recoge las cartas de la mesa con un movimiento rápido.

—¿Tienes alguna pregunta en concreto? —me plantea mientras baraja.

¿Debería dejar mi trabajo? ¿Tengo futuro como escritora en solitario? ¿Le irá bien a Alba con ese curso? ¿Encontrará su camino? ¿Será feliz? ¿Me rendí demasiado pronto con Aitor? ¿Pensará en mí? ¿Debería haber insistido más?

—Nada en particular.

—Corta en tres montones —me pide posando el mazo en el centro de la mesa.

Cuando lo hago, destapa la carta superior del primer montón, aunque no echa un vistazo a la tirada.

—¿El Loco? —Observo y miro a Renata, que sigue con los ojos clavados en mí—. Tiene mala pinta, ¿no?

—Da igual.

—¿Cómo que da igual? Algo significará.

—Da igual lo que digan las cartas. La respuesta es sí.

—¿Sí, a qué?

—A todas las preguntas que te rondan la cabeza.

—¿Y tú cómo sabes en qué estoy pensando?

No creo mucho en la adivinación ni en la percepción extrasensorial, aunque con Renata siempre he albergado mis dudas. Es como si su mirada fuera capaz de traspasarte y radiografiarte las emociones.

—Cuando alguien es feliz se le nota en la cara. Cuando alguien es desgraciado también hay señales más o menos evidentes. Y después hay un estado intermedio, uno en el que te conformas y nada ni nadie te entusiasma. Suele pasar bastante desapercibido entre los demás porque tampoco es que te vayas a meter en la cama a llorar. Pero en ese estado no vives. Te limitas a existir.

—En serio, ¿cómo lo haces?

Me sonríe con cariño.

—Arriésgate, Cova, por una vez.

—Hablas igual que tu nieta.

—Lúa tiene muchos defectos…

—La boca como un buzón, por ejemplo.

—Por ejemplo… Y también es una kamikaze. Pero estoy orgullosa de ella. Amó, perdió, y, aun así, volvió a intentarlo.

Y estoy convencida de que cuando llegue a mi edad y mire hacia atrás, los arrepentimientos le pesarán muy poco. Espero que a ti te pase lo mismo.

En lugar de volver a casa tras salir del hostal, cambio el rumbo y conduzco hacia el bosque. Si no lo hago ahora, perderé el valor que me ha ayudado a encontrar Renata. Eso o la buena mujer es como el Azotamentes y ha sido capaz de controlarme psíquicamente para que me presente en casa de Aitor a las bravas. Tampoco lo descarto.

Sé que el sonido del motor lo alerta de mi llegada, pero la puerta no se abre. Salgo del coche y camino en dirección a la entrada con las manos sudorosas y una mezcla de miedo y decisión. Hay más miedo que decisión en mi cuerpo, pero la suficiente para atreverme a llamar al timbre. Escucho sus pasos acercándose desde el otro lado y deteniéndose. Los segundos que pasan los mido al ritmo de mis latidos desbocados. Por favor, abre. Por favor, por favor, por favor.

El sonido de la puerta me hace contener el aliento. Aitor aparece y la alegría que se traduce en sus ojos se ensombrece enseguida, como si su cerebro le informara de que no tiene derecho a sentirla.

—No tardaré mucho —le adelanto—, solo vengo a decirte que te equivocas con nosotros.

—Por favor, Cova, no... No puedo. No me hagas esto más difícil. —Su tono es de súplica.

—He leído muchísimos libros, muchísimas historias de amor, y nadie te cuenta qué pasa veinte años después del final.

Ni siquiera los epílogos tienen tanto recorrido. ¿Sabes por qué? Porque no se sabe que pasará. Nadie lo sabe. Tú tampoco.

Abre la boca para protestar, pero alzo la mano.

—No pretendo curarte, Aitor. Yo no puedo dar por ti el paso mil doscientos cincuenta y nueve. Pero si alguna vez decides intentarlo, puedo caminar a tu lado. No quiero que llegues tarde.

—¿A dónde?

—A la vida. Yo tengo intención de vivirla. Por eso he decidido que voy a dejar mi trabajo para dedicarme a escribir, cosa que se me da bastante bien porque soy Guillermo Luna. Para ser exacta, soy el cincuenta por ciento de Guillermo Luna, aunque a partir de ahora seré el cien por cien... Pero esa es ya otra historia que te contaré si no decides dejarme aquí plantada, delante de tu puerta. —Ni pestañea, se ha quedado pálido y petrificado, como si lo hubieran criogenizado—. Hace solo unos meses no hubiera venido, me habría tragado mis sentimientos sin arriesgarme a que me rechazaras dos veces. Pero aquí estoy. —Doy un paso hacia él y me atrevo a posar la palma de mi mano en su mejilla y acariciarla con el pulgar—. No sé si seremos una historia de amor, si seremos amigos o si todo esto quedará en nada, pero estoy aquí ahora. Y tú también.

Parpadea por fin y eso es todo lo que hace.

Supongo que el rechazo va a ser mudo en este caso. Asiento y retiro la mano.

—Al menos lo he intentado —me convenzo a mí misma y me obligo a forzar una sonrisa—. No te preocupes, no volverás a verme.

Me giro para marcharme, pero me lo impide agarrándome de la mano.

—Esa es una frase malísima para una historia de amor.

—¿Se te ocurre alguna mejor?

—Te echo de menos —admite y la voz le sale algo quebradiza.

—No tienes por qué.

A continuación, arruga la nariz desconcertado.

—¿Has dicho que eres Guillermo Luna?

—Ehm… Sí.

—¿Quieres pasar y me lo cuentas mientras hago café?

—Vale, pero si tienes algo de orujo, sácalo, que me vendrá bien.

Otra frase romántica para la posteridad.

—Claro.

Tira de mi mano para hacerme entrar y por fin sonríe con ese gesto amable que me provoca tanta ternura como ganas de arrancarle los botones de la camisa con los dientes.

Sí, sin duda alguna, arriesgarse merece la pena.

45

El camión de mudanzas ya se ha llevado el sofá, la cama, las estanterías y todo el mobiliario pesado que no cabe en el coche de Cova. Alba también ha venido a ayudar y entre las tres hemos conseguido dejarlo todo listo en una mañana. Echo un vistazo al salón vacío mientras sujeto la última caja que he embalado y dejo salir un pequeño suspiro que me sabe a derrota. Otro sitio al que no puedo llamar casa. Y lo peor es que sigo viendo a Óliver en cada rincón, a pesar de que estuvo aquí conmigo solo un par de días. Siempre tuvo la capacidad de invadirme, independientemente del tiempo que pasamos juntos. Tal vez eso mismo es lo que él sentía con Marcos.

Empiezo a entender que lo nuestro no hubiera funcionado hace siete años. Óliver se odiaba a sí mismo y quedarse a mi lado hubiera supuesto, a la larga, odiarnos a los dos, a lo que éramos, a cómo empezamos. Aunque entenderlo por fin no supone que deje de doler.

Cargamos las cajas y las maletas en el coche de Cova, más

bien las apretujamos hasta que no queda un milímetro de espacio libre, y volvemos a subir para comprobar por última vez que no me dejo nada olvidado en la casa. Entramos en el salón y mi amiga sigue insistiendo en que no es normal poder llenar tres maletas solo con zapatos. Alba y yo no estamos de acuerdo. Ella sobre todo porque usa la misma talla que yo y está deseando gorronearme unos cuantos.

—Hay estudios que revelan que la compra de zapatos produce un efecto antidepresivo en las mujeres —defiendo mientras entro en el dormitorio.

—Tienes cincuenta y siete pares, eso debe de ser el equivalente a tomarse tres psicotrópicos al día —responde Cova a voces desde el salón.

Frunzo el ceño al ver una maleta de color azul junto al armario empotrado. Tiene pinta de ser nueva. Qué desastre soy, no recuerdo ni haberla comprado. Mientras la empujo hacia el salón pienso que a lo mejor sí tengo un problemilla de adicción a las compras.

—Casi se me olvida esta. Con suerte habrá más zapatos dentro.

—Esa maleta no cabe en el coche —apunta Alba con una sonrisa enigmática—. Te la tienes que llevar tú.

—¿A dónde me la tengo que llevar?

—A Palawan, conmigo.

Desvío la mirada y sigo la dirección de esa voz para encontrarme con un par de ojos azules. Óliver está parado en el marco de la puerta. Lo de verlo en cada rincón lo decía en sentido figurado, pero está aquí. Ha vuelto. Y también lleva su propia maleta.

Abro la boca para hablar, pero el flujo de sangre se me debe de haber atascado en alguna parte importante del cerebro y solo consigo titubear.

—Nosotras ya hemos hecho nuestro trabajo aquí, así que nos vamos —declara Cova.

—¿Qué? ¿No nos vamos a quedar a ver la reconciliación? —se queja Alba abriendo mucho los ojos—. Seguro que va a ser muy romántica. Bueno, eso suponiendo que no lo mandes a paseo... Ay, pero no lo hagas, Lúa, es supermono —apunta con voz ñoña y lo remata mirando a Óliver con cara de pánfila.

—Anda, vamos, cotilla. —Cova le da un empujón suave a su hija en dirección a la salida y me mira a mí—. Ya nos encargamos nosotras de llevar tus cosas al hostal.

Y me guiña un ojo antes de marcharse con Alba. Es evidente que han planeado juntos esta encerrona. Voy a zurrar a alguien. Al que tengo delante, por ejemplo.

—Antes de decir nada, recuerda que soy supermono —comenta él sin un ápice de vergüenza.

—¿Qué es esto, Óliver? ¿Qué estás haciendo aquí?

Y mi tono le hace cambiar el gesto inmediatamente a uno mucho más serio.

—Tengo dos billetes de avión para nosotros. Tenías razón, cuando quieres a alguien, luchas. Y punto. Lo entendí en cuanto salí de esta casa el otro día.

—¿Y si lo entendiste, por qué no volviste en ese momento?

—Porque tú tenías una decisión importante que tomar. Quería darte algo de tiempo.

—Al menos esta vez han sido cinco días. Es mejor que otros siete años —ironizo sin poder evitarlo.

—Voy progresando… Además, debía solucionar algunas cosas antes de volver. Tu abuela necesitaba un nuevo cocinero y ya lo tiene. No pensaba dejarla tirada de un día para otro.

Intenta ponerme difícil lo de mandarlo a la mierda otra vez.

—Lúa, sé que no luché por nosotros, pero te ofrezco el resto de mi vida para hacerlo.

—¿Y si soy yo la que ahora no tiene fuerzas para luchar?

—Lo haré por los dos el tiempo que haga falta hasta que las tengas otra vez. Y ni siquiera me planteo lo de darnos una despedida digna, porque eso no va a pasar. Estoy seguro de que en algún momento me perdonarás, porque lo bueno pesará más que lo malo y yo me perdonaré a mí también, con el tiempo. Me voy, pero esta vez será contigo de la mano. Eres mi compañera de viaje. Y ya va siendo hora de que el mundo sea más grande, ¿no crees? Ah, y si no quieres ir a Palawan, me da lo mismo —añade—. Yo me pierdo contigo donde sea.

No es el discurso lo que me convence, sé que las palabras suelen ser más ligeras de lo que nos gusta creer. Es la seguridad que veo reflejada en sus ojos y que nunca había estado ahí antes. Ya no es el chico de ojos tristes; ni siquiera es un chico. Es un hombre decidido a luchar por su felicidad y, por fin, dispuesto a creer que la merece.

Quiero a Óliver. Lo quiero con toda su intensidad, con sus claros y sus oscuros, con sus cicatrices y con la mochila que todavía carga. Y lo quiero a pesar de sus silencios. Huyó una vez, sí. Yo también. Dejé de lado a las personas más importantes de mi vida. Porque todos somos egoístas, débiles y cobardes alguna vez. Lo que cuenta es no serlo en los momentos significativos. Este es uno de ellos.

Me acerco a él despacio, pero decidida a caminar de su mano por un puente invisible del que quizá nos caigamos con una sonora hostia. La felicidad resulta así de frágil.

—Mejor luchamos juntos. Alguien tendrá que defenderte de ti mismo.

Se abalanza sobre mí y su boca cubre la mía con rotundidad, con posesión. Yo me agarro a su cuello y respondo con la misma efusividad. No es el beso más coordinado del mundo, parece más bien una pelea de labios, lenguas y dientes, pero me hace hasta dudar de la solidez de mi propio cuerpo.

—¡Eh! —Interrumpo el beso y me separo de él buscando algo de aliento y, de paso, mi capacidad para razonar—. Aun así, vamos a tener que hablar muy seriamente de tus problemas de comunicación.

—Tenemos por delante un viaje de treinta y siete horas hasta Puerto Princesa. Podemos hablar de todo lo que tú quieras.

—¿Cuánto tiempo dices que tenemos hasta que salga el avión?

—Cinco horas. Y se me ocurren un montón de cosas que hacer hasta entonces. —Me lo demuestra besándome el cuello.

—No tengo cama. —Me río—. Ni un mal mueble donde apoyarnos.

—Me da igual. —Tira del borde de mi camiseta hacia arriba—. Solo te necesito a ti.

Nos tumbamos en el suelo y la ropa vuela desperdigada por el salón. Y me doy cuenta de que es verdad. Ahora mismo, solo nos necesitamos el uno al otro.

Dos años, tres meses y cinco continentes después

El mundo se ha hecho más grande para Óliver y para mí. Mucho más grande. Gigante. Y también inabarcable. Porque después de pasar dos años explorándolo todavía nos queda mucho por ver. Empezamos nuestra aventura en Palawan. Aquello es el puñetero nirvana, créeme. Recorrimos cuevas con ríos subterráneos, nos bañamos bajo una cascada, vimos encenderse el agua con destellos azules luminiscentes, hicimos el amor en la playa bajo las estrellas y nos picaron muchos mosquitos. Fue como una luna de miel, pero sin la boda previa. Esa la celebramos hace seis meses, en Bali. Un acto simbólico porque nos apetecía, sin más. Si decidimos hacerla legal en algún momento será con nuestros seres queridos al lado, y supongo que también tendremos que invitar al pueblo entero. Espero que Bertín Osborne esté disponible para cantarnos unas rancheras.

Hemos cumplido parte de nuestros sueños en este tiempo. Y otros que no sabíamos que teníamos. Viajamos hasta

Denver para cazar tormentas y contemplamos cómo el cielo se rompía en mil pedazos luminosos hasta terminar transformándose en tornados salvajes. También tragamos polvo en la sabana africana montados en un camión, vimos atardeceres cuyos colores no sabría definir —pero que se quedarán para siempre atrapados en mis retinas— y tuve que hacer caca en una letrina rodeada de hienas. Toda una experiencia.

Europa la descubrimos en tren y Australia, en autocaravana. Y sí que convertimos en tradición lo de morrearnos en cada plaza de cada ciudad que visitamos. Pero nuestro viaje más especial no fue precisamente el más divertido. Nos condujo a trabajar un mes como voluntarios en la frontera de una zona de guerra. Allí me tragué las lágrimas una y otra vez, ya que sabía que no tenía derecho a equipararlas con las de los refugiados que habían perdido sus hogares, en el mejor de los casos, y se veían obligados a empezar de cero en otro lugar.

Nuestro último destino lejano fue el Parque Nacional de los Glaciares, situado entre el océano Pacífico y Canadá. Naturaleza vasta, cruda e impresionante. Lagos, montañas, fiordos y un agotamiento muy serio que me dejó para el arrastre. Joder, es que aquello es enorme y no hay tiritas que lo resistan. Mi cuerpo se negó a colaborar más, así que ahora mismo me encuentro descansando, tumbada en la arena de una playa ideal, en una pequeña isla, mientras Óliver se da un baño en el mar.

No te culpo si nos odias. Somos unos cabrones con muchísima suerte.

Mi móvil vibra dentro del bolso. Me incorporo en la toalla y me siento para cogerlo. Es un mensaje de WhatsApp.

Cova

Acabo de comprarme el libro de Astrid Vargas.

No he podido resistirme

Resulta que la Malvada Reina de Todo Mal ha publicado recientemente una polémica autobiografía en la que, por lo visto, no solo cuenta los entresijos de la profesión televisiva, sino que también denuncia abiertamente actitudes machistas, homófobas y humillantes en general por parte de compañeros y altos cargos, aderezadas con abusos de alcohol y drogas.

Lúa

Ya me harás un resumen

Cova

No te vas a creer a quién se lo dedica.

Es que no te lo crees!

Y acompaña el mensaje con una captura de pantalla de la página con la dedicatoria.

«A Lúa, por recordarme que soy la puta Astrid Vargas».

Lúa

No me jodas!

Cova

Tómatelo como algo positivo, seguro que no te pone de vuelta y media como a todos los que salen en el libro

Lúa

No, pero ahora todos los que la odien a
ella por destapar sus vergüenzas pensarán
que yo la he animado a hacerlo y también
me odiarán a mí

Me entra la risa. La muy cerda tiene estilo. Tengo que re-
conocérselo.

Y hasta ahí llega mi interés por el escabroso mundo de la
televisión. No puede importarme menos.

Lúa

Cómo está Rapunzel? Sigue nervioso
por vuestro viaje?

Cova

QUIERES DEJAR DE LLAMARLO ASÍ? Esta noche
vamos a salir a cenar. Y sí, sigue nervioso. Nunca
hemos pasado tanto tiempo lejos de casa, pero está
decidido a intentarlo y es lo que cuenta

Cova y Aitor comenzarán la semana que viene una ruta
en coche por el Valle del Loira. No ha sido fácil para ellos llegar hasta ese punto. Han ido paso a paso, literalmente. Pero
con terapia, tiempo y voluntad están escribiendo su historia.
Dura a ratos, pero también con mucho amor.

Cova por fin dejó su trabajo en el supermercado y se dedica a escribir a tiempo completo. Sigue firmando con pseudónimo, pero el año pasado decidió contarle al mundo que ella era

Guillermo Luna. Lo hizo en una entrevista concedida a un importante medio escrito y la noticia se hizo viral. Causó revuelo una semana más o menos. Después de eso, el mundo siguió girando, un futbolista le puso los cuernos a su mujer, que también era famosa, y la historia de Guillermo Luna pasó a ser irrelevante, cosa que a Cova le hizo muy feliz. Ahora asiste a las firmas de libros e interactúa con sus lectores, quienes siguen devorando sus libros. Eso también le hace feliz.

Cova

Yo también estoy nerviosa por dejar a Alba
sola dos semanas, pero con que no prenda
fuego a la casa en mi ausencia me conformo

Lúa

Lo de escribir tanta calamidad te está
afectando… Como mucho, se llevará a
su novio a chingar todas las noches. Con
condón, eso sí, que Alba no es tonta

Además, el chico es un encanto. Lo conocí el año pasado, cuando Óliver y yo fuimos a celebrar la Navidad con Renata y Abuela Sauce.

Cova

Si vuelves a escribir «chingar» y el nombre
de mi hija en la misma frase, doy de baja
nuestra amistad

Me río y empiezo a responderle una barbaridad, pero me interrumpen. Un niño pisa mi toalla con los pies húmedos y llenos de arena y se planta delante de mí. Justo detrás de él aparece corriendo su versión adulta. Pelo negro rizado y alborotado, ojos oscuros y felinos, y una barba fuerte poblando una mandíbula como para partir nueces.

Joder, ¿es quien creo que es?

—Perdona —se disculpa apurado y coge al niño en brazos—. Te juro que la semana pasada estaba aprendiendo a andar. No tengo ni idea de cuándo ha empezado a correr.

Esa voz profunda y rasgada… Es él.

—Tranquilo, no pasa nada —respondo medio atontada. Y a mí no es fácil atontarme—. ¿Vivís aquí?

El gesto le cambia y deja de ser amistoso para mirarme con recelo.

—Ehm, sí.

—Es que llegué ayer a la isla y todavía no he tenido tiempo de ver nada. Por si puedes recomendarme algún sitio que no salga en la típica guía turística.

—Ah, sí, claro. Hay un acantilado aquí cerca desde el que se puede saltar al mar.

—No sé yo… —Tuerzo la boca—. Mi chico tiene un serio problema de espalda y no me gustaría protagonizar un remake de *Mar adentro*.

—En ese caso podéis ir al faro para ver el amanecer. No hay peligro y la vista es espectacular. —Me sonríe y no se me cae la braga del bikini al suelo porque estoy sentada.

—Eso haremos entonces, gracias —consigo balbucear.

—De nada. Que disfrutéis de la isla. —Mira a su hijo—. Di adiós, Gael, que nos vamos.

El niño levanta la manita y me dedica una sonrisa macarra de cuatro dientes contados que me hace sonreír mientras se alejan. Les sigo con la mirada unos metros más atrás. Sentada en una toalla bajo una sombrilla les espera una chica morena a la que se le ilumina la cara en el momento en que la criatura aterriza en sus brazos.

Cuando Óliver regresa, unos minutos después, yo sigo sin poder quitarles la vista de encima.

—Oli, mira detrás de mí —le pido disimuladamente—. A mi derecha y a unos diez metros. El chico moreno de pelo rizado que está con una chica y un niño pequeño.

Los observa un momento mientras se echa el pelo mojado hacia atrás con las dos manos.

—Sí, ¿qué pasa?

—Es Sergio Velasco.

—Ah —responde imperturbable y se sienta a mi lado en su toalla.

—¿Cómo que «Ah»? ¡Es Sergio Velasco! Dios, estaba coladísima por él.

—Un cantante guapito de pop facilón, muy de tu estilo —se burla.

—Ya estás hablando sin saber.

—Perdona, pero hablo de lo que sé. Me conozco sus canciones de memoria por culpa de mi hermana.

Vuelvo a girar el cuello y a echarle un vistazo.

—Joder, está mejor que antes y todo, con esa pinta de asilvestrado buenorro.

—¿Quieres que me vaya y os deje un rato solos?

—Qué va, no tengo ninguna oportunidad con él. Ni siquiera me ha mirado las tetas. ¿Te lo puedes creer?

—¡Cuánto lo siento por ti! —finge apenarse.

—Siempre me he preguntado qué fue de él. Era famosísimo y desapareció de la música y de los medios, así sin más. Cualquier paparazzi mataría por una foto —pienso en alto y Óliver levanta una ceja—. Es lo que habría pensado la antigua Lúa, pero no se me ocurriría llamar a ninguno. Ya no concibo invadir así la intimidad de nadie.

—Pues si no lo concibes, deja de mirarlos. Pareces un pelín acosadora.

—Es que yo quiero justo eso.

—¿Quieres a Sergio Velasco o quieres tener un bebé? —Frunce el ceño—. Porque las dos opciones me asustan, pero solo hay una que estaría dispuesto a discutir.

—Te quiero a ti, idiota. Y no me acojones tú, aún no estamos preparados para hablar de bebés. Me refiero a que solo mirándolos se nota que están exactamente donde quieren estar. Están en casa. Y algo me dice que vayan donde vayan seguirán estando en casa.

—Yo siento eso mismo contigo.

—Lo sé, y yo también. Por eso quiero elegir unas cortinas contigo para que los cotillas de los vecinos no puedan vernos por la ventana cuando hagamos el amor en la mesa del salón.

—Eso es bastante específico, pero no estoy seguro de estar entendiéndote.

—Lo que quiero decir es que me gustaría que nuestra casa fuera un poco menos itinerante. Me encanta viajar, me encanta todo lo que hemos vivido hasta ahora, pero he empezado a sentir algo de… No sé, nostalgia, morriña, llámalo como quieras. Y me apetece mucho, pero que mucho, sentarme contigo a ver una película en el sofá. En nuestro sofá, en uno que compremos para nosotros. Por eso quiero también las cortinas. Y quiero nuestros nombres en un buzón. Y cocinar en nuestra cocina.

—¿Cocinar? —Arquea la ceja—. ¿Tú?

—Vale, quiero que cocines tú mientras yo te miro y corto unos tomates o algo así, no me pidas más…

—O sea, que quieres volver.

—Sí. Y también quiero hacerlo por Renata. Sé que tiene a Blanca, pero me apetece pasar más tiempo con ella. No va a vivir eternamente, al menos en este plano astral. Además, tengo varias ideas para ampliar el hostal. —Eso me provoca un cosquilleo en el estómago—. Creo que podría convertirse en el negocio familiar.

—¿Estás segura? —Me mira con intensidad, sopesando si es una decisión firme o un arrebato de los míos.

—Sí —admito por fin y mis latidos parecen relajarse—. Queríamos que el mundo fuera más grande y ya lo es. Pero no pasa nada por querer también lo contrario. ¿Tú qué opinas? Es algo que debemos decidir juntos.

Desvía la mirada hacia el mar y se queda pensativo unos largos segundos. Espero en silencio. Es Óliver y en estos dos años he aprendido a respetar sus tiempos.

—Pues yo digo que me parece bien.

—¿De verdad?

—Lúa, no sé cuánto tiempo tardarás en creértelo, pero iría contigo donde me pidieras. Al fin del mundo.

—Ahí ya estuvimos —le recuerdo—. En Ushuaia.

—Es cierto. Además, no eres la única que ha pensado en volver... Aparte de que mi espalda agradecería un buen colchón, también me apetece volver a cocinar. Y quizá en un tiempo, no sé, podría abrir mi propio restaurante en el puerto.

—¡Eso sería genial, Oli! —me entusiasmo—. Me daba un poco de miedo decírtelo y que no quisieras volver, o que, de hacerlo, solo fuera por mí.

—No, no lo hago solo por ti, pero, aun así, ya te lo dije: eres mi compañera de viaje. Y tengo intención de que ese viaje dure siempre.

—Te quiero. Joder, te quiero tanto. —Lo beso y me llevo una pizca de la sal del mar de sus labios—. Y eso que pensaba que no te aguantaría ni dos días.

Una carcajada se escapa de su garganta.

—Eres un encanto, mi amor.

Y ahí está, la sonrisa más bonita del mundo.

—Lo sé.

—Entonces volvemos a casa —me dice.

—Volvemos a casa —repito.

Y, por fin, esa frase cobra sentido.

Agradecimientos

Nunca pensé reescribir estos agradecimientos, pero si alguna de mis chicas tenía las papeletas para hacerse con el protagonismo dos veces, esa era, sin duda, Lúa. Quiero dar las gracias a Ediciones B y a Clara, mi editora, por apostar por mi rubia loca y hacer que sus tacones pisen con más fuerza.

También tengo mucho que agradecer a las personas que me apoyan y acompañan (algunas cerca y otras en la distancia) todos los días.

A Merce, por ser mi consultora sanitaria oficial y responderme siempre con rapidez y profesionalidad a mis dudas médicas y rarunas.

A Marta, por haberme animado antes que nadie a escribir mis propias historias.

A Lara (@lara_blanc_escritora), por estar siempre disponible al otro lado de la pantalla y por inspirarme. Ella no lo sabe, pero fue quien encendió la chispa de esta historia.

A mis lectoras cero, porque valen un millón y han estado a mi lado desde el principio. A Aroa (@loslibrosdearoa), a Carmen (@abookinmybag), a Laia (@librosdelai), a Nora (@lamagiadeunbuenlibro) y a Soraya. Por los audios, por resucitar a los muertos, por las teorías locas y no tan locas... Gracias por leerme siempre, chicas. Sois un *pack* maravilloso y siempre conseguís que dejar volar mis historias dé menos miedo.

A María (@librosdemery), por esa locura compartida y esas otras muchas cosas que me alegran los días de escritura. Si alguna vez os amenaza amablemente para que me leáis, haced caso.

A Mge (@mgemil), mi editora de guardia por siempre jamás. Por la amistad que dura toda la vida. Esta es la primera novela que publico con una editorial y te la he dedicado a ti. Has tocado techo como influencer y lo sabes.

A mis suegros, porque, sin duda, esta historia vio la luz antes de lo que esperaba gracias a su ayuda.

A mi madre, por todas las tardes que me ha regalado tiempo para poder escribir y porque es capaz de hacer esas cosas que solo hace una madre, como empujar el carrito de su nieto llevando un cabestrillo.

A Juan. Me faltan páginas para agradecerte todo lo que haces por mí, aunque jamás recibirás un euro por ello. Gracias por ser lector cero, editor, diseñador, publicista, agente literario, asesor financiero y todos los cargos que surjan por el camino. Gracias por soportar mis infinitas dudas, mis miedos y mi falta de paciencia cada día. Gracias por darle a Lúa su esencia y por seguir recordándome a menudo que tengo talento para esto. Gracias por ser el primero en creer en mí. Te quiero.

A Dani, porque me ha enseñado a querer tanto que da hasta miedo, pero lo vamos gestionando pasito a pasito.

A ti, por supuesto, por volver a leerme o por hacerlo por primera vez.

También a quienes me escribís para contarme lo mucho que os habéis reído y llorado con mis novelas y a quienes os tomáis el tiempo y la molestia de escribir una reseña en Instagram, poner un comentario en Amazon, en Goodreads o recomendarme como autora. MILLONES DE GRACIAS.